公主出任務6

THE Princess IN BLACK 科學展驚魂

文／珊寧・海爾 & 迪恩・海爾
Shannon Hale & Dean Hale

圖／范雷韻 LeUyen Pham

譯／黃聿君

獻給全天下讓孩子愛上科學的老師

珊寧・海爾 & 迪恩・海爾

獻給未來的科學家薇薇安、羅恩、絲蓉和杭特。

范雷韻

人物介紹

木蘭花公主

黑衣公主

金魚草公主

金銀花公主

蝴蝶蘭公主

山羊復仇者

毯子公主

會說話的火山

植物
14
7
種子的

第一章
行前準備

今天是舉行國際皇家科學展的日子。木蘭花公主第一次參加科學展，興奮極了！同時，她也很緊張。這種既興奮又緊張的心情，讓她好想扭來扭去。

木蘭花公主把研究成果做成海報，帶著海報參加科學展。

木蘭花公主沒戴閃光石戒指。山羊草原今天有山羊復仇者看守，萬一怪獸打過來，

山羊復仇者一定會擊退牠們。她準備好，要度過沒有怪獸的一天！

列車裡滿滿的都是人。

一位鬍子大叔，從她的右邊壓過來。

一位女士，從她的左邊擠過去。

木蘭花公主拿著海報，夾在他們中間。

一想到即將在科學展上跟大家分享她的成果，木蘭花公主就覺得好興奮。同時，她也覺得緊張，怕海報做得不夠好。不過首先，她得先保護好海報，別在火車上被壓扁或擠爛了。

第　二　章
科學展開始

國際皇家科學展會場人山人海。木蘭花公主擔心自己擠不進去。她努力鑽過展覽桌之間的空隙，穿過重重人牆。

國際
皇家科學展

地球
藍
火箭怎麼飛起來
礦石
原子

終於，木蘭花公主找到她的朋友了。

「哈囉，金銀花公主！」木蘭花公主說：「你的鼴鼠生態箱做得真棒。」

「謝謝。」金銀花公主回答：「鼴鼠是我第二喜歡的動物，我最喜歡的動物是狼。」

「我最喜歡的動物是獨角獸。」木蘭花公主說：「以前我第二喜歡的是小兔子，不過現在換成貓了。」

金魚草公主說：「我最喜歡的動物是龍，還有刺蝟。」

金魚草公主把熱水倒進瓶子裡，接著在瓶口擺上一顆水煮蛋。水煮蛋竟然被吸進瓶子裡了！

「金魚草公主，真是太神奇了！這顆蛋的大小，剛好可以穿過瓶口。真不知道你是怎麼找到的。」木蘭花公主說

「這是利用大氣壓力變出來的把戲。」金魚草公主說。

原子
高樓
建築
毯子塔

「哈囉，噴嚏草公主！」木蘭花公主說：「你的毯子塔好……好高！」

噴嚏草公主說：「我用了好多好多條毯子，還用了細繩。」

「好神奇，都不會垮下來呢。」

「沒錯，我花了很多功夫，努力維持重心平衡。」

木蘭花公主說：「噢，蝴蝶蘭公主，你的作品看起來好棒！」

「這座翹翹板可以把木桶吊起來。」蝴蝶蘭公主說：「我叫它翹翹板吊桶機！」

金銀花公主說：「大家的作品都好優秀，不知道誰會拿下第一名？」

吃……
……
火山

木蘭花公主抱著海報。跟鼴鼠生態箱一比，她的作品既不起眼又可笑。跟瓶中蛋比也是，跟毯子塔比也是，跟翹翹板吊桶機比也是。

跟湯米・假髮塔的作品，那座會說話的火山比，也一樣。

等等，會說話的火山？

第三章
火山竟然會說話

木蘭花公主說：「剛剛，你的火山是不是說了什麼？」

「呃……沒有。」湯米回答。

「吃。」火山說。

「我聽到它剛剛又說話了。」木蘭花公主說。

「沒有，我的火山不會說話。」湯米說。

「吃……」火山說。

木蘭花公主說：「可是我很確定……」

「我的火山不該會說話！它應該要會噴發！早知道就在家裡先試驗一遍了。」湯米說。

金銀花公主問：「你加了小蘇打粉嗎？」。

湯米回答：「加了。」

「醋呢？」金魚草公主問。

「加了。」火山回答。

湯米說：「可是火山還是不噴發！所以我又加了……一撮怪獸毛。」

「嗯。」火山說。

呃，其實說話的是火山裡的黏黏怪啦。

黏黏怪低吼了一聲，身體也跟著變大。牠一面低吼，一面變大。最後，黏黏怪的身體把火山擠滿了。

火山

湯米說：「喂，這是我的科學展作品，你快滾出來！」

「不要！」黏黏怪說。

湯米試著把黏黏怪拉出來。可是黏黏怪像是超黏的口香糖渣，緊緊的黏在上面。

木蘭花公主說：「天啊，湯米沒打算做會說話的火山，但他的火山竟然變出了一隻怪獸！」

第四章
怪獸大鬧科學展

「有怪獸！」有人尖叫。

木蘭花公主說：「我去找人來幫忙。」

她擠過人群，鑽進桌子底下。

木蘭花公主從桌子底下鑽出來時，她不再是木蘭花公主。她變身成黑衣公主了！

她把面罩戴好。畢竟，沒有人知道，那個端莊完美的木蘭花公主，竟然和黑衣公主是同一個人。

「我來了！」黑衣公主說。

「我也來了！」另一位戴面罩的英雄說。

那位英雄從毯子碉堡後面跳出來。她踩到毯子，還絆了一跤，幸好稍微顛了兩步就站穩了。

黑衣公主說：「毯子公主你好，科學展正需要英雄來拯救。」

「嗯，我聽說有一隻怪獸，霸占了湯米的作品。」毯子公主說：「然後……呃，我人剛好在附近。」

「滾出我的火山！」湯米大喊。聲音是從一張桌子後面傳來的。原來湯米已經躲到安全的地方了。

黏黏怪說：「不要。」

黏黏怪低吼、黏黏怪變大。黏黏怪一面低吼，一面變大。

黑衣公主說：「你不出來，火山就沒辦法噴發。」

「而且裡面太擠了，你換一個大一點的地方住吧。」毯子公主接著說

黏黏怪說：「不要！」

就在這個時候，小蘇打粉和醋發威了。噴發的威力，把黏黏怪噴出火山。

大家驚聲尖叫。

「吃吃科學展！」黏黏怪大吼。

黑衣公主說：「不准吃科學展！」

黏黏怪才不理黑衣公主，張口就吃了起來。不過牠也只來得及吃掉一項參展作品，那就是木蘭花公主的海報。

「你夠了喔！」黑衣公主說。

於是，黏黏怪和黑衣公主展開大戰！

火山

火山吼！
木桶鎚擊！

我敲！我敲！
敲到你眼冒金星！

黏黏怪沒回到火山裡。

第五章
我的家在哪裡

轉眼間，黏黏怪鑽進了金魚草公主的瓶子裡。

「怪獸，別亂來！那是金魚草公主的瓶子。」黑衣公主說。

黏黏怪說：「我的家。」

金魚草公主試著把黏黏怪拔出來。可是黏黏怪像是沾了強力膠水，黏得非常緊。

「這不是你的家。」金魚草公主說：「你都滿出來了！」

黏黏怪變得好巨大，大到撐破瓶子，彈了出來，一頭栽進鼴鼠生態箱裡。

「我的家。」黏黏怪說。

金銀花公主說：「這不是你的家，這裡是鼴鼠的家。」

鼴鼠加上黏黏怪，生態箱根本裝不下。

鼴鼠覺得好擠，動彈不得，就咬了黏黏怪。黏黏怪痛得大叫，只好跳出鼴鼠生態箱。

鼴鼠生態箱

黏黏怪掉進蝴蝶蘭公主的木桶裡。

「我的家。」黏黏怪說。

蝴蝶蘭公主說：「可是我的科學展作品，要用到這個木桶。」

「而且木桶住起來不怎麼舒服。」金魚草公主說。

金銀花公主說：「還有，對你來說太小了。」

「住得下，剛剛好。」黏黏怪說。

「剛剛好？我的媽媽咪呀！」毯子公主說：「我想到一個好主意。」

黑衣公主說：「我知道你在想什麼，我們就這麼做吧。」

毯子公主和黑衣公主抬起木桶和怪獸，朝著車站跑去。

三位公主你看看我，我看看你，決定跟上去看看。

第 六 章
抬著怪獸狂奔

列車裡滿滿都是人。

金銀花公主快要被壓扁了，金魚草公主快要被擠歪了，蝴蝶蘭公主被人踩到了腳趾。

「到家了。」黏黏怪說。

黑衣公主說：「還沒，這裡太小了，不能當你的家。」

「有怪獸！」有位乘客大喊。

公主和黏黏怪兩旁的乘客，分別往兩側擠成一團。他們的四周突然變得好空曠。

「到家了？」黏黏怪問。

「還沒！」車上的乘客異口同聲說道。

黏黏怪嘆了一口氣。

好不容易，大夥終於抵達木蘭花王國站。

兩位英雄一左一右扛起木桶，把黏黏怪搬下車。車上的乘客都鬆了一口氣。列車也鬆了一口氣，抖了抖身體，繼續上路。

黏黏怪伸出肥肥黏黏的觸手，指著木蘭花公主的城堡。

「我的家？」黏黏怪問。

黑衣公主說：「不是，絕對不可能。」

黏黏怪想要從木桶裡爬出來。

毯子公主說：「別亂動！新家就快到了。」

「我們最好加快腳步！」黑衣公主說。

可是木桶好重，兩位英雄扛著木桶，根本跑不動。

金魚草公主說：「我來幫忙。」

金魚草公主湊了過去。可是三個女生擠在一起，木桶反而不好扛。

山羊草原
城堡

金魚草公主說：「如果有蝴蝶蘭公主的翹翹板吊桶機就好了。」

「或是比較輕鬆省力的搬法。」蝴蝶蘭公主說。

金銀花公主說：「要是我們能平均分攤重量就好了。」

「我想到了！」蝴蝶蘭公主說：「毯子公主，你有多的毯子嗎？」

金銀花公主說：「好主意！我們把木桶放在毯子上……」

「我們一人抓一邊……」蝴蝶蘭公主說。

毯子公主說：「這樣就可以一起把怪獸扛起來了！」

有人說公主不應該奔跑，但這五位公主不一樣。

她們不只飛奔，還抬著一隻巨大的怪獸呢！

第七章
飢餓的怪獸

黏黏怪今天只吃了一張小小的科學展海報。

一張小小的科學展海報，對發育期的黏黏怪來說，根本連塞牙縫都不夠。

牠一抓到東西吃，就會被公主吼。牠一找到新家，就會被公主罵。

公主好難捉摸，公主動不動就生氣大吼。

現在，五位公主抬著牠跑。黏黏怪覺得很好玩，可是牠的肚子還是很餓。

黏黏怪往前靠近公主，想啃她的頭髮。

「怪獸，別亂來！」黑衣公主說。

黏黏怪不懂，什麼才叫不亂來？不過牠知道怎麼啃頭髮，於是牠又啃了一次。

「不准吃我的頭髮！」黑衣公主說。

黏黏怪嘆了一口氣。火山容不下牠，瓶子、鼴鼠生態箱、木桶也都跟牠不合。

而公主，是牠最受不了的。

究竟哪裡才能容得下黏黏怪呢？

第八章

找到同伴了

山羊草原上，有一隻紫色三眼怪，正從通往怪獸國的洞裡鑽出來。

紫色三眼怪大吼：「我要吃山羊！」

「想都別想！」山羊復仇者說。

山羊復仇者很喜歡講：「想都別想！」

以及：「有我在，你休想！」

還有：「怪獸，滾開！滾回你的臭巢穴去！」

開戰前的狂吼吶喊，是打怪英雄最喜歡的。有時候，光憑狂吼吶喊聲，就能把怪獸嚇跑。不過，通常怪獸一心只想吃到山羊。

山羊復仇者可不會讓怪獸吃掉山羊！於是，紫色三眼怪和山羊復仇者準備開戰。

跟怪獸大戰，是英雄第二喜歡的。

就在這個時候，黑衣公主朝山羊草原飛奔而來！還有毯子公主！再加上其他三位公主！

一大群公主，浩浩蕩蕩的跑上山羊草原。

「吃山羊……」紫色三眼怪的話才剛說完，牠就發現木桶和裝在裡面的黏黏怪。

紫色三眼怪露出微笑：「新朋友？」

黏黏怪溜出木桶，擠到了通往怪獸國的洞口旁邊。

牠往下看：「住得下？」。

紫色三眼怪點點頭說：「住得下！吃怪獸毛！吃腳趾甲屑屑！大大怪獸國好好玩！」

「新家。」黏黏怪說。

於是紫色三眼怪和黏黏怪一起回到洞穴裡。

第 九 章
大戰怪獸好好玩

五位公主癱倒在草地上，她們不約而同吁了一口氣。

「剛剛發生了什麼事？」山羊復仇者問。

黑衣公主說：「我們狂奔。」

「一路從車站跑過來。」毯子公主說。

「還抬著一隻好重的怪獸。」金銀花公主說。

蝴蝶蘭公主說：「怪獸就裝在木桶裡！」

「累死我了。」金魚草公主說。

「我渾身無力。」蝴蝶蘭公主說。

「真的……但好好玩！」金魚草公主說。

五位公主笑成一團。

山羊復仇者說：「我正要展開大戰，但怪獸就走了。」

「真遺憾。」黑衣公主說：「大戰怪獸好好玩。」

「當英雄，我最愛的就是對戰怪獸。」毯子公主說。

山羊復仇者說：「我也是，不過最喜歡的，還是開戰前的狂吼吶喊。」

三位英雄齊聲說：「怪獸，別亂來！」

「想都別想！」

「滾回你的臭巢穴去！」

三位英雄哈哈大笑。

三位公主卻嘆了一口氣。

金銀花公主說：「我好想當英雄。」

「我也是。」蝴蝶蘭公主說。

黑衣公主說：「你們本來就是英雄啊！你們扛得動木桶，勇敢面對怪獸，還幫怪獸找到了新家。」

第十章
頒獎典禮

回到科學展。金銀花公主好想好想得到第一名，可惜第一名不是她。

第一名是蝴蝶蘭公主。金銀花公主為她歡呼，大家高聲歡呼。木蘭花公主的歡呼聲最響亮。

國際
皇家科學展

金銀花公主問：「你沒事吧？不公平，怪獸把你的作品吃掉了。」

「蝴蝶蘭公主得第一名，我為她高興。」木蘭花公主說：「明年我會更努力，做出讓大家眼睛一亮的作品。」

金銀花公主露出微笑。她也要更努力，也要做出讓大家眼睛一亮的作品。

讓人眼睛一亮，就像翹翹板吊桶機一樣。

讓人眼睛一亮，就像大戰怪獸一樣。

金銀花公主看看蝴蝶蘭公主，蝴蝶蘭公主看看金魚草公主，金魚草公主看看金銀花公主。在那一瞬間，她們想到同樣的事情。

黑衣公主說的沒錯。她們本來就是英雄。她們只缺英雄服裝，還有響亮的名號。

新的英雄即將登場！

關鍵詞

Keywords

單元設計｜**李貞慧**
（國立臺灣大學外國語文學系研究所碩士，現任國中英語教師）

❶ poster 海報 名詞

She grabbed her science-fair project, a poster that showed how seeds grow into plants.

她拿著研究「種子如何長成植物」的成果海報，參加科學展。

❷ crowded 擁擠的 形容詞

The train was crowded.

火車廂裡擠滿了人。

crowded常以片語「be動詞+crowded + with」的形式出現於句子中。

例句：

The fine art museum is crowded with people who want to see Van Gogh's paintings.

美術館擠滿人，想一睹梵谷的畫作。

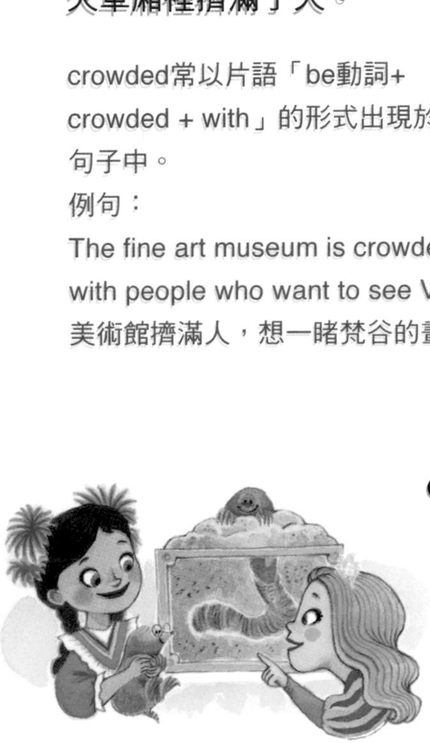

❸ habitat 棲息地 名詞

Your mole habitat is amazing.

你的鼴鼠生態箱做得真棒。

The Arctic is the habitat for polar bears.

北極圈是北極熊的棲息地。

❹ placed 放置、擺放 動詞過去式

When she placed an egg on top of the bottle, the egg got sucked right in.

當她在瓶口擺上一顆蛋時，這蛋直接被吸進瓶子裡！

Place若當名詞使用，有「地點、地方」的意思。
例句：
A cave isn't a good place for modern people to live.
洞穴對現代人來說不是個居住的好地方。

❺ seesaw 蹺蹺板 名詞

It's a seesaw that can lift buckets.

這座蹺蹺板可以把木桶吊起來。

原文裡的Teeter-Totter也是「蹺蹺板」的意思。

❻ tripped 絆倒 動詞過去式

She tripped on a blanket.

她被一條毯子絆倒。

trip當名詞時，意思是「旅行、旅程」，通常是指短期的旅行。

例句：

We're going on a trip to Norway this summer.

我們今年夏天要去挪威旅行。

❼ fit 適合、合身、適應 動詞

That’s not your home. You don’t fit in there!

那不是你的家。你不適合那裡！

I don't think I fit in this group.

我覺得自己無法融入這個團體。

❽ plopped 重重地坐下 動詞過去式

The princesses plopped down on the grass.

公主們癱倒在草地上。

plop當名詞時，有「東西落水時發出的撲通聲」之意。

例句：

Sam jumped into the lake with a plop.

山姆撲通一聲跳進湖裡。

❾ disguise 偽裝、喬裝 名詞

They just needed some disguises.

她們只需要做一些喬裝掩飾

disguise也可當動詞用，意思同樣為「偽裝、掩飾、隱瞞」。

例句：

The gangsters disguised their faces before kidnapping the businessman.

歹徒在綁架商人前，掩飾了自己的臉。

閱讀想一想

Think Again

❶ 參加比賽，大家都想贏得首獎，你覺得木蘭花公主對自己有信心嗎？你從什麼地方看出來她對自己是不是有信心呢？

❷ 當你剛加入一個新團體，擔心自己不適應，無法融入團體時，你會怎麼做？

❸ 所有的公主將怪獸抬出科學展場，幫牠找到新的適合住處，你覺得她們展現的是什麼精神？

❹ 有些公主覺得自己不像黑衣公主那樣稱得上是英雄，你覺得什麼樣的人是英雄？每個人都可以當英雄嗎？

國家圖書館出版品預行編目(CIP)資料

公主出任務. 6, 科學展驚魂/珊寧.海爾(Shannon Hale), 迪恩.海爾(Dean Hale)文；范雷韻(LeUyen Pham)圖；黃聿君譯. -- 初版. -- 新北市：字畝文化出版：遠足文化事業股份有限公司發行, 2022.04
面； 公分
譯自：The princess in black and the science fair scare
ISBN 978-626-7069-40-0(平裝)
874.596 110021504

公主出任務 6：科學展驚魂

The Princess in Black and the Science Fair Scare

作者｜珊寧．海爾 & 迪恩．海爾 Shannon Hale, Dean Hale
繪者｜范雷韻 LeUyen Pham 譯者｜黃聿君

字畝文化創意有限公司
社長兼總編輯｜馮季眉 責任編輯｜陳心方
美術設計｜盧美瑾

出 版｜字畝文化／遠足文化事業股份有限公司
發 行｜遠足文化事業股份有限公司（讀書共和國出版集團）
地 址｜231新北市新店區民權路108-2號9樓
電 話｜(02)2218-1417 傳 真｜(02)8667-1065
客服信箱｜service@bookrep.com.tw 網路書店｜www.bookrep.com.tw
團體訂購請洽業務部 (02) 2218-1417 分機1124

法律顧問｜華洋法律事務所 蘇文生律師
印 製｜中原造像股份有限公司

2022 年04月 初版一刷 2024 年7月 初版七刷 定價｜300元
書號｜XBSY0047 ISBN｜978-626-7069-40-0（平裝）

人類群星閃耀時

Sternstunden der Menschheit

14個容易被人忽略卻又意義深遠的「星光時刻」

德文原典直譯本

Stefan Zweig

史蒂芬・褚威格 著

姜乙 譯

目次

上帝已經把他打入深淵，他已經與生活神聖的洪流徹底隔絕！可是他心中卻有一種力量在掙扎，一種隱隱的好奇心在催逼他，而他昏沉無力，無法抵禦這種好奇。

099 ★ 一夜天才

風暴從未像此刻一般，席捲了他那原本狹隘的市井小民的心靈。一種並不屬於他自己的亢奮與激情，一種神性的魔力，匯聚在這天賦爆發的瞬間，將這個可憐的半吊子音樂家像一枚炮彈般丟到了距離他自己十萬八千里的地方。這枚炮彈閃耀著瞬間的光芒和奪目的火焰，直抵群星。

117 ★ 決戰滑鐵盧

拿破崙和威靈頓，兩人都緊抓著計時器數著時間，一分一秒——時間將帶來決定最後勝負的增援部隊。威靈頓知道布呂歇爾已在附近。拿破崙則寄希望於格魯希。雙方已再無後備部隊。誰的增援先到，誰就能贏得戰爭。

135 ★ 馬倫巴哀歌

那場急病是他內心恢復青春的標誌，像一場「新青春期」。一個沉默冷峻而充滿學究氣的人，一個幾乎被詩歌占據了全部身心的人，幾十年後再次聽從了情感的安排。

149 ★ 發現黃金國

加利福尼亞那片傳說中隨處流淌著任人取用的奶和蜜的土地當時還玄妙莫測——只是那裡極為遙遠，要冒著生命危險方能抵達。蘇特爾租了一匹馬，向肥沃的沙加緬度山谷騎去；一天工夫，他就心中有數，這裡可不是只能建造莊園農場，這裡可以建立王國。

沒有人把這個矮小而冷峻的男人放在眼裡。整個蘇黎世也不會超過三人，認為這個住在鞋匠家名叫弗拉基米爾·伊里奇·烏里揚諾夫的人值得被記住。要是當時某輛飛速穿梭於使館之間的豪華轎車偶然將他撞死在街上，世人就不會再知道這個叫烏里揚諾夫或是列寧的人。

281 ★ 西塞羅

布魯圖斯在將帶血的匕首從凱撒的胸中拔出時，曾高喊他西塞羅的名字，並以此要求他這位共和國的精神領袖作為他們行動的見證人。現在，一切已無可挽回，西塞羅意識到，跨過這具暴君的屍體是通向古老的羅馬人的自由之路，而向他人指明這條路乃是他義不容辭的責任。

309 ★ 威爾遜的失敗

昨天還謾罵威爾遜是和平的干擾者、世界的破壞者，今天就將他奉為最有智慧的政治家。這些讚美像譴責一般焚燒著威爾遜的靈魂。他知道，他或許拯救了和平，暫時的和平，但是以精神上的和解去締造持久和平，去締造唯一能拯救世界的和平的良機已經錯失。

329 ★ 譯後記

推薦序

歷史上的一瞬之光，請照亮我前行

——SPECIAL 教師、《OSSO～歐美近代史原來很有事》作者／吳宜蓉

作為一個歷史教師，經常有人請教我適合學生閱讀的相關書目，而我這個人是絕不藏私的。

中學歷史課本就是我極力推薦的助眠讀物，它是臥室不可缺少的藏書。只要放在床頭，睡前隨手一翻，在最短的時間內即能營造出愛睏的氛圍，迅速地讓你失去意識，立刻一覺到天明。

「欸，老師等等！你能不能推薦一本提神醒腦，有助於點燃學習熱情的書啊？」

哦哦！好的，如果你沒有失眠的困擾，又極需要一本歷史界的蠻牛，那就是這本《人類群星閃耀時》啦，可別輕易翻開哦，因為後作用力太狂了。讀起來會讓你的交感神經作用強烈，嗑個一章就容易心跳加速、呼吸亢奮，再多讀幾章包你眼眶發熱，血液沸騰！想要讀歷史讀到心蕩神馳，豈能錯過褚威格的經典之作。

先拋開歷史課本裡那些帝王們的豐功偉業吧！你可曾想過人類築夢的勇氣、內在

的掙扎，猶疑不決的徬徨，都可能是夜空中最亮的星。來自奧地利的作家褚威格，相信歷史就是「一切時代最偉大的詩人和演員」，真實的事件比小說更宏大，比起戲劇更瘋狂。那些歷史上驚心動魄的關鍵時刻，往往就發生在某個瞬間。無論當事人是否有意為之，或是心念恰好一轉，霎那間所迸發出的能量，雖似流星一瞬之光，卻能閃耀整個時代，甚至決定整體國家、民族的存亡。歷史不見得一定必然，而那些得以主宰命運的偶然，即被稱為「人類群星閃耀時」。

在本書中，褚威格描述了十四個決定性的歷史瞬間。那瞬間，可以是一秒鐘，可以是十五分鐘，可以是一天二十四個小時。儘管每一篇章時間尺度都不相同，褚威格的「歷史縮寫」皆用他瑰麗的文筆，戲劇性地記錄了一個人改變世界的過程。事件在歷史課本中的鋪陳像是流水帳，只平庸呆板地按照時間順序乖巧地排列著；但同樣的事件在褚威格筆下，每一瞬間都像是立體清晰的電影分鏡，生動又激情的文字下，滿載著角色複雜的思維與情緒。

在這本書中，你會驚嘆，是那樣的一秒鐘，法國元帥格魯希猶豫的一秒鐘，讓他錯過了增援拿破崙、與敵軍在滑鐵盧拼盡最後子彈的機會。這一秒的決定，摧毀了拿破崙二十年英雄生涯所創建的一切，也底定了十九世紀的命運。同樣是一秒鐘，因牽涉反對沙皇的革命活動，杜斯妥也夫斯基被捆綁在刑柱上準備接受死亡的到來，臨終前所有往日回憶襲來，讓一秒漫長如千年。此刻忽然一個士兵帶來沙皇的諭令，改判決為流放西伯利亞。這一秒，催化出一個偉大的文學家。對於在死中經歷生的人，痛苦變為喜悅，幸福成為折磨，從此，他的作品要將人間的苦難用筆墨煉為不朽！

又或者，你會嘆息，是那樣的一個月，讓英國的極地探險家史考特，過去幾年來的希望與幾個月來所受的磨難都變成一場心碎。征服南極點的世界第一人是全部，第二只剩遺憾。一個月之差，讓史考特踏上極點那刻無法歡呼，只有憂傷懊惱。隨後的歸途，史考特與他的隊員們不敵南極惡劣的酷寒風雪，全員覆沒。他遺留下的書信日記，收件者是他的家人與朋友，但口吻卻彷彿是在向全人類訴說他那曾經與命運搏擊展現出的高昂生命力。在那風刀霜劍嚴相逼的最後日子裡，每個活著的時刻，史考特沒有投降，而是選擇傾訴永恆。

歷史課本太喜歡拼湊支離的片段，談單薄的第一，於是我們無感到昏昏欲睡。但褚威格說起故事來，有血有肉。讓一念之間幻化成一個宇宙，帶你到寬闊的天涯，也帶你去幽暗的海角。

十四個史上意義深遠的星光時刻，在在提醒你，不要小看自己的心念，最暗的天空總有最閃耀的星星。每個生命中的微小決定，也許就是決定歷史的重大時刻。

有那麼一首歌這樣唱著：「每當我找不到存在的意義／每當我迷失在黑夜裡／夜空中最亮的星／請照亮我前行」

透過褚威格將關鍵時刻絕妙再現，你會相信一個人的堅韌或軟弱、執著或躊躇都能改變歷史的進程。面對生命決定性的瞬間，你不得不全力以赴。

小說《一瞬之光》曾寫道：「如果下一個瞬間就是最後一瞬間，那麼任何瞬間都將是最閃耀的極致時光。」

那些人類用意志去創造的歷史，用靈魂血肉去受過傷的苦難，不論成功或失敗，都是讀了讓你澎湃到輾轉反側的星光時刻。你也將更關注起自身生命與當今世界的時時刻刻。所以，翻開這本書吧！讀著褚威格為你精彩描述的段落篇章，用歷史上的一瞬之光，照亮我們前行。

推薦序

那些轉動歷史的關鍵時刻

——歷史說書人、《海獅說歐洲趣史》作者／神奇海獅

看某些歷史作品，就像是在觀賞一場緊湊精彩的棋局。這些大人物們早就知道自己注定要名留青史，只是他們還不知道，命運究竟會對哪方微笑。各種戰略、招數在他們腦中盤算，最後選定某個決勝點，將手中全部的資源推入——

接著，就讓命運來決定一切了！

閱讀史蒂芬．褚威格（Stefan Zweig）的作品，就很有這樣暢快淋漓的感覺。身為二十世紀最有名的奧地利作家之一，他經歷的年代剛好也是歐洲最風雨飄搖的年代。在他的自傳《昨日世界》裡，他栩栩如生的描述奧匈帝國的百姓是怎樣得知塞拉耶佛事件的消息；而這起事件又怎樣讓全歐洲捲進殘酷的世界大戰、之後希特勒又是如何捲起一陣民粹狂潮。讀他的作品，就好像走進了歷史的時空，你好像可以看見一個春

暖花開、風光明媚的公園，行人悠閒經過、而遠方街頭藝人演奏的旋律，絲絲縷縷的傳過來……

但突然間，人群停止、音樂聲也跟著消失了。所有人都不約而同往一處聚集，而匯聚處的圓心則是一張告示：就在不久前，奧匈帝國繼承人斐迪南大公被刺殺了！

這本《人類群星閃耀時》也有相似的強烈畫面感，整本書描述了十四名歷史名人、以及他們的改變歷史的決定性時刻。但坦白說在閱讀這本書時，我大概也可以理解這本書為什麼不被歸類為歷史著作、而是文學作品的原因。

事實上在褚威格那個年代，「現代的」歷史學才出現不過一百多年。偉大的歷史學家們向那時最興盛的自然科學看齊，努力擺脫哲學、神學的控制，甚至嘗試和文學藝術劃清界線，把「歷史」轉變為一門嚴肅考據的人文科學。歷史研究不再重視時代中的個人成敗，而是著重分析時代的文化、社會條件與群體。而最後，所有的歷史研究終將指向一個方向：文明將朝著更進步、更理性、與更自由的方向前進。

但褚威格不想這麼做。套一句歷史學家海因里希・馮・特雷奇克（Heinrich von Treitschke）的看法：某些偉大個人的性格與行為——將決定世界歷史的走向！身為作家、而非歷史學家的褚威格，並沒有浪費篇幅來做歷史學分析（相反的，有些嚴謹的歷史學家總是會情不自禁的花上好幾頁，來解釋他辛辛苦苦找到的A史料與B史料如何不同，並闡述各種之所以造成這些差別的原因），而是極為細緻、讓人彷彿身歷其境似的描寫了當時情景，以及主人翁們內心的情感狀態。比如說，在〈決戰滑鐵盧〉這一章節裡，褚威格這樣描寫了開戰當天的早晨：

「雙方的四百門火炮從早上就開始不停地向對方轟炸。騎兵的鐵蹄踏響整個前線，衝向火力強勁的方陣。震耳欲聾的戰鼓響徹整個平原，大地顫抖！」

然而雙方統帥，英國的威靈頓公爵與法國的拿破崙卻並未關注在戰事上，而是仔細傾聽著手上懷錶發出的細微聲響：他們都知道雙方都已經投入所有的力量，誰的援軍率先抵達戰場、誰就是滑鐵盧之役最後的贏家！

最後，是威靈頓的普魯士援軍先抵達了戰場，也注定了拿破崙的失敗。

嚴謹的歷史才不會去考量拿破崙和威靈頓的心情點滴。但褚威格對歷史的準確性不感興趣，他想捕捉的是歷史上最重要的「聚焦時刻」，從他的眼中看來，這才決定了人類歷史的進程。

果不其然，這樣的歷史普及作品不被學院派接受，但立刻受到了年輕人的歡迎——

原因在於，這本書出版的一九二〇年代是個憂鬱的年代，殘酷的一次世界大戰打破了文明「進步」的想像。人們看見理應幫助世界走向正面、積極的科學，最後反倒成為戰場上最先進的殺人武器。而隨著凡爾賽失敗的和平、極右派的興起，人們對文明未來的走向越來越悲觀，人們不再相信歷史最終會通往一個理性進步的未來。

但相反的，偉大之人——尤其是歷史上真實存在過之人，他們的苦難、掙扎與失敗，卻無形之間帶給讀者一種同情共感。人們終於知道自己身處的年代，並非整段歷史中的至暗時刻，而是每段時期都有自己的感傷與憂鬱。

回首我們現在的二〇二〇年代，意外的也跟百年前瀰漫著相似的悲觀情緒——世紀疫情、國際衝突，使得世界彷彿又陷入了黯淡之中。過去療癒許多年輕人的作品，在今日是否仍能帶給我們相同的感受呢？

也許，只有打開這本書才能知曉了。

序言

沒有哪位藝術家能全天二十四小時創作藝術。那些顯赫不朽的藝術傑作往往誕生於藝術家們靈感乍現的難得瞬間。歷史亦是如此。歷史，這位令人讚歎的一切時代最偉大的詩人和演員，並不是位持續不斷的創造者。就算在「上帝的祕密作坊」中——歌德曾虔敬地如此稱呼歷史——也發生著大量無關緊要和平庸乏味之事。在這裡，就像在藝術和生活中一樣，崇高而難忘的時刻並不多見。歷史大部分時候是個編年史家。他冷漠而持久地穿針引線，將那根巨大的歷經千年的鏈條環環相連，因為所有的巔峰時刻需要綢繆，所有非凡之事需要醞釀。一個民族，總是上百萬人中才湧現出一位天才。世界總是在荒疏了漫長的無謂時光後，真正的歷史性時刻，人類群星閃耀的時刻才悉數登場。

正如藝術天才一旦誕生就流芳百世，具有歷史意義的時刻一旦出現，就決定了後世的進程。就像避雷針的頂端匯聚了整個電場，大量的事件總是集中在短時間內爆發。它們平日優哉遊哉按部就班地行進，卻在一個決定一切的時刻，一個決絕的肯定或否定的時刻，一個對眾生來說，無法逆轉的或早或晚的時刻，聚集在一起。這一時刻決定了個人的生死，民族的存亡，乃至整個人類的命運。

這些充滿戲劇性的巔峰時刻，這些生死攸關、超越時代的決定性時刻往往發生在某一天、某個時辰，甚至常常發生在某一分鐘，儘管這樣的時刻在個人命運乃至整個歷史進程中都難得一遇。在此，我嘗試回顧那些發生在不同年代和地域間的群星閃耀的時刻——我這樣稱呼這些時刻，是因為它們像群星般璀璨而不渝地照耀著暫時的黑夜。但我絲毫不會試圖以編造去遮掩或渲染這些事件的外部及內部的精神實質。因為在這些被創造得十分完滿的卓越時刻，歷史無須任何後來的幫手。在歷史作為一位真正的詩人和戲劇家存在的地方，任何作家都休想超越他。

史蒂芬・褚威格

遁入不朽

FLUCHT IN DIE UNSTERBLICHKEIT

太平洋的發現（1513 年 9 月 25 日）

裝備妥當的船

那是發現美洲後哥倫布的首次歸來。凱旋的隊伍在塞維亞和巴塞隆納擁堵的大街上展示無數稀世珍寶。聞所未聞的紅種人，見所未見的動物，噪聒斑爛的鸚鵡，笨拙的貘，即將落戶歐洲的奇異植物和水果，印度[1]的稻穀，煙草和椰子，這一切令歡慶的人群既好奇又驚羨。但國王夫婦[2]及其大臣們卻只對幾口小箱子和小盒子裡的黃金動心。哥倫布自新印度帶回的金子不多。從土著手上換來或搶來的幾件飾品，幾塊小金錠，一小撮抓不住的碎金——金粉比金子多——這全部贓物最多夠打幾百個杜卡特[3]。但哥倫布的天賦是狂熱地相信那些他樂意相信的事。就像他相信，是他輝煌地開闢了通往印度的海路。他坦率又奔放地誇耀說，這些金子不過是些微不足道的樣品。據他得到的可靠消息稱，在那座新島上蘊藏著無以數計的金礦。在那裡，貴金屬就埋在薄薄的地層下，甚至直接暴露於地面，只消一把普通的鐵鍬就能輕易挖出。再往南的屬地則更為富庶，那裡的國王們用金杯飲水。金子的價格比西班牙的鉛還低廉。貪得無厭的國王夫婦聽著，陶醉於那片嶄新的俄斐地[4]。他們認不清哥倫布愚蠢的吹噓，絲毫不懷疑他的承諾，立即裝備了第二批龐大的船隊。招兵買馬不在話下。新俄斐地徒手刨金的傳奇令整個西班牙沸騰，成百上千人蜂擁著爭先恐後前往黃金國。

1 編註：哥倫布誤以為美洲就是印度，故稱。下文「稻穀」即指玉米。

2 編註：亞拉岡國王斐迪南二世與卡斯提亞暨萊昂女王伊莎貝拉一世。十五世紀以來，伊比利半島王國林立，兩人的聯姻最終促成了西班牙的統一。

3 Dukaten，十四至十九世紀歐洲通用金幣。

4 Ophir，《塔納赫》和《舊約》中傳說的黃金地。

可這是怎樣的汙流！貪欲從所有城市、村莊和鄉鎮中奔湧而出。不僅是那些想給自家徽號盾牌鍍金的老實貴族，還有大膽的冒險家和勇猛的士兵，連西班牙的下流胚和渣滓們也成群結隊地湧向帕洛斯和加的斯[5]。烙了印子的竊賊，攔路搶劫的大盜、癟三，都想去黃金國幹點兒賺錢的手藝活。欠債的想躲避追債的債主，有家的想甩掉吵鬧的老婆。所有絕望潦倒的人，被員警追捕的前科犯，都報名參加船隊。這些發狂的不逞之徒、烏合之眾決心一夜致富，並決心為此不惜去施暴和犯罪。哥倫布的種種空談絕好地誘使他們相信，在那些國家，只要一鍬下去，就能挖出金燦燦的黃金。富人們甚至要帶上僕人和牲口，以便能將大批貴金屬從那裡運回。一些未被艦隊接納的人被迫另想辦法。粗野的冒險家們只盼趕緊去攫取金子，金子，金子！他們已開始動手裝備自己的船隻，哪管國王是否允許。西班牙的不安定分子和危險的歹徒們也趁亂一舉獲得自由。

西班牙島[6]總督驚恐地看著這些不速之客擁向他管轄的島嶼。年復一年，船隻不僅運來新貨，也運來無法無天的野蠻人。

同時，這些登島之人也倍感痛苦失望——島上根本沒有隨處可見的黃金。於是他們洗劫當地可憐的土著，直至從他們身上再也榨不出一粒黃金。這群烏合之眾遊手好

5 編註：Palos與Cádiz，西班牙西南方兩大港口，分別是哥倫布第一與第二次遠航美洲的出發地。

6 編註：Española，加勒比海第二大島，位於古巴東南方，是哥倫布在美洲建立的第一個殖民地。今為多明尼加與海地。

鬨，劫掠成性，使得不幸的印第安人整日擔驚受怕，總督也惴惴不安。為了能讓這群人去墾荒，總督想盡辦法。分土地，分牲口，甚至慷慨地送給他們「牲口人」——每人配給六十至七十名印第安人做奴隸也無濟於事。這些人，無論是當年的貴族騎士還是江洋大盜，都對農事缺乏興致。他們飄洋過海可不是為了來這裡種莊稼和餵牲口。他們從不關心播種和收穫，只顧虐待苦命的印第安人。幾年後，他們滅絕了當地人，沉淪於賭窟。不久，他們中的不少人就債臺高築，不得不變賣財產，甚至當掉大衣、帽子和僅有的襯衫，直至被商人和高利貸主追捕。

一五一〇年，對於西班牙島上這些失魂落魄的人來說，受人尊敬的法學家馬丁·費南德斯·德·恩西索「學士」裝備船隻，準備帶領全新人馬去挽救他的殖民地這一消息，無疑令他們歡欣鼓舞。一五〇九年，兩位著名的冒險家，阿隆索·德·奧赫達和迭戈·德·尼奎撒，從斐迪南國王處獲得特許，在巴拿馬地峽附近和委內瑞拉沿岸建立了殖民地，並草率地稱其為「黃金卡斯提亞[7]」。這一響亮的稱呼，誇張的編造，令天真的法學家心馳神往。他將全部家當投資到這片殖民地上。但在烏拉巴灣[8]新開闢的聖塞巴斯蒂安[9]殖民地卻沒有黃金，只有刺耳的呼救聲。一半殖民者在同土著的搏鬥中遇難，另一半則陷入饑荒。於是為挽救投資，恩西索決定用所剩不多的財產裝

7 編註：Castilla de Oro，涵蓋今委內瑞拉、哥倫比亞至巴拿馬一帶。

8 Golfo de Urabá，今哥倫比亞西北部。

9 編註：San Sebastián，奧赫達在中南美洲交界處的首個殖民地。

備一艘船，組建援助隊。西班牙島上落魄的人們聽到恩西索要徵兵的消息，都想利用這一機會逃走，遠離債主和總督嚴厲的督察！但債主們自有辦法。他們察覺到債務人準備溜之大吉，便哀求總督，沒有總督的允許誰也別想離島。總督滿足了他們的心願。他頒布了極為嚴苛的監視措施：恩西索的大船必須泊在港口之外，而總督府的小船則四處巡邏，以阻止未經許可的人溜到大船上。這樣一來，這些潦倒的人，這些不怕死，卻只怕老實幹活，怕背負債務的人，不得不淒苦絕望地目送恩西索的船丟下他們，揚帆起航，踏上冒險征程。

藏在箱子裡的人

恩西索的船張滿風帆，從西班牙島駛向美洲大陸。島的輪廓逐漸消失在幽藍的地平線下。起初十分平靜，航行無任何異常，直到那隻壯實的獵狗——因它是名品貝塞力紐[10]的後代而成為名品里昂西科——不安地緊貼甲板到處嗅著奔跑。沒人知道它歸誰所有，如何上了船。最引人注目的是，這隻獵狗最終駐足在一口最後一天被人搬上船的巨大食品箱旁。看！這口箱子出乎意料地自行打開，從箱子裡躥出一個大約三十五歲的男人。他全副武裝，刀劍、盔甲、盾牌一應俱全，活像卡斯提亞的聖地牙哥[11]。

10 編註：Becerrillo，意為「小公牛」，西班牙探險家胡安·龐塞·德萊昂的西班牙鬥牛犬，曾一戰殺死三十三人，令波多黎各土著聞風喪膽。其子里昂西科（Leoncico），意為「小獅」。

11 編註：Santiago，即「聖雅各」，耶穌十二使徒之一，西班牙的主保聖人。

他是巴斯寇・努涅茲・德・巴波亞。他以這種方式，首次證明了他過人的勇莽和狡黠。他出生於赫雷斯卡巴耶洛斯[12]的一個貴族家庭，曾作為普通士兵隨羅德里戈・德・巴斯蒂達斯[13]向新世界駛航，經過數次迷航後登陸西班牙島。總督曾徒勞地試圖栽培巴波亞成為一名英雄墾殖者，但數月後，巴波亞卻棄置了分給他的土地並因此破產。對付債主們，他雖然無計可施，但當其他負債人站在岸邊攥緊拳頭，眼睜睜地望著總督府的小船迫使他們無法登上恩西索的大船時，巴波亞卻大膽地避開總督迭戈・哥倫布[14]的監控，藏在一口裝食品的空箱子裡，被一群幫凶抬上了船。正要起航的大船嘈雜混亂，沒有人注意到他這個放肆的伎倆。直到他認定船已遠離海岸線，不會為了他而返航時，這位偷渡者才從箱子裡爬出來。現在，他亮相了。

恩西索「學士」是位懂法之人。像大多數法學家一樣，他缺乏浪漫。作為新殖民地的總督和警長，他絕不想忍受吃白食的人和來歷不明的存在。他嚴厲地對巴波亞說，他不會帶著他。他會把他擱在下一個經過的島上，無論那個島上有無人煙。可實情並非如此。在駛向黃金卡斯提亞的途中，這艘船遇見了另一艘船——這簡直是個奇蹟。在這片不為人知的海域，只有幾艘熟識的船隻往來。船上人滿為患，領頭的法蘭西斯科・皮薩羅即將揚名世界。他的隊伍來自恩西索的殖民地，聖塞巴斯蒂安。起初，恩

12 編註：Jerez de los Caballeros，西班牙西南方的農業小鎮。

13 Rodrigo de Bastidas，西班牙航海家。巴拿馬地峽的發現者。

14 編註：Diogo Colombo，哥倫布的長子。

西索以為船上是些怠忽職守的暴徒，但這些人解釋說：聖塞巴斯蒂安已不復存在。他們是最後離開那裡的人。司令官奧赫達早已駕船逃跑，只留下兩艘小帆船。為了擠上這兩艘帆船，他們一直耗到死掉七十人後才動身。其中一艘船隨後遇難。皮薩羅率領的這三十四人是黃金卡斯提亞最後的倖存者。那麼現在該駛向何方？恩西索的人聽完皮薩羅的敘述後，已全無興趣到那片潮溼的沼澤荒地去遭受土著的毒箭。看上去，他們唯一的出路是回到西班牙島。就在這生死攸關的瞬間，巴波亞突然站了出來。他說，他同羅德里戈·德·巴斯蒂達斯首次出海時就熟悉了整個中美洲海岸。他記得，他們當時發現了一個名叫「達連」[15]的地方，位於一條河畔，這條河裡富含黃金。當地土著十分友好。大家應該去那裡建立新殖民地，而不是返回那不幸的來處。馬上，所有人都贊同巴波亞的提議。他們按照他的指示，駛向巴拿馬地峽的達連。在那裡，他們先是屠殺土著，接著又在搶來的財產中發現了黃金。最後，這群暴徒在此安居，並感激地稱這座新城為「聖瑪利亞·德·拉·安蒂瓜·德·達連[16]」。

危險的晉升

不幸的殖民地投資人恩西索「學士」不久就為自己當初沒能及時將那口箱子及巴

15 Darién，今加勒比海最南部達連灣附近。

16 編註：Santa Maria de la Antigua del Darién，意為「達連的古聖瑪利亞」，得名自塞維亞主教座堂裡傳自中世紀的古聖母像。

波亞一道扔進海裡而追悔莫及。因為數週後，這個放肆的傢伙就把一切權力篡奪到自己手上。作為法學家，恩西索在紀律與秩序的理念中長大，雖然是否能夠成為該地總督尚未明朗，但他試圖以長官的身分治理這片殖民地，以符合西班牙王室的利益。他在簡陋的印第安茅舍內嚴明廉潔地簽發詔書，如同坐在他塞維亞的律師辦公室。在這片荒蠻之地，他禁止士兵們向土著勒索黃金，因為那是朝廷的特權。他試圖迫使這群放蕩之人遵守秩序和法律，但冒險家們信服的是真刀實劍，對舞文弄墨之流根本不屑一顧。很快，巴波亞就成了這片殖民地真正的主人。恩西索為了保命不得不逃跑。而受國王委任，前來依法治理這片土地的可憐的新總督尼奎薩，甚至還沒登岸，就在這片國王冊封給他的土地上，被巴波亞攆了回去，並在回去的路上溺水身亡。

巴波亞，這個從箱子裡爬出來的人，現在成了這片殖民地的主人。但是成功並未讓他感到愜意。他公開對國王造反，獲得赦免的希望渺茫。更別說國王指派的總督因他的罪行而喪命。

他知道，恩西索正逃往西班牙，在去指控他的路上。他的造反行徑早晚有一天會受到法庭的裁決。不過西班牙畢竟十分遙遠，在一條船穿越大洋再返回期間，他有大把的時間。他要以他的勇猛和機智來尋找物資，以便盡可能長久地穩固他篡奪的權力。

他清楚，在那個時代，成功可以洗刷一切罪行，而向王室繳納大量黃金，則會讓任何刑事訴訟不了了之或緩期執行。因此必須先得到黃金。黃金就是權力！和皮薩羅一道，他奴役並劫掠附近的土著。在此期間，他在一次慣常的屠殺中贏得了關鍵性勝利。那次，他粗暴地違背了為客之道，偷襲了一位名叫卡雷塔的酋長並決定將之處決。這時，酋長建議他，最好不要與印第安人為敵，而應當和自己的部族結為聯盟。為表忠心，酋長願將自己的女兒作為信物奉獻給他。巴波亞馬上意識到，有一位可靠又有權勢的土著朋友十分重要。他接受了卡雷塔的建議。而最讓人吃驚的是，他一直溫柔地對待這位印第安姑娘，直到他生命的盡頭。和卡雷塔酋長攜手，他征服了毗鄰的全部印第安人，並在他們中樹立了威信，以至於最有勢力的酋長柯馬格萊最終也畢恭畢敬地邀請他做客。

拜訪有權勢的酋長，成為巴波亞人生中具有世界歷史意義的轉捩點。迄今為止，他還只不過是個膽大妄為、反叛王室的暴徒，是個必定要上絞架，或接受卡斯提亞法庭審判的罪犯。在柯馬格萊寬敞的石房子裡，他受到款待。柯馬格萊的富有讓他瞠目結舌。不等他索要，柯馬格萊就主動送給來賓四千盎司的黃金。而就在這一刻，瞠目結舌的人換成了柯馬格萊。這些他以崇高敬意款待的天朝之子，這些宛如神靈般威猛的外鄉人，在瞥見金子的瞬間尊嚴掃地！他們像一群掙脫鎖鏈的惡狗般大動干戈，撲向彼此。他們拳腳相加，相互謾罵、咆哮，每個人都拚命爭奪屬於自己的黃金。酋長吃驚而輕蔑地看著這場廝殺，說到底，塵世間的自然之子們總是詫異於文明人的作為。一捧黃色金屬在文明人眼中，竟然比他們在文明中取得的精神和技術上的一切成就都更為珍貴。

終於，酋長發話了。但見西班牙人貪婪地聆聽著譯員的翻譯。柯馬格萊說：「太奇怪了！你們為這些不值一提的東西爭執。為這些尋常的金屬鬧得不愉快，甚至不惜賠上性命。就在對面，翻過這座高山，是一片大海。流入大海的所有河流裡都有黃金。那邊有一個部族。和你們一樣，他們也使用帆船或划船出海。他們的國王吃喝都用黃金器皿。你們在那裡能找到這種黃色金屬，要多少有多少。去那裡只需幾天的航行，不過路途危險，因為那些酋長肯定會阻止你們穿越他們的領地。」

這話說到了巴波亞的心坎上。如今，他終於覓得多年來夢寐以求的黃金國蹤跡。先行者們曾尋遍南北東西一無所獲，而現在，如果酋長的話屬實，前往黃金國就只需幾天路程。同時，這也證實了另一片大洋的存在。這是一片哥倫布、卡博特[17]、科特里爾[18]，所有偉大的航海家都曾徒然尋找的大洋，發現它意味著發現了環繞地球的通道。第一位見到這片新大洋的人，第一位為祖國占領這片大洋的人，他的名字將在地球上

17 編註：John Cabot，義大利航海家，在英王亨利七世贊助下，於一四九七年抵達紐芬蘭島博納維斯塔岬角一帶，是發現北美的先驅者之一。

18 編註：Gaspar CorteReal，葡萄牙航海家，與父兄受葡萄牙王室贊助，出發找尋東亞航路，抵達加拿大拉布拉多地區後失蹤。

永世流芳。巴波亞完全清楚，要想贖清自己的罪責，獲得永久的榮耀，他必須向這片大洋進軍。他要成為第一個穿過巴拿馬地峽、駛向「南海」[19]，抵達印度的人。他要為西班牙王室占領新黃金國。在柯馬格萊酋長家裡的這一刻，決定了他的命運。從這一刻起，他機緣巧合的冒險家生涯有了跨越時代的崇高意義。

遁入不朽

人生中最大的幸事，莫過於在富於創造力的壯年發現了自己的使命。巴波亞知道，冒險的結果無非是要麼死在斷頭臺上，要麼百世流芳。最首要的是賄買王室，獲得和解。他的惡行、篡權，必須被追認為合法！為此，這位昨日的反叛者以殷勤臣僕的身分，向西班牙島的王室財務官帕薩蒙特進獻了黃金。這些黃金不僅包含王室法律規定的從柯馬格萊那裡得到的五分之一，比乏味的恩西索「學士」更熟稔人情世故的巴波亞還自掏腰包，送給財務官一筆不小的私產，並求他證實自己曾在他的部門擔任殖民地探險隊總長。財政長官帕薩蒙特本沒有任命權，但看在金子的分上，他為巴波亞簽署了一份沒有實際意義的臨時文件。為保障各方萬無一失，巴波亞還同時派遣兩名最可靠的親信回到西班牙，將他向王室進獻黃金這件事告訴宮中王室身邊的人，並彙報他從酋長那

19 編註：Mar del Sur，巴波亞對太平洋的稱呼，因對當時位於巴拿馬地峽北岸的西班牙殖民地而言，其相對位置在南方。

裡得來的重要消息。巴波亞讓人告知塞維亞方面，他只需要一支一千人的隊伍。他自告奮勇，有了這支隊伍，他將超越迄今為止所有的西班牙人，為卡斯提亞王國傾盡全力。他將負責發現那片新海域並最終贏得黃金國，這一哥倫布未曾實現的承諾，他，巴波亞，要去兌現它。

看上去，這個失敗者、反叛者和亡命徒似乎交上了好運。但是一艘打西班牙來的船卻帶來了壞消息。被他派回西班牙，以削弱逃跑的恩西索的控告勢力，他當年的造反幫凶稟告說：事情變得很棘手，甚至危及性命。被騙的「學士」在西班牙法庭上告他篡權，法庭已宣判控告成立，且判處巴波亞必須為此付出代價。看來，那個能救命的消息，也就是他已臨近「南海」的消息似乎並未上達宮廷。而下一艘船必定載著司法人員抵達，執行對造反的巴波亞的判決。他會被就地正法，或被鎖起來押回西班牙。巴波亞清楚，他輸了。他的判決在他已臨近「南海」和黃金海岸的消息上達前生成，而他的消息毫無疑問將被人利用。在他人頭落地時，或許有人已經實現了本屬於他的夢想。現在，他對西班牙不再報有任何希望。世人皆知，是他弄死了國王派來的合法總督，是他擅自趕跑了執法長官。假如判決結果是坐牢，而非上斷頭臺，就已經對他足夠仁慈。對那些有權勢的朋友，他也無從指望，因為他自己已毫無權勢。而他最好的說客——黃金，對於赦免他的罪責來說，聲音實在微弱。現在，只有一個辦法能為他的放肆開罪，那就是更為放肆。如果他能在司法人員抵達前或在差役為他戴上鐐銬前發現那另一片大洋和黃金國，他就能得救。在這有人居住的世界盡頭，只有一種可能的逃亡方式，那就是以一種輝煌的方式逃亡，遁入不朽。就這樣，巴波亞決定，與其等待他為探索陌生大洋而向西班牙王室申請的千人大軍，等待法庭的審判，還不如帶上少數同樣下定決心的人，來一場非凡的冒險！他寧願光榮地死在人類歷史上最大膽的冒險中，也不願恥辱地被捆綁著死在斷頭臺上。巴波亞召集了殖民者們，說明了他的計畫，也絕不避諱冒險的難度。他的目的是穿越地峽。接著，他問，誰願意跟隨他。他的勇氣激勵了眾人，一百九十名士兵，幾乎是整個殖民地全部的護衛力量表示願意隨行。裝備無須過多準備，因為這些人長期生活在不間斷的戰爭中。一五一三年九月一日，為了逃避絞刑或牢獄之災，巴斯寇．努涅茲．德．巴波亞，英雄、強盜、冒險家和反叛者，向不朽進軍。

永恆時刻

橫穿巴拿馬地峽的征程，從巴波亞終身伴侶的父親卡雷塔酋長管轄的小國考伊巴開始。雖然事後證實，考伊巴並非抵達巴拿馬地峽最近的區域，這讓巴波亞和他的隊伍在險路上浪費了幾天時間。但對巴波亞來說，更為重要的是以考伊巴作為抵達未知區域的冒險開端，岳父的印第安部落可以為補給提供便利，甚至為撤退提供安全地帶。一百九十名佩戴弓箭、手執長矛的戰士及彪悍駭人的獵狗，乘坐十艘獨木舟，從達連抵達考伊巴。結盟的酋長還派遣了印第安人作為馱貨的牲口和嚮導。九月六日，他們開始了橫穿地峽的光榮遠征。這群無畏的西班牙冒險家的意志將受到嚴峻考驗。在令人窒息、令人疲憊虛弱的赤道灼熱中，他們將穿越熱病成災的低窪沼澤。即便是幾百年後修建巴拿馬運河時，這片沼澤也曾讓上千人送命。遠征剛剛開始，他們就必須先在這條人跡罕至的路上用斧頭和利劍斬斷有毒的藤蘿，好似穿過巨大綠色礦山的先遣隊在灌木叢中為後來者開闢狹長的隧道。這群西班牙征服者一個挨一個，排成一條望不到盡頭的長隊。他們手持武器，全天保持警覺，以防土著的突然襲擊。巨大的拱形樹蓋下潮溼、陰森、黑暗、憋悶。樹冠之上則是無情的驕陽。這隊人背著沉重的裝備，口幹舌燥，汗流浹背，一里一里向前跋涉。而有時又突然大雨傾盆，小溪瞬間變成湍流。他們要麼必須涉水，要麼必須從印第安人臨時用樹皮搭建的搖晃的橋上疾行。充飢的乾糧不過是少量的玉米。他們穿著被荊棘剮破的衣裳，拖著受傷的雙腳，兩眼布滿血絲；他們疲憊、焦渴，被蜇人又吸血的飛蟲包圍，面頰被嗡嗡的蚊子叮得紅腫。不安的白日、無眠的夜晚，令他們很快筋疲力盡。第一週的遠征已使大部分人過度疲勞，無法承受。而巴波亞，他知道，真正的危險還在後頭。他決定讓患熱病和掉隊的人留下，只有隊伍中那些出色的人才能和他一起去完成決定性的冒險。

終於，地勢開始攀高。在低窪沼澤中十分繁茂的熱帶叢林漸漸稀疏。樹蔭不再保護他們，赤道的陽光熾烈而耀眼地直射在他們沉重的行囊上。這些疲憊不堪的人邁著艱難遲緩的步伐，徐徐攀爬在通向高山的斜坡上。隔開兩片海洋的狹長山脈猶如石梁。而漸漸地，視野變得寬廣，空氣逐漸新鮮。在經歷了十八天的英勇奮戰後，他們似乎已經戰勝了最大的困阻。聳立於眼前的是一條山脈的脊梁。據印第安嚮導說，在這條山脈上能俯視兩片海洋——大西洋和一片不為人知、尚未命名的太平洋。可正當戰勝大自然頑惡的抗阻似乎已成定局時，卻又出現了新敵人。當地酋長率領數百名武士禁止這群來路不明者通行。對付印第安人，巴波亞經驗豐富。他只需連發轟鳴閃電的人造火炮，向土著證明他超自然的法力，受驚的土著們就會尖叫著被緊隨而上的西班牙人和惡狗追得四處逃竄。但這次，巴波亞卻不滿足於這種輕易的勝利。像所有西班牙殖民者一樣，他無恥地以卑劣殘忍的手段代替了角鬥。他讓飢餓的惡狗撕咬、吞噬那些被捆綁的手無寸鐵的印第安俘虜。在即將名垂青史的前夜，這場大屠殺令巴波亞一生蒙羞。

西班牙征服者的性格和行為中混雜著難以解釋的特質。他們一面在熾熱的靈魂深處，以在那個年代唯有基督徒才具備的虔誠呼喚上帝，一面又以上帝之名書寫恥辱而滅絕人性的歷史。他們一面以勇氣、犧牲精神和耐受力創造著神聖的英雄業績，一面又以不知羞恥的方式爾虞我詐。他們以卑鄙鑄造尊嚴，鑄造偉大而真正值得稱頌的歷史使命感。這位在頭天晚上，讓惡狗將那些無辜又無助的、被捆綁的俘虜生吞活剝的巴波亞——或許他還曾得意地撫摸惡狗那滴著新鮮人血的嘴唇——深知自己的行為對人類歷史的意義。他要在決定性時刻擺出偉大而永載史冊的姿態。他知道，九月二十五日將載入世界歷史。這位非凡的西班牙人，將以他的激情告知世界這一艱巨而不可想像的冒險。他對自身使命的超越時代的意義心知肚明。

巴波亞的非凡姿態是：暴行之後的那個晚上，在一名土著指著近處的山峰告訴他，從那座高山的山頂，就能望見尚不為人知的南海時，巴波亞立刻做出安排。他讓傷患和疲憊不堪的人們留在這個被洗劫一空的村落，同時命令所有還能行軍的人——共計六十七人，而他從達連出發時帶領的隊伍有一百九十人——去攀登那座高山。將近上午十點，他們已接近頂峰，只要再登上一個光禿禿的小山頂，就能放眼遠眺無盡的天際。

這時，巴波亞命令隊伍止步，誰都不許跟隨他。因為這一刻，這個首次瞭望不為人知的大洋的一刻，他不想與任何人分享。作為橫渡這世上最大的海洋大西洋的第一位西班牙人，第一位歐洲人，第一位基督徒，他要獨享這一刻。這一時刻的偉大意義他了然於胸。他左手擎旗，右手舉劍，孤寂的身影被陰暗的四周包圍。他穩步高攀，絲毫不急，因為他已大功告成。只剩下幾步路，愈來愈少的幾步路……終於，他真正佇立於山巔。展現在他眼前的是無垠的遠方。山後邊，緊挨著蔥郁山坡的是一片望不到盡頭的金光粼粼的大海。這就是那片海，那片新海。那片陌生的迄今只存在於夢境中而從未被人親眼所見的大海。多年以來，哥倫布和他所有的後來者徒勞尋找的大海。這就是那片波濤拍擊美洲、印度和中國的傳說中的大海。巴波亞貪婪而陶醉地看著，自豪感和巨大的幸福感在胸中雀躍。他的雙眼中——第一雙歐洲人的雙眼中，倒映出這片無垠的蔚藍大海。

巴波亞長久而醉心地眺望遠方，隨後，他呼喚他的隊伍和朋友們前來分享他的榮耀。大家激動地喘著氣，叫喊著奔爬向山頂，驚詫又激動地凝視大海。隨行神父安德烈斯·德·瓦拉唱起了讚美上帝的《讚美頌》，喧鬧和歡呼的聲音馬上凝固下來。所有士兵、冒險家和強盜們都用他們拙劣而粗糙的嗓門兒唱起了虔誠的聖詠。印第安人驚呆了。但見這群西班牙人按照神父的旨意砍下了一棵樹，做成十字架，並用大寫的花體字在十字架上刻下了西班牙國王的名字。彷彿這立起的十字架伸向兩側的雙臂，能將兩片距離遙遠得望不到盡頭的大洋——大西洋和太平洋——緊緊捉牢。

一片肅穆中，巴波亞站了出來，向士兵們發表演說：你們做得對！確實應該感謝上帝。是上帝恩寵我們，賜予我們榮耀。我們還應當祈求他繼續保佑我們去征戰這片海域和這裡所有的國家。如果你們願意像現在這樣繼續忠誠地追隨我，那麼從這片新印度回去時，你們將成為西班牙最富有的人。說著，為表示但凡風吹到的地方，西班牙人都將去征服，他鄭重其事地向四面八方迎風揮舞旗幟。之後他叫來文書安德烈斯·德·巴爾德拉瓦諾，要他起草一份文件，把這一莊重的時刻為後人記錄下來。巴爾德拉瓦諾攤開一張裝在密封的木匣裡，曾和墨水瓶、羽毛筆一起穿過原始森林的羊皮紙。他要求所有貴族、騎士和士兵——「這些高尚正派的人」、「這些因著陛下欽點的總督、高貴而極受尊敬的巴波亞船長才得以見證南海之發現的人們」證明：「巴斯寇·努涅茲·德·巴波亞先生，是第一位見到這片大海的人。是他將這片大海展示在他的追隨者面前。」

之後，六十七人下了山。一五一三年九月二十五日這天，人類認識了地球上最後一片陌生的大洋。

黃金和珍珠

他們確實親眼見到了大海。但他們還要去觸摸海灘，感受潮溼的海風，品嘗海水的味道，收穫海灘上的戰利品！下山花了他們兩天時間。為了找到從山麓到海邊的捷徑，巴波亞將他的隊伍分成幾組。阿隆索·馬丁率領的第三組率先抵達海灘。這組探險隊成員，甚至包括普通士兵，都虛榮地渴望不朽，乃至頭腦簡單的阿隆索·馬丁趕緊命令文書白紙黑字記錄證明，他是第一個被這片無名海域打溼了手腳的人，記錄下他這個不起眼的人也幹了一樁不朽的小事。隨後他報告巴波亞，他已經抵達海岸，已親手觸摸了海水。巴波亞馬上又煥發出新一輪的激昂志氣。第二天剛好是聖米迦勒節[20]，在僅僅二十二名隨從的陪同下，他出現在海灘。像聖米迦勒一樣，他全副武裝，完成了占領這片海域的莊嚴儀式。他沒有匆匆踏入海水，而是高傲得宛如海水的主人或統治者般坐在一棵大樹下歇息，直至漲潮的海浪拍擊他，就像溫順的狗用舌頭舔他的腳。之後他站起身來，背起在陽光下光明如鏡的盾牌，一手執劍，一手擎起帶有聖母像的卡斯

20 大約每年九月二十九日，紀念在基督信仰中作為魔鬼征服者的大天使聖米迦勒。

提亞旗走入海水，一直走到海浪拍擊到他的髖骨，才全身浸泡在這片陌生的汪洋中。從前的叛亂者和亡命徒，現在最忠實的國王的僕人和凱旋者巴波亞向四方揮舞旗幟，高聲喝道：「卡斯提亞、萊昂與亞拉岡至高而偉大的君主斐迪南與胡安娜[21]！以他們之名，為卡斯提亞王室的皇冠，我要真正地、身體力行地去不斷征戰這裡的海域、陸地、海岸、港口和島嶼！我發誓，任何君主或總督，無論他是基督徒還是異教徒，無論他擁有何種權柄，只要他膽敢征戰這片土地和海洋，我都要以卡斯提亞王的名義捍衛屬於王室的財產，無論現在還是將來，直至世界末日，直至最後的審判來臨！」

所有西班牙人都重複了這一誓言。宣誓的音量蓋過了大海的咆哮。接著，他們每人都把嘴唇湊向了海水。文書安德烈斯·德·巴爾德拉瓦諾再次以如下措辭記錄了這一占領儀式：「這一行二十二人，包括文書安德烈斯·德·巴爾德拉瓦諾，是第一批將雙腳浸入這片南海的基督徒。他們親手觸摸了海水。為了弄清這裡的海水是否和別處的海水一樣鹹，他們中的每一位都親口品嘗了海水。當他們確認了這裡的海水是鹹水後，他們齊聲感謝了上帝。」

現在他們已大功告成。該是從這英勇的冒險中獲得實惠的時候了。他們從土著處繳獲或換來了一些黃金，但更大的驚喜還在他們凱旋的路上等待他們。印第安人曾給

21 編註：Juana，斐迪南之女，繼承了母親卡斯提亞與萊昂的王位，在位期間多由其父攝政。

他們帶來的大捧珍珠正是來自附近的島嶼。其中一種被塞凡提斯[22]和洛佩・德・維加[23]大加讚譽，名為「佩萊格里納」[24]的珍珠，曾作為最美的珍珠裝飾在西班牙和英國國王的王冠上。這群西班牙人把這些寶貝塞滿了所有口袋，儘管在這裡，珍珠並不比貝殼或沙粒值錢。當他們貪婪地繼續打聽他們認為地球上最重要的東西——黃金時，一名印第安酋長指向南方，山脈的線條隱約消逝在地平線上，那裡，他說，有一個蘊含無窮寶藏的國家。那裡的統治者使用金制的杯盤。有一種四條腿的巨大駱駝——酋長說的是美洲駝——把最珍貴的東西馱往國王的寶庫。他稱呼了這個國家的名字。在大海的南邊，山後，一個動聽又陌生的名字，聽上去像是「畢魯」。

巴波亞順著酋長伸出的手望向遠方。山巒消失在天際。這個甜軟而富有魅力的詞「畢魯」立即銘刻在他的靈魂深處。他怦然心動。這是他人生中第二次意外收穫的偉大啟示。從柯馬格萊那裡獲得的關於征服附近的大海的啟示業已成真，他已找到滿是珍珠的海灘。或許他還能再次成功，去發現和征服這個地球上的黃金國——印加帝國。

諸神鮮少賜福……

巴波亞充滿渴望地久久凝望遠方。「畢魯」，即「祕魯」，這一名字猶如一口金鐘，

22 編註：Cervantes，西班牙小說家、劇作家，代表作為《唐吉軻德》。
23 編註：Lope de Vega，西班牙劇作家、詩人，其劇作與同時期的塞凡提斯長期處於競爭關係。
24 編註：La Peregrina，意為「流浪者」或「朝聖者」。一度為知名女星伊莉莎白・泰勒所有，現為私人收藏。

擺蕩在他的靈魂深處。可他現在不得不忍痛放棄遠征！現在他無法繼續冒險，帶著少得可憐的幾個疲憊不堪的人，他什麼王國也無法征服。他必須先返回達連養精蓄銳，再沿著現在找到的路徑去征服黃金國。回路困阻重重。這群西班牙人不得不再次穿過灌木林，再次戰勝土著的突襲。他們已不再是一支戰鬥的隊伍，而是一小隊患著熱病、用最後的力氣蹣跚行走的人，就連瀕臨死亡的巴波亞也不得不被幾個印第安人用一張吊床抬著前進。經過四個月的艱苦行軍，這支隊伍終於在一五一四年一月十九日重新抵達達連。歷史上最偉大的行動之一已經完成。巴波亞兌現了他的承諾，他的冒險隊成員個個富足起來。連哥倫布和其他西班牙征服者，乃至一切殖民者所得到的財寶，也不及他的士兵從南海沿岸帶回的財寶的一部分多。巴波亞將五分之一的戰利品進獻了王室。至於他這位凱旋者在分配戰利品時，還獎賞了自己的狗里昂西科，以表彰它凶狠地撕咬掉那些不幸的土著的皮肉，無人對此存有非議。像其他參戰者一樣，里昂西科得到五百金披索。取得這些成就之後，再也沒人膽敢在這塊殖民地上對巴波亞作為總督的權威性存有異議。這位冒險家和叛亂者宛如神明般受人崇敬。他可以自豪地向西班牙傳達這樣的資訊：他為卡斯提亞王室創造了自哥倫布以來最偉大的業績。他的幸運宛如冉冉升起的太陽，陽光穿越他生命中所有的陰霾，而此刻，他正如日中天。

但好景不長。幾個月後，一個明媚的六月天，達連的居民們好奇地聚集在海灘上——在這個被世界遺忘的角落發生了一樁奇事：一艘白色帆船出現在地平線上。可是快看！第二艘白帆出現了，接著第三艘、第四艘、第五艘，不一會兒就出現了十艘帆船。不，是十五艘；不，是二十艘——整整一支艦隊向港口駛來。他們很快明白：這一切跟巴波亞的信有關。不是通報他凱旋的那封信，那封信還未送達西班牙，而是之前的信。在那封信裡，巴波亞第一次轉述了酋長告知的關於南海周邊和黃金國的情況，並請求派來千名士兵去征戰那片土地。西班牙朝廷毫不遲疑地為這次遠征派來強大的艦隊。只是塞維亞和巴塞隆納方面卻從未想過把這一重任託付給一個像巴波亞這樣臭名昭著的冒險家和叛亂者。一名真正的總督，富有，出身貴族，德高望重的六十歲的佩德羅．阿里亞斯．達維拉，大家稱他佩德拉里亞斯，被同時派遣而來。他將作為國王的總督在這片殖民地上建立真正的秩序，對迄今發生的一切不法行為予以審判，並找到南海，征服那預言中的黃金國。

對佩德拉里亞斯說來，情況十分棘手。他要追究叛亂者巴波亞驅逐前總督的責任。如果證實他有罪，就要逮捕他，否則就需證明他無罪。此外他還肩負著找到南海的使命。但是船剛靠岸，他就立即明白，正是這個他要審判的巴波亞，已經完成了那一偉大的事業。正是這個叛亂者，為西班牙朝廷做出了自發現美洲後最大的貢獻並慶祝了他佩德拉里亞斯所期望的凱旋。對這樣一個人，他現在當然不能像對待一個罪犯一樣，把他送上斷頭臺。他必須禮貌地問候他，真誠地祝賀他。但從這一刻起，巴波亞已經輸了。佩德拉里亞斯永遠不會原諒這個獨自完成這一本該屬於他的事業的對手。這一成就帶來的榮耀，必定隨著歲月愈發熠熠生輝。為了不過早地激怒這裡的殖民者，他必須隱藏起他對這位英雄的仇恨。對巴波亞的調查必須延後，甚至為了製造和平的假像，他還要把自己在西班牙的女兒許配給巴波亞。可他內心對巴波亞的仇恨和嫉妒不但沒有減少一絲一毫，反而不斷升級。在西班牙，人們現在也終於知道了巴波亞的作為，一張追加授予這位反叛者一個合適頭銜的委任狀已在路上。他將被稱為總督，而佩德拉里亞斯將被告知，凡遇重大事件必須同巴波亞商議。對於兩個總督來說，這片土地還實在太小，其中一個必然要屈服於另一個，乃至最後垮臺。巴波亞感到事態對自己不利，因為佩德拉里亞斯手中握有軍權和法權。於是他計劃第二次向著不朽逃亡——第一次的嘗試曾非常成功！他請求佩德拉里亞斯允許他裝備一隊遠征軍，去南海沿岸探察並征戰周邊的土地。不過，這個老叛亂者的私下意圖卻是到海對面去，擺脫所有控制，建立起一支自己的艦隊並成為一片土地的主人。一旦可能，他就去征服傳說中的祕魯——新世界的黃金國。佩德拉里亞斯詭譎地同意了。如果巴波亞在行動中喪命更好！如果他成功了，以後也總有時間去剷除這個貪婪之人。

就這樣，巴波亞又開始了遁入不朽的遠征。如果歷史中有成就的人總能一再獲得榮光，或許這第二次行動會比第一次更為輝煌。這一次，巴波亞不僅要帶著他的隊伍橫越地峽，他還得讓上千名土著拉著木頭、木板、船纜、船帆、鐵錨和絞盤翻山越嶺，因為巴波亞要在山那邊建立自己的船隊，以征戰沿岸所有的島嶼和傳奇般的祕魯。可是這次，命運卻同這個勇者作對起來，新的狀況不斷發生。穿越潮溼的熱帶叢林時，木頭被腐蝕；木板在抵達後已全部腐朽，無法使用。但巴波亞並未因此氣餒。他命人在巴拿馬海灣砍下新木頭，製成新木板。他的魄力創造了真正的奇蹟——一切看上去似乎成功了：即將行駛在太平洋上的第一支船隊再次造好。可是頃刻間，竣工船隻停靠的河岸卻發起了洪水。船被沖走，並在海上被撞得粉碎。巴波亞必須第三次重新開始造船。兩艘雙桅帆船建成後，只需再造兩三艘，他就可以出發，去占領「畢魯」——那個自從印第安酋長指著南方，說出這個誘人的名字後，他就朝思暮想的國度。現在，只待幾位無畏的官員和一支優秀的後備隊就位，他就可以去建立他的王國！現在，只需幾個月時間和一點成全他英雄氣概的運氣，世界史上戰勝印加和征服祕魯的人將不會是皮薩羅，而是他巴波亞。

然而，命運即使對待他的寵兒也並非一直慷慨。諸神僅僅吝嗇地成全這位凡人實現了一項不朽的事業。

覆滅

巴波亞毅然籌備著他的偉大計畫。可恰恰是這些無所顧忌的成就給他帶來了危險，因為佩德拉里亞斯總督那雙多疑的眼睛一直不安地緊盯著這位下屬的一舉一動。或許是巴波亞野心勃勃的千秋大夢被人告密，也或許僅僅是出於嫉妒這位反叛者即將獲得第二次的成功，他突然寄給巴波亞一封非常誠摯的信。他希望巴波亞在開始征戰前能回一次達連附近的阿克拉進行商榷。巴波亞因希望獲得佩德拉里亞斯的人力支援而在收到邀請後立即返回。城門外，一隊兵士彷彿迎接他一般正步向他走來。他高興地迎上去擁抱他的長官、多年的戰友、發現南海的陪同，他信任的朋友法蘭西斯科·皮薩羅。

然而法蘭西斯科·皮薩羅緊緊地按住了他的肩膀，宣布了他的拘捕令。因為皮薩羅也渴望不朽，渴望征戰黃金國，所以他或許竊喜能除掉這位放肆的先驅。總督佩德拉里亞斯開庭審判了這位所謂的叛亂者，並迅速做出了不公的判決。數天後，巴波亞和他的幾位最忠實的同伴被押上了斷頭臺。劊子手鍘刀一閃，人頭落地。人類第一雙同時見過環繞我們地球兩片大洋的雙眼永恆地熄滅了神采。

拜占庭的淪陷

DIE EROBERUNG VON BYZANZ

（1453 年 5 月 29 日）

危在旦夕

一四五一年二月五日，一位密使來到小亞細亞，向蘇丹穆拉德的長子，二十一歲的穆罕默德[1]，稟報了他父親去世的消息。善謀而果斷的長子並未向大臣和幕僚們透露任何消息，就跨上他最好的馬，揮舞馬鞭，一氣跑到了一百二十里以外的博斯普魯斯海峽[2]。他迅速渡海，抵達了歐洲一岸的加里波利[3]，之後才告訴他的親信們，他父親死了。為了盡早粉碎一切篡奪王位的企圖，他糾集了一支精銳部隊，來到亞得里亞堡[4]，儘管他在這裡並未遭到任何異議就被公認為鄂圖曼帝國的統治者。他執政後的第一個行動立刻暴露了他無情而令人生畏的魄力：為了清除潛在的嫡親敵人，他命人將自己尚未成年的弟弟溺死在浴缸中，並立即滅了雇傭殺手的口。這充分證明了他的凶殘和狡詐。

年輕、衝動而野心勃勃的穆罕默德取代了他穩重的父親，成為土耳其人的君主，這一消息令拜占庭人驚慌失措。他們已經透過上百名密探瞭解到，這位野心家發誓要將拜占庭這座世界古都據為己有。他雖然涉世不深，卻已經在日夜綢繆如何實現這一計畫。此外，所有消息還一致顯示：這位土耳其新君主具備傑出的軍事才幹和外交才幹。穆罕默德是個雙面人：既虔誠又殘忍，既熱情又狠毒，既熱愛藝術、學識淵博，

1 編註：「征服者」穆罕默德二世，鄂圖曼帝國第七任蘇丹。

2 編註：Bosporus，歐亞大陸交界處的狹長水道，北連黑海，南接馬爾馬拉海，與西南方達達尼爾海峽合稱「土耳其海峽」。

3 編註：Gallipoli，達達尼爾海峽西岸的半島，十四世紀中葉被鄂圖曼帝國攻占，成為土耳其人進軍歐洲的重要據點。

4 編註：Adrianopel，鄂圖曼帝國當時首都，位於今土耳其西北方，鄰近與希臘、保加利亞交界處，今稱愛第尼（Edirne）。

能閱讀拉丁文的凱撒著作或其他羅馬人的傳記，又野蠻而冷酷。他有著憂鬱漂亮的眼睛，凌厲的鷹鉤鼻。從他的外貌即可看出，他是位精力旺盛的勞作者，勇猛的戰士和厚顏無恥的外交家。現在，穆罕默德身上所有危險的能量都聚集起來，用以實現一個理想：超越他的曾祖巴耶塞特[5]和他的父親穆拉德的豐功偉績，儘管他們曾以新土耳其帝國的軍事霸權，史無前例地教訓了歐洲。眾所周知，穆罕默德首先要做的就是攻占拜占庭城——君士坦丁和查士丁尼[6]皇冠上最後的寶石。

這顆無助的寶石對於一個勢在必行的人來說幾乎唾手可得。拜占庭帝國，即東羅馬帝國，當年幅員遼闊。從波斯直至阿爾卑斯山，另一方向則延至亞洲沙漠。這一原先走上幾個月也無法穿越全境的世界帝國，現在只消花上三小時就能輕鬆地步行丈量。當年的拜占庭帝國如今悲苦得只剩下一顆沒有身軀的頭顱，一個沒有國家的首都——君士坦丁堡，即君士坦丁之城，老拜占庭。而即便是這個老拜占庭，也僅有一部分，即今日的伊斯坦堡，屬於東羅馬帝國皇帝。加拉塔[7]一帶歸熱那亞人所有，城牆之外則歸土耳其人所有。末代皇帝的帝國僅有巴掌大小。人們稱之為拜占庭的，不過是環狀城牆內的教堂、宮殿和屋宇。十字軍的洗劫令其元氣大傷，瘟疫令人口驟減，對遊牧民族的連年抗擊令民眾力倦神疲，民族宗教紛爭使得內部分崩離析。這座城市無論在

5 編註：鄂圖曼帝國第四任蘇丹，與穆拉德均曾圍攻君士坦丁堡。

6 編註：二人皆為東羅馬帝國知名君主，前者被視為建國者，後者在位期間則是東羅馬帝國最後的黃金時代。

7 編註：Galata，位於君士坦丁堡北方，與之隔金角灣相望，當時為義大利城邦熱那亞的殖民地。

人力還是鬥志上，都無法依靠自己的力量戰勝早已全副武裝、四面挺進的敵人。末代皇帝君士坦丁十一世的寶座猶如一件風中的外套，皇冠不過是命運的骰子。然而對於歐洲來說，恰恰因為拜占庭已被土耳其人團團包圍，正因為它是歷經千年文明的整個西方世界的聖地，它才是尊嚴的象徵。唯有統一的基督教世界共同保衛這塊東方最後的、已經崩潰的堡壘，聖索菲亞大教堂才能作為信仰的聖殿和東羅馬帝國基督教最輝煌的大教堂繼續屹立不倒。

儘管穆罕默德宣稱和平，但君士坦丁十一世認清了局面，坐臥難安。他一再向義大利、向教皇、向威尼斯和熱那亞派遣使節，請求他們增援戰船和士兵。但羅馬和威尼斯方面均猶豫不決。因為在東西兩派教會之間，一條古老的神學溝壑依然存在。希臘正教憎恨羅馬公教。希臘正教牧首拒絕承認羅馬教皇。雖然由於拜占庭長期面臨土耳其人的威脅，兩大教會已在費拉拉和佛羅倫斯的會議上決定重新統一[8]，並保證支援拜占庭反擊土耳其人，但當拜占庭面臨的危難稍事緩解，希臘教會就對履行合約保持沉默。直至穆罕默德成為蘇丹，事態危急，希臘正教的固執才有所鬆動。同時，拜占庭也向羅馬請求緊急援助並做出順從的姿態。於是，一艘配備彈藥和士兵的戰船向拜占庭駛來。但最先抵達的卻是一艘載有羅馬教皇特使的帆船。特使要貫徹兩派教會的

8 編註：一四三一至一四四五年間的「佛羅倫斯大公會議」，拜占庭為爭取西方援軍，促使希臘正教的主教們簽署協議，承認羅馬教宗的首席權。

和解，並向世界隆重宣布：誰進攻拜占庭，誰就是挑戰統一的基督教世界。

和解的彌撒

十二月的一天，盛大的兩教和解慶典儀式在神聖的索菲亞教堂內隆重舉行。人們今天很難在改建後的清真寺中感知，當年由大理石、馬賽克和璀璨的珠寶裝點的教堂多麼金碧輝煌。君士坦丁十一世在國中顯貴的簇擁下現身。他要以皇帝的身分，成為這一永恆的和解儀式至高無上的見證人和擔保人。巨大的教堂被無數蠟燭照得通亮。人滿為患。祭臺上，羅馬教廷的特使依西多祿和希臘正教牧首格里高利親如兄弟般主持著彌撒。教皇的名字第一次在這座教堂裡被提起；第一次，同時以拉丁文和希臘文詠唱的虔誠聖詠繚繞在不朽的主教堂穹頂。斯皮里頓[9]的聖體被和平的兩派教士莊嚴地列隊抬進來。東西兩派的信仰看上去已經永久結合。在多年罪惡的爭執後，歐洲的思想、西方的精神終於再次達成了一致。

然而在歷史中，理智與和解的時刻向來短暫易逝。虔誠的共同祈禱之聲仍舊響徹教堂，堂外的修士間內，淵博的修士根納季烏斯就在激烈地斥責那些講拉丁語的人背叛了真正的信仰。剛剛由孱弱的理智撮合的和平統一，再次被狂熱的信仰破壞。

9 編註：Spyridon，東西方教廷共同尊崇的聖人，據傳其聖體數百年來不曾腐敗。

正如這位希臘修士並非真想屈尊一樣，地中海另一端的朋友們也不想提供他們許諾的援助。他們雖然派去了幾艘戰船和幾百名士兵，但隨後，他們就任由拜占庭聽從命運的安排。

戰爭開始

正在備戰的獨裁者，直至備戰結束前都在散布和平，就像穆罕默德，他在加冕典禮上接見君士坦丁皇帝的使團時，曾說過極盡友善又寬慰人心的話。他公開鄭重地向真主和先知們，向天使和《古蘭經》承諾：他要忠實地履行和拜占庭皇帝締結的條約。可與此同時，這位別有用心之人就與匈牙利人和塞爾維亞人簽訂了一項為期三年的雙邊中立協議。這三年內，他要不受干擾地攻占拜占庭。在許諾和宣誓了足夠的和平後，穆罕默德挑唆了一場違約的戰爭。

迄今為止，屬於土耳其人的只有博斯普魯斯海峽的亞細亞沿岸。拜占庭的船隻仍能暢通無阻地穿過海峽駛進黑海，前往他們自己的穀倉。穆罕默德現在要切斷這條通道。他無視許可權，下令在歐洲一岸，今稱「如梅利．希塞爾」[10]，海峽最窄的地方，即當年波斯帝國皇帝薛西斯[11]渡海之處建立要塞。於是一夜間，成千上萬名土方工人無

10 編註：Rumili Hissar，即如梅利堡壘，它與對岸巴耶塞特所建的安納托利亞堡壘，共同切斷了拜占庭通往黑海的水路。

11 編註：應是大流士一世。據希羅多德《歷史》所述，薛西斯入侵希臘時是從達達尼爾海峽搭浮橋渡海。

視條約中此處不許建工的規定，出現在歐洲海岸。對於暴君來說，條約又算得了什麼？工人們為了糊口，把周圍的莊稼洗劫一空。為了得到修建堡壘所需的石頭，他們不僅拆毀房舍，還拆毀了久遠聞名的聖米迦勒教堂[12]。蘇丹親自領導著這一要塞的建設，晝夜兼程。拜占庭方面只能無力地看著這群人切斷他們通向黑海的自由通道，玷汙條約和公理。行駛在迄今仍是公海上的一支拜占庭船隊已經在平靜中遭到炮轟。而一次成功的示威之後，接下來的進攻即順理成章。一四五二年八月，穆罕默德召集了所有文武高官，公布了他要進攻和占領拜占庭的意圖。隨著昭告而來的是野蠻行徑。傳令官在整個土耳其境內四處招兵買馬。一四五三年四月五日，一隊望不到盡頭的鄂圖曼帝國軍隊如同突發的洪水般出現在拜占庭城牆外的平原上。

走在部隊前列的是騎著駿馬一身戎裝的蘇丹。他要在呂卡斯隘口[13]前安營紮寨。在大本營的帥旗升起前，他先命人鋪上祈禱的地毯。他裸足跪倒在地毯上，面朝麥加磕了三個頭。他身後是一派盛大的場面。成千上萬的隨從朝同一方向磕頭，以同樣的節奏向真主禱告，祈求真主賜予他們力量和勝利。之後蘇丹站起身來：謙卑者變成挑戰者，真主的僕從變成統治者和戰士。他的傳令兵隨即敲著鑼，吹著號穿過整個營地宣告：「圍攻拜占庭已經開始。」

12 編註：Michaelion，羅馬帝國最早也最有名的大天使米迦勒聖所，據傳是由君士坦丁大帝於四世紀所建。

13 編註：位於君士坦丁堡西側，狄奧多西城牆中段，呂卡斯河由此（Lycus River）流入君士坦丁堡。

城牆和火炮

城牆現在是拜占庭唯一的依靠和力量。它是曾經輝煌的拜占庭，那個偉大而幸運的時代留下的唯一遺產。三副盔甲掩護著這座三角形城市。堅固的石頭圍牆，朝向馬爾馬拉海和金角灣，守護著城市的兩條斜邊。另一邊則築起稱為「狄奧多西城牆」的防衛牆，面向巨大的平原。歷史上，君士坦丁早已預見了拜占庭日後的衰敗，用大方石將城池圍起。查士丁尼又擴建並加固了堡壘，而真正七公里長的防禦城牆則由狄奧多西一世建成。其雄偉牢靠在今天爬滿常春藤的遺骸中依舊可見一斑。這座雙層乃至三層並行的城牆飾有箭垛炮口和垛牆，建有堅固的巨型方石塔樓，外圍護城河。千年來，歷代皇帝都曾翻修和補建。強大的「狄奧多西城牆」是牢不可破的象徵。正如這座方石壁壘當年曾嘲笑過蠻族放肆的衝擊和土耳其人的大舉進攻一樣，現在，它同樣嘲笑著一切迄今發明的戰爭工具。撞城錘的衝擊在它面前顯得軟弱無力，羅馬式的攻城槌乃至新式野戰炮和臼炮也對它無能為力。在歐洲，沒有任何一座城市擁有君士坦丁堡的「狄奧多西城牆」這樣堅實而良好的護衛。

穆罕默德比任何人都瞭解這座城牆和它的堅固。幾個月來甚至幾年來的不眠之夜，乃至在夢中，他都思慮著如何攻克、摧毀這座不可攻克不可摧毀的城牆。他的桌上經常擺放著圖紙、量具和工事草圖。他清楚城牆內外的每處丘陵、每塊窪地和每條水渠。他和工程師們周密地考察著每處細節。但他們的計算結果總是令人失望：即便迄今最強力的武器，也無法摧毀狄奧多西城牆。

那麼必須製造更強力的火炮！製造一種前所未見的炮筒更長、射程更遠、威力更猛的火炮！並打造一種石制的，更重、更堅硬、更具摧毀力的炮彈！必須發明一種全新的重炮對付這座難以接近的城牆，沒有其他辦法。穆罕默德決心不惜任何代價製造出這種新型進攻武器。

不惜任何代價——這樣的決心本身就推動和激發創造力。宣戰不久，就有一名男子來到蘇丹面前。他是世界上最富創造才能、最有經驗的鑄炮高手，名叫烏爾巴斯，或奧爾巴斯[14]，一個匈牙利人。他雖是基督徒，且剛剛還為君士坦丁皇帝效力，但是他真正期待的是能在穆罕默德手下因為自己的絕技而獲得具有挑戰性的任務和更高的酬勞。他宣布，如果研製火炮的經費不受限制，他能造出前所未有的巨型火炮。蘇丹和任何鬼迷心竅的人一樣有求必應，要多少工人給多少工人，上千車的礦砂運到亞得里亞堡。三個月後，制炮工們無休止地採用淬火密制的鑄型已準備就緒，只等放入通紅的鐵水澆鑄。火炮研製成功了。模具中鍛造冷卻的炮筒之巨，乃為世界之最。第一次

14 編註：今多譯為「烏爾班」（Urban / Orbán）。

試發前，穆罕默德甚至先派遣傳令兵提醒全城懷孕的婦女們小心為妙。隨著一聲可怖的巨響，炮口一道閃電，一顆巨大的石彈一下就把一堵城牆擊得粉碎。馬上，穆罕默德下令用這種巨型火炮裝備整個炮兵團。

正如希臘記錄者不無唏噓地形容的那樣，世界上第一門巨型「擲石器」似乎已經幸運地誕生。然而如何把這具龐然怪物拖過色雷斯，運到拜占庭的城牆前，卻成了下一道難題。於是一場史無前例的艱難運輸開始了。全體民眾和整個軍隊花了足足兩個月的時間，才將這具長脖怪獸拖出來。先是騎兵開道，以護衛這件珍寶免受任何突襲。隨後是把坑窪的道路鏟平的成百上千名土方工人沒日沒夜地挖土、運土，好讓這笨重的火炮能順利前進，哪怕經過幾個月的運輸後這些路又會被毀掉。五十對公牛構成的車營分為兩列，套著車，就像當年將方尖塔從埃及運往羅馬。金屬巨炮的分量準確地分攤在每具車輪上。兩百名壯漢分左右扶著因太重而晃晃悠悠的炮筒。同時，五十名車工和木匠也一刻不閑地忙活著：換木輪、上油、加固支架、搭橋。誰都看得出，龐大的運輸隊只能這樣一步步地，極為緩慢地翻山越嶺。村裡的農民們聚集在村口，吃驚地看著一具具鐵鑄怪物，被人一再以同樣的方式從眼前拖過，他們在胸前劃著十字，就像看著僕從和神父們將一尊尊戰神從一個國度運往另一個國度。人類的意志再次讓不可能之事成為可能。二十乃至三十件巨物就這樣駛向拜占庭黑色的環狀城牆。重炮隊從此載入戰爭史冊。東羅馬皇帝的千年城牆和新蘇丹的新火炮之間的戰鬥即將打響。

再次的希望

巨炮緩慢而不間斷地發射著，雷光四起。它以不可抵擋的力量吞噬著拜占庭的堡壘。起初每天只能發射六七枚火炮，但蘇丹的戰績卻總有新的進展。在塵土飛揚和亂石橫飛中，每發射一次火炮，這座石鑄壁壘就坍塌出一個新的缺口。儘管圍城內的人們夜間用木條和亞麻布將就著塞住城牆的豁口，但城牆畢竟已不再完好堅固，無法成為戰鬥的壁壘。現在，牆內的八千大軍憂懼於決戰時刻的來臨：在決戰的進攻中，穆罕默德的十五萬軍兵定會衝破這堵千瘡百孔的護城牆。情況十分危急，歐洲乃至整個基督教世界都該思考他們的承諾。城內的婦女們成群結對地帶著她們的孩子，整日跪在教堂內的聖體前祈禱。士兵們則日以繼夜地在所有塔樓上瞭望：在這片土耳其船隻穿梭往來的馬爾馬拉海上，最終是否能出現教皇和威尼斯的增援艦隊。

四月二十日凌晨三點，信號燈終於閃了起來。人們看見了遠處的戰船。雖然那不是夢寐以求的基督教世界派來的強大艦隊，但畢竟三艘熱那亞大船外加一艘稍小的拜占庭運糧船已經悄然乘風前來。運糧船受到三艘大船的護衛，行駛在中間。所有君士坦丁堡人馬上興奮地聚集在城牆口，準備歡迎救援船隊。穆罕默德也立即跨馬揚鞭從他的營帳奔向停有土耳其艦隊的港口。他下令，要不惜任何代價，阻止那些船隻駛入拜占庭港，駛入金角灣。

於是，土耳其船隊的一百五十艘小戰船的千隻船槳迅速在海上翻滾起來。它們裝備著鐵錨、擲火器和射石機，駛向那四艘大戰船。但是強勁的風吹得四艘大船遠遠快過攜帶武器的呼嘯的土耳其船隻。它們不緊不慢地鼓著灌滿的風帆駛向金角灣的安全港口，毫不把進攻者放在眼中。那道著名的鐵鍊從君士坦丁堡跨海延伸到加拉塔，讓金角灣一直是一片安全地帶，能保護他們免遭進攻和突襲。現在四艘大船已經離目的地非常接近：城牆上的人們已能看清船上的每張面孔，男男女女們已經紛紛跪下身來，感謝上帝和聖徒們光榮的拯救。港口的鐵鍊已被解開，叮噹作響，準備迎接救援的船隊。

可這時發生了恐怖的事情。風突然停了。距離能夠進行救援的港口只有幾次投石的距離，四艘大船卻像被磁石吸住了似的死死停在了大海的中間。敵人在小船上野蠻而熱烈地歡呼著，像一群暴徒般撲向這四艘宛如塔樓般紋絲不動地癱瘓在大海中的大船。大船馬上被十六艘小船團團包圍。小船的鐵爪篙鉤住了大船的兩側。為了把大船弄沉，他們用斧頭拚命地砍它。一撥又一撥人順著鐵錨爬到大船上，向船帆投擲火炬和柴禾，要把大船點燃。土耳其船隊的長官還下令船隻衝向那艘運糧船，把它撞毀。很快，船隻和運糧船就像角鬥士般扭作一團。最初熱那亞的水兵們因為穿戴盔甲，站在甲板上，尚能抵抗攀登上來的土耳其敵人，他們還能用斧頭、石頭和希臘火擊退進攻者，但畢竟寡不敵眾，他們很快敗下陣來。熱那亞的船隊失敗了。

對城牆上的幾千人來說，這真是可怕的一幕！這些平日裡興奮地觀賞競技場上血腥搏擊的人們，現在只能痛苦地目睹眼前這場海戰。看起來，他們的人已註定失敗。最多兩小時，這四艘船就會屈服於海上競技場的敵方暴徒。這些救援者白來了，純屬徒勞！君士坦丁堡城牆上絕望的希臘人雖然距離弟兄們只有一箭之遙，卻只能站在城牆上攥緊拳頭，以無力的憤怒叫喊著，無法幫上任何忙。一些人瘋狂地為他們戰鬥中的朋友助威。另一些人則舉手向天，呼喚基督、天使長米迦勒和幾個世紀來教派中所有保護過拜占庭的聖人和僧侶的名字，祈求他們創造奇蹟！正如他們一樣，在加拉塔一岸的土耳其人也以同樣的熱情期待著、叫喊著，祈禱自己的勝利：大海現在成了舞臺。這場海戰成了決鬥表演。蘇丹本人已疾速趕到。在他的高級軍官們的簇擁下，他不顧上衣已被打溼，驅馬衝進海裡。他雙手圈在嘴邊做傳聲筒狀，怒氣衝衝地向士兵們喊話：「要不惜任何代價摧毀這些基督徒的船隻！」一旦看見他的船被擊退，他就揮舞著軍刀呵斥並威脅他的海軍司令：「如果你們不能獲勝，你們就別活著回來！」

仍有四艘基督徒的船隻停在海上，但戰鬥已接近尾聲。還擊土耳其戰船的火彈已不再密集。連續幾小時與人數是自己五十倍的敵軍奮戰，水兵們已精疲力竭。白天即將結束，太陽眼看著就要消逝在地平線上。船隻最多還要在敵人面前赤裸裸地暴露一個時辰，儘管目前這些船尚未被土耳其人攻破，但海浪已將它們沖到加拉塔的後方，土耳其人領地的岸邊。慘敗，慘敗，慘敗！

可這時意外再次發生。對拜占庭城牆上那些絕望、哀號、呼天搶地的人們來說，一陣微風的到來簡直是天降奇蹟。風愈刮愈大。馬上，四艘大船上沉睡的風帆被風吹得又漲又圓。風，人們渴求和祈盼的風再次刮了起來！大船的船頭隨著猛然鼓起的風帆勝利地昂起。大船突然啟動，衝出了圍剿的敵船。他們自由了，得救了。在城牆上的人們興奮的歡呼聲中，第一艘船，第二艘船，第三艘船，第四艘船均駛進了安全的港口。封鎖港口的鐵鍊重新拉起，以阻擋海面上四散而挫敗無助的土耳其船隊。希望的歡呼聲如同紫雲[15]般再次迴盪在這座陰鬱而絕望的城池上空。

15 編註：羅馬貴族與基督教均以紫為尊，指此次上天眷顧東羅馬帝國與基督教世界。

戰艦翻山越嶺

被圍困的人群整整狂歡了一夜。這一夜，他們像做著有毒的甜夢一般，沉醉在幻想中，被希望沖昏了頭腦。這個夜晚，他們相信，他們已經被營救，已經獲得安全。他們夢想著日後每週都有新的船隻和給養上岸，就像眼前這四艘船上的士兵和給養能幸運地著陸一樣。歐洲沒有忘記他們。他們已經在眼前的希望中看到，他們已經解圍，而敵人已經氣餒失敗。

但穆罕默德也是個夢想家。毫無疑問，他是個有別於旁人，具備少見風格的夢想家。他懂得如何以意志實現夢想。正當那幾艘大船錯誤地認為他們已安全地停靠在金角灣港時，穆罕默德卻制訂出一套非凡而大膽的新計畫。在戰爭史上，他的這一計畫足以與漢尼拔和拿破崙的計畫相提並論。拜占庭就像他眼前一只得不到的金蘋果：行動和進攻的重要障礙是深深凹陷的金角灣。這一盲腸形的海灣護衛著君士坦丁堡的一側。侵入這一海灣並不可能，因為入口處，即穆罕默德承諾的中立區域，是熱那亞人的聚居地加拉塔，還有一條鐵質警戒線，橫攔著敵人的城池。他的船隊無法從正面衝入海灣，只能從熱那亞地區內部的水域出發，才有可能襲擊基督徒的戰艦。可是一支艦隊如何抵達金角灣內部？難道不能在內海再造一支艦隊？當然可以！只是這勢必要耗上幾個月的時間，而這位急切的夢想家已無法等待。

穆罕默德想出了一個絕妙的主意。他打算讓他的船隊從無人的外海出發，穿過岬角，抵達金角灣內港。這一令人震驚的大膽想法——把上百條船拖過多山的岬角地帶，聽起來如此荒謬而不可實現，以致拜占庭人和加拉塔的熱那亞人不可能想到會有這樣的戰略部署，就像他們之前的羅馬人和他們之後的奧地利人不會想到漢尼拔和拿破崙的人馬能迅速地越過阿爾卑斯山一樣。按常理，船隊只能航行在水面，不可能翻越高山。然而把不可能變為可能才是魔鬼般意志的真正標誌。從這一標誌中，人們總能認出一位嘲弄軍事規則的軍事天才。這些天才會在適當的時候以具有創造性的臨場發揮取代循規蹈矩。於是，一場歷史記載中無出其右的大規模行動開始了。穆罕默德命人悄無聲息地運來無數圓木，讓木匠打成滑板，以便將海中拉上來的船固定在滑板上，就像固定在活動船塢上。與此同時，上千名土方工已經開始為了運輸而整平那條經過佩拉山丘[16]的狹路。為了不讓敵人發覺他突然間糾集了這麼多工匠，蘇丹命人每天夜裡越過中立城加拉塔，連續發射臼炮。發射這些臼炮唯一的目的是轉移敵人的注意力，掩護船只翻越山地和峽谷，從一片水域進入另一片水域。正當敵人們忙著準備抵禦可能來自陸路的進攻時，無數塗著厚厚油脂的圓木滾動起來。在這副巨大的滑輪上，一

16 編註：Pera，源自希臘語「對面」之意，指君士坦丁堡對面、金角灣以北的沿岸地區，加拉塔是此地的發展中心。

艘艘被無數並行的水牛和緊隨其後的水兵們推動的船隻越過高山。夜的帷幕一旦降臨，他們便開始了奇異的遷徙。這一奇觀中的奇觀，正如世上一切偉大而智慧的舉動一樣，經過深思熟慮後悄無聲息地實施：整個艦隊翻越了山嶺。在所有偉大的軍事行動中，決定性時刻總是出其不意，而天資不凡的穆罕默德在這方面尤其具備才幹。他的計畫無人察覺——「如果我的一根鬍鬚知道了我的想法，我就拔了它」。這位天才曾如是說——一切都有序進行，當臼炮耀武揚威地轟炸城牆時，他的部署正在實施。四月二十二日晚，七十艘戰船翻越山脈峽谷，穿過葡萄園、田野和森林，從一片海域抵達了另一片海域。次日清晨，拜占庭的居民以為在做夢：如同神靈派遣，一艘敵人的戰船載著水兵，掛著三角旗，出現在他們以為無法接近的海灣中心。當他們還睡眼惺忪，想不通這一奇蹟究竟如何發生時，軍號和鑼鼓已在迄今仍被保護的一側城牆外嘶吼。隱藏著基督教戰艦的整個金角灣，除了加拉塔那片狹長的中立地帶外，已經因為這一天才的突襲而屬於蘇丹和他的軍隊。現在，他可以毫無顧忌地帶領他的軍隊在他的浮橋上攻占這面脆弱的城牆：之後，那些在防衛上貧瘠的其他區域即可手到擒來。蘇丹的鐵拳已經在犧牲者的咽喉上愈掐愈緊。

歐洲，救命！

被包圍的人們清醒了。他們現在知道，即便能守住這一側城牆，如果沒有緊急增援，他們也無法長時間抵抗。八千人根本無法在千瘡百孔的城牆後抵抗十五萬人。難道威尼斯的長官不是鄭重承諾要派遣船隻增援？難道教皇對西方神聖的索菲亞大教堂即將變為異教徒的清真寺漠不關心？難道陷於內亂，因勾心鬥角而四分五裂的歐洲還不明白西方文明此刻的危險處境？或許——被圍困的人們自我安慰——增援艦隊早已就位，只是因為人們不知情勢嚴峻而並未出航。只要讓他們知道實際狀況，他們就會意識到，他們的遲疑，該為即將導致的滅亡負有多麼巨大的責任！

可是該如何將險情告知威尼斯艦隊？馬爾馬拉海已布滿土耳其的船隻，假如整個艦隊突然一齊出動，不僅意味著冒犧牲的危險，本來就人數不多，一個頂一個的防禦部隊也會削弱幾百兵力。於是人們決定派出一艘攜帶少數船員的小船去冒險。一共十二名男子將去實現這一英雄業績——假如歷史是公正的，他們的名字應該像阿爾戈號[17]上的每位船員一樣名留青史，可惜他們卻只能默默無聞。這艘小船的桅杆上掛起了敵人的旗幟。為了不引起敵方注意，十二名男子戴著穆斯林頭巾或帽子，偽裝成了土耳其人。五月三日半夜，港口的鐵鍊被無聲打開，冒險的小船輕輕滑動船槳，在夜色

17 編註：Argo，希臘神話船名，伊阿宋等一眾英雄曾乘此船尋得金羊毛。

的掩映下駛出港口。看！小船竟奇蹟般地從達達尼爾偷偷駛入愛琴海。超凡的勇氣總能一如既往地麻痺敵人。穆罕默德考慮周全，唯獨沒想到一艘載著十二名勇士的小船居然以阿爾戈式的航行穿過了他的艦隊。

但令人大失所望的是，愛琴海上沒有一艘威尼斯帆船，沒有任何備戰的艦隊。威尼斯和教皇都已將拜占庭遺忘。所有人都熱衷教會政治而對信譽和盟約毫不在意。歷史中，這樣的悲劇總是不斷上演：在必須集中力量保衛歐洲文明時，王侯們和政府卻無法放下他們微不足道的紛爭。對於熱那亞來說，更重要的是無視威尼斯，而不是和威尼斯聯手擊退敵人。而對威尼斯方面來說亦是如此。海面空空如也。勇士們絕望地駕著他們可憐的小船，從一座島嶼駛向另一座島嶼。所有港口都被敵方占領，卻沒有一艘救援船隻勇敢地行駛在戰區。

該怎麼辦？十二位勇士中的一些人自然已經喪失了勇氣。再次冒險回到君士坦丁堡意義何在？他們不可能帶回希望，等待他們的不是被俘就是死亡，或許那裡早已淪陷。可是無名英雄總是英勇無畏！他們中的大部分人決定返回。既然被賦予了使命，他們就必須履行。他們的任務既然是探聽消息，哪怕是壞消息，他們也必須把消息帶回去。於是這只孤舟再次穿過了達達尼爾、馬爾馬拉海和敵人的艦隊。五月二十三日，君士坦丁堡人已經認為這艘小船失蹤了，無人相信他們會返回或帶回消息的二十天之後，幾名城牆上的哨兵突然揮舞旗幟，他們看見一艘疾行的小船正駛向金角灣。現在，在被圍困的人震耳欲聾的歡呼聲中，土耳其人才驚訝地注意到這艘狡猾地掛著土耳其旗幟的行駛在他們海域的小船是敵人的船隻。他們從四面八方駕船衝上去，試圖在這艘船即將駛入安全地帶前將它捕獲。歡呼聲中的拜占庭帶著獲救的希望認定歐洲沒有忘記他們，上次駛來的幾艘船只是先遣部隊。不過剛剛到了晚上，糟糕的真相就傳遍城池。基督教世界遺忘了拜占庭。被圍困的人們孤立無援。如果不自救，他們將徹底淪陷。

總攻前夜

持續六週日以繼夜的戰鬥令蘇丹忍無可忍。他的火炮雖已摧毀多方城牆，但迄今為止的所有進攻都被敵方浴血擊退。對於一名將軍來說，這種情況唯有兩條出路：要麼放棄圍攻，要麼在無數次小型襲擊後發起決定性總攻。穆罕默德召集了他的軍官舉行作戰議會。他狂熱的意志戰勝了一切顧慮。會議決定，五月二十九日，他們將發起決定性的大規模總攻。蘇丹以他一貫的堅毅備戰。一場盛典即將隆重舉行。十五萬人，從將軍到兵卒必須完成伊斯蘭教規定的宗教禮儀：小淨[18]和白天的三次祈禱。為攻占拜

18 穆斯林在參加禮拜前的儀式。

占庭，加強炮兵的攻勢，現存的火藥和彈頭都已就位。整個部隊將為備戰分編。穆罕默德從早忙到晚一刻不閑。從金角灣到馬爾馬拉海，他策馬沿著巨大的陣營，一個營地接著一個營地，親自為將領鼓氣，為士兵加油。穆罕默德善於揣摩他人的心理，他深知如何最好地激發這十五萬人的鬥志。他作出了一個可怕的承諾，並於日後以他的榮譽和恥辱完全兌現了這一承諾。他的傳令官敲鑼打鼓地宣布：「穆罕默德以真主的名義，以穆聖和四千先知[19]的名義發誓，以他父親，穆拉德蘇丹的亡靈和他孩子們的頭顱，以及他的佩劍擔保：他的士兵們可以在攻陷城池後，肆無忌憚地掠奪三天。所有城牆內的一切：傢俱和財物，首飾和珠寶，錢幣和金銀，男人，女人，孩子，一切都屬於得勝的士兵。而他自己則放棄所有這一切。他只要得到征服東羅馬帝國最後堡壘的榮耀。」

聽到這通野蠻的宣告後，士兵們頓時熱血沸騰。他們叫喊著「真主，真主」，聲音猶如咆哮的風暴，席捲了顫抖中的城池。「搶，搶！」這個字成了戰鬥口號，迴盪在戰鼓聲中，隨鑼鈸軍號齊鳴。夜晚，整個營地勝似一片節慶的火海。城內的被困者心驚膽戰地從城牆上看見平原和山丘上點亮了無數火炬。敵人們正在吹喇叭，吹哨子，敲鑼打鼓地慶祝尚未到來的勝利，就像異教徒的祭祀儀式上，祭司們在殘忍又瘋狂地

19 編註：據伊斯蘭教聖訓，真主所派先知超過十二萬四千人。

進獻犧牲。可是到了半夜，所有的燈火卻又在穆罕默德的命令下全部熄滅，千人的吶喊戛然而止。這種突如其來的肅靜與漆黑，比燈火通明中的咆哮歡呼更具威懾力，更令人心驚膽寒。

聖索菲亞教堂最後的彌撒

被圍困的人們無須密探和奸細的彙報就深知自己的處境。他們知道敵人的總攻令已經下達，對艱巨重任和極大危險的預感，猶如雷暴前的烏雲，籠罩了整個城池。平時拉幫結派或陷於宗教紛爭的居民們此刻聚集在一起——一派人世間唯有到了命懸一線之時才能出現的團結景象。為了一切他們有責任捍衛的信仰、偉大的歷史和共同的文明，東羅馬皇帝舉行了一場動人的儀式。依照他的指令，所有民眾，無論是東正教徒還是天主教徒，司鐸還是教外人士，孩子還是老人都要參加遊行。沒人允許，也沒人願意留在家中。從富人到窮人都虔誠地排列成行，莊嚴地唱起了《求主垂憐經》。他們先是繞著城中心遊行，接著又經過外面的城牆遊行。走在隊伍前列的人群舉著從教堂裡請出的聖像和聖物。凡是城牆上出現裂痕的地方，他們都貼上一張聖像，就像它比塵世間的武器更能抵禦那些不信上帝者的衝擊。君士坦丁皇帝這時也召喚元老、顯貴和司令官們，最後叮囑了幾句，鼓舞他們的士氣。他雖不能像穆罕默德那樣承諾給他們大量的戰利品，但他卻能向他們描述，如果他們贏得決戰，他們將贏得全體基督徒和整個西方世界的尊敬。而如果他們屈服於那些殺人放火之徒，他們的處境將極其危險。君士坦丁和穆罕默德都知道：這一天將決定日後幾個世紀的進程。

緊接著，拜占庭滅亡前歐洲歷史上最令人迷醉的一幕上演了。自從基督教兩大教派建立起親如兄弟般的關係以來，世界上最神聖的基督教主教堂聖索菲亞教堂內還從未聚集過如此眾多的兩派教徒。皇帝的四周圍繞著全體宮廷人員、貴族、希臘和羅馬教會的教士，以及熱那亞和威尼斯全副武裝的陸兵和水兵。他們身後則跪著上千名敬畏而驚恐，口中念念有詞的百姓。黑暗中，燭光賣力地同低垂的穹頂對抗，照耀著跪在地上垂死掙扎的黑壓壓宛如一整具軀體的人群。這具巨大的軀體是拜占庭的靈魂，它正向著上帝祈禱。大主教提高了聲音的高度和力度領誦著，唱經班隨聲附和。堂內再次響起西方世界神聖而永恆的聲音——音樂。接著，皇帝打頭，一個人接著一個人地走到祭臺前領受天主的慰藉，直至不絕的祈禱升達天庭，在巨大的教堂內迴盪。這是東羅馬帝國的最後一次安魂彌撒。在這座查士丁尼建造的主教堂內，這將是最後一次基督教禮程儀式。激動人心的儀式後，皇帝最後一次匆忙返回皇宮。他請求大臣和僕從們原諒他以往的不公之處，以及他在生活中對他們的不周。接著他騎上馬，就像他最大的敵人穆罕默德此刻正在做的一樣，沿著城牆從一端走到另一端，鼓舞士兵的士氣。夜已深，聽不見四起的人聲，也聽不見武器的叮噹聲，但城牆內的幾千人卻只能忐忑不安地等待著白天的來臨，等待著死亡。

被遺忘的凱爾卡門

凌晨一點，蘇丹發出了進攻信號。巨大的帥旗被展開，成千上萬人齊聲叫喊著「真主、真主」，手持武器和雲梯、繩索和鐵爪衝向城牆。戰鼓和嘹亮的軍號齊鳴，震耳欲聾的擂鼓、銅鈸和笛子聲，吶喊聲和炮火聲像暴雨來襲般匯成一片。未經訓練的敢死隊首先被無情地派去衝向城牆——他們赤裸的身軀在蘇丹的進攻計畫中顯而易見，是發起總攻前用以消弱敵人力量，損耗敵人體力的人肉靶子。黑暗中，這些被驅趕的先遣隊帶著上百架雲梯向著城牆奔跑攀爬，一波被擊退後再次衝上去另一波——他們不斷地向前衝著，沒有退路，因為這些僅僅作為犧牲品的毫無價值的人肉靶子背後站著精銳部隊。他們不停地將這些人驅趕向幾乎必死的境地。城牆的護衛者們依舊保持優勢，人肉衝鋒隊無法抵擋他們發射投擲的無數箭矢和石塊，他們只是的確如穆罕默德算計的那樣陷入了疲憊。身著沉重的盔甲，還得持續不斷地迎戰衝上來的輕裝部隊，不斷地從一個垛口跳向另一個垛口，他們旺盛的精力在這種被動的防禦中消耗殆盡。持續兩小時的搏鬥之後，天已漸亮，由安納托利亞人組成的第二梯隊開始發起進攻。戰勢愈來愈危急，安納托利亞人都是紀律嚴明、訓練有素的戰士，他們還佩戴著鎖子甲。相比那些守在城內，東奔西跑守衛垛口的人來說，安納托利亞人不僅在數量上占有絕對優勢，事先還都得到了充分的休息。不過他們還是敗下陣來。於是蘇丹不得不派出最後的精銳部隊——鄂圖曼帝國的中流砥柱，土耳其禁衛軍。他親自率領這支歐洲最優秀的部隊，一萬兩千名精挑細選身體強壯的戰士，齊聲吶喊著向精疲力竭的敵人衝去。現在，殊死搏鬥的時刻真正到來，決定性的戰鬥正式打響。城裡的鐘聲全部敲響，召喚還能參戰的人們都到城牆上來，甚至水兵也從船上被召集到城牆。對於城牆內的守衛者們來說，不幸的熱那亞部隊司令、勇敢的朱斯蒂尼亞尼[20]被矢石擊中而身負重傷，抬到船上，動搖了他們的力量。但很快，皇帝就親自趕來抵擋危險的進攻，衝鋒的雲梯再次成功地被推下城牆。最危急的時刻過去了，最瘋狂的進攻也被擊退。拜占庭在這場殊死搏鬥中似乎又獲得喘息的機會。然而就在這時，一個悲劇性的變故，一個神祕莫測的瞬間，就像在歷史中時常發生的那些玄妙的決定性時刻一樣，決定了

20 編註：Giovanni Giustiniani，熱那亞望族，他自發組織了七百人的雇傭軍前來支援君士坦丁堡，獲君士坦丁十一世委以陸上防衛指揮的重任。

拜占庭的命運。

一件難以置信的事情發生了。幾個土耳其人從距離真正進攻處不遠的漏洞百出的外城牆衝了進來。繼續往內城牆衝擊，他們還沒這個勇氣。他們正好奇而漫無目的地在內外城牆間四處閒逛時，卻突然發現了內城牆的一扇小門，人稱「凱爾卡門」[21]。這扇門不可思議地被人疏忽著大敞四開。它其實只是一道小門，平安無事時，幾道大門緊鎖，它供行人通過。它並不具備軍事意義，為此前夜激動的人們似乎忘記了它的存在。這幾名土耳其禁衛軍此刻驚奇地發現，這扇位於堅固的防禦工事中的小門正愜意地向他們大敞四開。他們先是以為這一定是個陷阱，因為這樣的蠢行根本不會發生。一般情況下，每一道缺口，每一扇小窗，每扇門前都堆放著上千具屍體，油燒著火，矛槍會劈頭蓋臉地從天而降。而此刻，這裡卻像禮拜天一樣平靜，凱爾卡門大敞著，直通市中心。無論如何，這幾個土耳其人馬上叫來了增援，緊接著，整支部隊完全沒有遭遇任何抵抗就衝進了城內。那些守衛在外牆上的人們對來自背後的襲擊沒有任何察覺。誰知幾名士兵發現了防線後的土耳其人，竟災難性地誇張叫喊：「城市被攻克了！」這種不切實際的謠言，在任何戰場上都比大炮更具有致命的殺傷力。於是土耳其人也跟著大聲歡呼起來：「城市攻克了！」——喊聲粉碎了一切抵抗。雇傭兵們以

21 編註：Kerkoporta，早期學者認為其位於狄奧多西城牆北段末端城樓與紫衣貴族宮之間，但目前尚未找到能證明該城門曾存在的遺跡。

為自己被出賣，紛紛離開崗哨，想快速逃回港口，逃到船上去。君士坦丁帶著幾個親信頑強地抗擊入侵者，卻在戰亂的人群中，無人認得地被活活打死。直至第二天，人們才在一大堆屍體中看見他飾有金鷹的紅靴，確認了他的死亡。東羅馬帝國的最後一位皇帝，光榮地以羅馬精神同他的帝國一道同歸於盡。一個微小的疏忽，一扇被人遺忘的門，就這樣決定了世界歷史。

十字架倒下

歷史有時喜歡玩弄數字。汪達爾人洗劫羅馬整整一千年後，拜占庭陷入劫難。勝利者穆罕默德恐怖地兌現了他的承諾。第一次屠城後，他任由他的士兵肆無忌憚地強搶房屋、宮殿、教堂和寺院。男人、女人和孩子也成為他們的戰利品。成千上萬名士兵就像被魔鬼驅使著一般，爭搶著在街頭巷尾奔跑擄掠。他們先是衝進教堂，衝向那些黃金聖物和閃閃發光的珠寶。無論他們闖入哪裡，都首先插上自己的旗幟，以便向後來者示威，此地已被人據為己有。他們不僅擄獲寶石、布料、黃金和其他順手牽羊的財物，還為蘇丹擄獲了宮中的女人。男人和兒童被送往奴隸市場。藏身教堂裡的可憐人被鞭打著成群結隊地驅趕出去。年老的沒有利用價值的人和無法變賣的累贅們被殘忍地屠殺。年輕人則像牲口似的被捆綁在一起拖走。大肆搶劫的同時，他們還進行了野蠻而毫無緣由的破壞。十字軍當年同樣惡意洗劫後殘留的聖物和藝術品，被這群瘋狂的勝利者砸得粉碎。昂貴的繪畫被燒掉，神聖的雕像被敲碎，凝聚著千年智慧、保存著希臘思想和詩作的不朽財富——書籍被永久焚毀或肆意丟棄。人類將永遠無法完全得知，在那個生死攸關的時刻，敞開的凱爾卡門帶來了怎樣的災禍；也永遠無從得知，在羅馬、亞歷山卓和拜占庭的劫難中，人類精神世界的損失有多麼巨大。

直至獲勝的那天下午，大規模的殺戮結束後，穆罕默德才踏入這座被征服的城池。他神情傲慢而嚴肅地騎在他的駿馬上，漠然經過那些被野蠻踐踏的區域。他恪守承諾，沒有去干擾勝利的士兵們可怕的行徑。對他來說，他已贏得一切。重要的事情不是奔向戰利品。他高傲地徑直奔向主教堂，拜占庭那顆璀璨的明珠。五十天來，他從自己的營房，懷著渴望的心情，遙望聖索菲亞教堂耀眼而不可企及的鐘形圓頂。現在，他終於可以以一位勝利者的身分，步入教堂的青銅大門。不過穆罕默德還是抑制了急迫的心情：在他將這座教堂永久地獻給真主之前，他要首先感謝真主。畢恭畢敬地，蘇丹跨下馬背，跪在地上向真主磕頭。接著他又從地上捧起了一把沙土，從自己的頭頂撒下，好讓自己記住，他不能因為勝利而驕矜自大，他仍舊是個凡人。向真主表達了自己的敬畏後，蘇丹這才站起身來，作為真主的首席僕人，昂首闊步走進查士丁尼大帝建造的主教堂，智慧的聖索菲亞大教堂。

蘇丹好奇而細緻地觀察著這座神聖的教堂。它高聳的穹頂、燦爛的大理石和馬賽克，精緻的在黃昏的光線中閃閃發光的弧形門拱。他感到這座供人祈禱的傑出殿宇不屬於他，而應當屬於他的真主。他立刻讓人喚來了一位伊瑪目[22]，讓他登上祭壇並在那裡宣講教祖穆罕默德的箴言。這位土耳其君王面朝麥加，在這座基督教主教堂內向真主，向世界的主宰者作了第一次禱告。工匠們第二天就接到任務，將這座教堂內所有過去的信仰標誌全部拆除。祭壇被毀，虔誠的馬賽克被粉刷上石灰，而索菲亞教堂中高高懸掛的十字架那伸展了千年、擁抱塵世間一切疾苦的雙臂轟然倒下。十字架倒下的巨響響徹教堂，也傳到堂外遙遠的遠方。整個西方世界都在為這具十字架的倒下而震顫。噩耗很快傳遍羅馬、熱那亞、威尼斯和佛羅倫斯，它像預言的驚雷般滾滾響遍法國和德國。歐洲人這才驚慌地意識到，由於他們昏庸的置若罔聞，這股難以阻擋的破壞力，竟從那座被人遺忘的不幸的凱爾卡門中闖了進來。這一暴行將上百年地遏制歐洲的勢力。然而歷史和人生一樣，瞬間釀成的大錯，即使用盡千年，也無法贖回倏然造成的損傷。

22 Imam，伊斯蘭禮拜儀式的主持者。

韓德爾的復活

GEORG FRIEDRICH HÄNDELS AUFERSTEHUNG

（1741年8月21日）

一七三七年四月十三日下午，倫敦布魯克街[1]。喬治・弗里德里希・韓德爾的僕人正坐在居所底層的窗前幹著件特別的事。他剛剛氣惱地發現，儲備的煙絲已經抽光。本來過兩條街就能在他女友多莉的雜貨店中買到新鮮的煙絲，但盛怒的主人令他擔憂，不敢離開半步。音樂大師韓德爾從排練廳回來後，怒火中燒，滿面通紅，太陽穴暴著青筋。他用力摔上門，此刻正在踱步。僕人真切地聽見樓上主人暴躁的走動聲，地板咯吱作響。作為僕人，在主人發怒的日子絕不可掉以輕心，於是他只好自娛自樂，排遣無聊，比如讓原本冒著漂亮藍色煙圈的陶瓷短煙斗冒出肥皂泡。他弄了一碗肥皂水，這會兒正朝窗外的大街上吹著繽紛的肥皂泡。過往的行人停下腳步，興致勃勃地用拐杖捅破一個個五顏六色的圓球，笑著，打著招呼。他們對布魯克街上這棟房子裡發生的一切都不會感到驚訝。在這裡，夜半時分經常傳出駭人的大鍵琴聲。如果那位暴躁的德國人因為女高音們唱的八分音符偏高或偏低而大發雷霆，還會傳出女人們的號啕或啜泣聲。長久以來，格羅夫納廣場布魯克街二十五號[2]的鄰居們早已把這裡當成了瘋人院。僕人默默地不斷吹著彩色肥皂泡。過了些時候，他的技術已明顯見長。這些大理石般的圓球已被他吹得又大又薄。它們愈來愈輕，飄得愈來愈高，甚至有一個已經飄到了對面的房子。這時，一聲悶響讓整棟房子為之一震，僕人驚跳起來。玻璃窗噹

1 編註：Brook Street，位於倫敦市中心梅費爾區內，十八世紀時為上流階層所居。

2 編註：二〇〇一年後為韓德爾故居博物館，一旁的二十三號為傳奇吉他手吉米・罕醉克斯故居。

啷作響，窗簾飄飛。樓上一定是有件重物掉到了地上。僕人跳下窗臺，沿著樓梯一溜煙跑去主人的工作室。

大師工作時坐的扶手椅是空的。房間是空的。正當僕人準備去臥室查看時，他看見了一動不動躺在地板上的韓德爾。他大睜著呆滯的雙眼，喉嚨裡發出沉悶的呼嚕聲。僕人嚇蒙了，這個魁梧的男人直挺挺地躺在地上呻吟。確切地說，他的呻吟聲來自短促而衰弱的喘氣。

他要死了。嚇傻的僕人一邊想一邊跪下身來試圖對昏迷的主人施救。他想把他扶起來，弄到沙發上，但這個大塊頭重得要命。他只好先解開他脖子上的領巾，主人的喘息立即平靜下來。這時，本是來謄抄詠歎調的大師助手克里斯托福·施米特[3]從樓下走上來。他也被那聲悶響嚇了一跳。現在兩人一起把這個龐然大物架了起來——他的胳膊耷拉著像個死人——放到床上，頭部墊高。「幫他把衣服脫掉。」施米特命令僕人，「我去找大夫。你給他噴水，直到他醒來。」

克里斯托福·施米特沒穿外套就跑出門去。時間緊迫。他穿過布魯克街跑到龐德街[4]，向所有傲慢地踱著方步的馬車揮手，但沒人搭理他這個僅穿著襯衫的喘著粗氣的胖子。終於有一輛馬車停了下來。錢多思公爵[5]的車夫認出了他。施米特忘記了禮貌，

3 編註：Johann Christoph Schmidt，與父親均曾擔任韓德爾的謄抄助手，亦是作曲家。隨韓德爾定居英國後，名字改為英式寫法的John Christopher Smith。

4 編註：Bond Street，南端與布魯克街平行，僅隔數街區。十八世紀即為倫敦的時尚購物中心。

5 編註：James Brydges，第一代錢多思公爵，韓德爾的贊助人之一。

二話沒說就拉開車門。「韓德爾快不行了！」他朝著熱愛音樂又愛戴大師的公爵喊道。後者也是韓德爾最熱心的贊助人。「我必須去找大夫。」公爵立即請他上車。幾匹馬狠吃了幾鞭。很快，他們就請出了住在弗利特街[6]正在忙著驗尿的詹金斯大夫。輕便的雙輪馬車立即將他和施米特帶回布魯克街。「他承受了太多不愉快！」助手在車上抱怨，「他們快要把他折磨死了。這些該死的歌手和閹伶[7]，這些油嘴滑舌吹毛求疵的人，簡直是一群噁心的蛀蟲。今年，他為了挽救劇院，已經寫了四部歌劇。可其他人卻忙著給宮裡獻殷勤，忙著和女人們周旋。尤其是那個義大利人，那個可惡的閹伶[8]，令所有人發狂，簡直是一隻甜嘴的嚎叫的猴子。唉，這些人對我們的好人韓德爾都做了什麼！他拿出全部積蓄，一萬英鎊，可這些人卻拿著欠條折磨他，要逼死他。從來沒有人有他這麼偉大的成就，從來沒有人像他這樣鞠躬盡瘁。就算他是個巨人也會被毀掉。哎，多好的一個人！一個天才！」

詹金斯大夫冷靜而沉默地聽著。走到寓所前，他又吸了口煙並將煙斗中的煙灰磕掉。「他多大年紀？」

「五十二歲。」施米特道。「最麻煩的年紀。他又像頭牛一樣拚命工作。不過他身體壯得也像頭牛。好吧，看看我能為他做些什麼。」

6 編註：Fleet Street，舊時是倫敦報業的聚集地。

7 Kastrat，十七世紀至十八世紀去勢後的歌劇演員或歌唱家。

8 編註：指知名閹伶法里內利（Farinelli）。一七三四年，他與老師尼古拉·波爾波拉加入韓德爾的主要競爭對手「貴族歌劇團」，在惡性競爭與表演形式膚淺化的影響下，韓德爾自費成立的「新皇家音樂學院」宣告失敗。

僕人端著一隻碗。克里斯托福．施米特舉起了韓德爾的一條胳膊。醫生劃破了他的血管，熱血流了出來。不久，韓德爾緊綳的雙唇發出歎息。他深深地呼了口氣，睜開雙眼。他疲憊的眼睛失去了神采。

醫生包紮了他的手臂。可做的事情已經不多，他準備起身，卻發現韓德爾的嘴唇在嚅動，他湊過去。聲音十分微弱，就像喘氣，韓德爾呼嚕著：「完了……我完了……沒有力氣……沒有力氣我還活個什麼勁……」詹金斯大夫彎腰貼近他，發現他的一隻眼睛，右眼，目光呆滯，而另一隻眼睛卻很靈活。他試著拉起他的右臂又撒手，右臂毫無知覺地耷拉下去。接著他又抓起左臂撒手，左臂卻能保持新的姿勢。現在，詹金斯完全清楚了他的病情。

施米特跟著大夫走出房間，一直跟到樓梯口。他慌張又小心地詢問：「他得了什麼病？」

「中風。右半身癱瘓了。」

「他還，」施米特支吾著，「——他還能痊癒嗎？」

詹金斯大夫默默地吸了撮鼻煙。他不喜歡這個問題。

「或許吧。什麼事都有可能發生。」

「他會一直癱瘓下去嗎？」

「如果不發生奇蹟的話，很有可能。」

但是對大師五體投地的施米特並不罷休。「那麼他……他至少還能再工作吧？如果不創作，他根本活不下去。」

詹金斯大夫已經站在了樓梯口。

「他不可能再創作了。」他輕聲說，「或許我們能保住他的命，但我們失去了這位音樂家。中風會影響大腦。」

施米特呆望著他。醫生覺察到他眼中極度的絕望。

「怎麼說哪，」他重複道，「如果不發生奇蹟的話。不過我還沒有見過奇蹟發生。」

喬治・弗里德里希・韓德爾無力地生活了四個月，而力量就是他的生命。他的右半身毫無知覺。他不能走，也不能寫，不能用右手敲擊哪怕一個琴鍵。他幾乎不能說話。由於身體上那道可怕的撕裂，他的嘴唇斜歪著，只能含糊地吐出幾個字。當朋友們為他演奏時，一絲光芒會閃過他的右眼，接著，他沉重而失控的身軀就會像發夢的病人般顫抖起來。他想打拍子，但四肢像被凍僵般僵硬，頭腦和肌肉不聽使喚。這位昔日孔武有力的男人感到自己就像被無助地密閉在一座無形的墳墓中。音樂一旦停止，他的眼皮就耷拉下來，他又像具屍體般躺到了床上。詹金斯大夫為難地告知——大師恐怕已無藥可醫——得把他送到亞琛[9]去，那裡的溫泉或許能讓他好過些。

就像地表下蘊藏著神祕的溫泉，韓德爾僵硬的身軀中蘊藏著不可思議的力量：他的意志力、生命力。這些力量並未被毀滅性的打擊撼動，它不想讓他不朽的精神熄滅在必死的肉身中。這位巨人並不認輸，他還要活，還要創作。而正是這種意志戰勝了自然規律，創造了奇蹟。在亞琛，醫生們曾嚴肅地告誡他，不得在熱水中浸泡超過三小時，否則他的心臟將無法承受，有生命危險。但是為了求生，出於他不可遏制的恢復健康的欲望，他的意志力甘願挑戰死亡。醫生們震驚地發現，韓德爾每天都在熱水中泡上足足九小時。意志助長了他的力量。一週後，他已經可以磕磕絆絆地行走。兩週後，他的胳膊已可以活動。意志和信念取得了巨大的勝利。為了擁抱生命，他從死亡的牢籠中掙脫出來。此時唯有大病初愈的人，才能理解他那比以往任何時候都更熱烈、更難以言表的喜悅。

離開亞琛前的最後一天，徹底痊癒的韓德爾在教堂前停下腳步。他從來不是個特別虔誠的人，可是現在，他卻懷著激動的心情，邁著上帝恩賜的自由步伐走向唱經臺上的管風琴。他先用左手試著敲擊鍵盤，管風琴清亮而豐滿的聲音立即迴盪在教堂內；

9 編註：Aachen，德國西部邊境城市，與荷蘭、比利時交界，自古即是知名的溫泉療養聖地。

接著他又遲疑地抬起不願示人、僵硬許久的右手。看！即便是這只右手，也彈奏出了銀鈴般悅耳的音樂。他開始慢慢演奏，在無限的遐思中心潮起伏。管風琴的轟鳴猶如一柱柱無形的方石，莊嚴地層層升攀，盤旋在這座天才建築巨大的空間內，直達穹頂，又像一束聲音之光，明亮非凡。臺下一群無名的修女和教徒們安靜地聽著，他們無法想像塵世間有這樣的音樂。而韓德爾則謙卑地低著頭，彈啊彈……他又重新找到了上帝，找到了他和不朽交談的語言，上帝和人類交談的語言。他又能演奏，又能創作。此刻，他感到自己獲得了新生。

「我從地獄中回來了。」喬治・弗里德里希・韓德爾挺著寬闊的胸膛，伸出有力的雙臂，自豪地對倫敦的醫生說。醫生則不得不對這一奇蹟表示震驚。以飽滿的力量和痴狂的熱情，痊癒的韓德爾毫不遲疑地加倍投身到創作中。原來的鬥志又重新回到這個五十三歲的男人身上。他寫了一部歌劇——健康的雙手完美地聽從他的安排——他寫了第二部歌劇，第三部歌劇，又寫了神劇《掃羅》、《以色列人在埃及》和《詩人的冥想》。創作的欲望如同長期堵塞的泉水般噴薄而出。然而韓德爾時運不濟，王后[10]的過世中斷了演出，隨後又爆發了西班牙戰爭[11]。廣場上每天聚集著振臂高呼的民眾，負債累累的劇院中卻空無一人。接著又是冬天。倫敦的這個冬天異常寒冷，泰晤

10 編註：英王喬治二世的王后卡羅琳（Caroline of Ansbach）是韓德爾三十多年來的贊助人，一七三七年逝世後，韓德爾為她的葬禮寫了一首頌歌。

11 編註：指「詹金斯的耳朵戰爭」（War of Jenkins' Ear），英國船長羅伯特・詹金斯於加勒比海遭西班牙船隻劫掠，本人更被割去一隻耳朵，引起輿論關注，加之軍事與商業因素，終使兩國於一七三九年開戰。

士河已結冰，如鏡的冰面上行駛著叮噹作響的雪橇。所有音樂廳在這樣惡劣的天氣裡都大門緊鎖，即便是天籟般的音樂也無法與嚴寒抗衡。歌手們紛紛病倒，演出一場場被取消。韓德爾的處境愈發艱難。債主上門逼債，評論家冷嘲熱諷，觀眾則冷淡而沉默。這一切摧毀了這位絕望的勇士。一場義演雖然挽救了債務危機，但是像乞丐般謀生簡直就是恥辱！韓德爾愈來愈封閉，愈來愈抑鬱。或許半身不遂還要好過整個身心的覺醒！時至一七四〇年，韓德爾已經認為自己是個受到重創的失敗者，當年的榮耀已成殘渣灰燼。他還在費心整理著早年的作品，也偶爾創作一些小品，但康復之初的靈感原動力已枯萎不再。這個魁梧的男人，神聖的鬥士，第一次感到身心疲憊，敗下陣來。第一次，他感到創作的激情，他那三十五年來征服了整個世界的創造力已經枯竭。他又一次走到了盡頭。他知道，或者他以為自己知道：他已絕望地徹底走到盡頭。他歎息著：假如要再次埋葬我，上帝又何必在病痛中挽救我？這樣像陰魂般遊蕩在冰冷空洞的世間，還不如當初死掉的好。有時，他又在憤怒中畫著十字，喃喃自語：「主，我的上主，你為何遺棄我？」

一個失敗者，絕望的人，心灰意冷，不相信自己的力量，或許也不相信上帝。那幾個月，韓德爾每晚都徘徊在倫敦街頭。白天，追債的拿著帳單守在門口，他只好在夜幕降臨後走出家門。街上的人們向他投來冷漠而蔑視的目光。有時他也考慮逃到愛爾蘭，那裡的人們還敬仰他的名聲——啊，他們並不知道他已經徹底頹廢——或者去德國，去義大利。或許他能在那裡融化內心的冰封。在南部的甜風吹拂下，靈魂的荒漠或許能再次迸發旋律。不，他無法承受這種不能創作、了無生氣的生活。他無法承受喬治·弗里德里希·韓德爾的失敗。有時他站在教堂前，儘管他知道，聖言不會安慰他。有時他也坐在酒館裡，但酩酊大醉不會帶來純粹而神聖的創造力，劣質的烈酒只能讓人嘔吐。他時常站在泰晤士河的橋上，呆望夜一般漆黑的奔流河水，或許縱身一躍反而更好！只要不再承受這沉重的空虛，只要不再承受這遠離上帝和人群的殘酷寂寞。

他就這樣一次次徘徊在深夜的街頭。一七四一年八月二十一日，天氣十分炎熱，倫敦陰霾的天空就像遮了塊燒熔的鐵板。只有到了晚上，韓德爾才能出門去綠園[12]透氣，在濃蔭遮蔽的樹蔭下躲避他人的折磨。他疲憊地坐著，就像一個病入膏肓的人。他懶得說話，也不想寫作，不想彈奏和思考。他厭倦一切，厭倦生活。這樣活著的意義何在？他像個醉漢般沿著帕摩爾街[13]和聖詹姆士街[14]走回家，內心只有一個念頭：睡覺，睡覺。什麼也不想，只要休息，獲得安寧，最好永不醒來。現在，布魯克街居所裡的人們都已進入夢鄉。緩慢地——哎，他多麼疲憊，他被那些人逼得疲憊不堪！——他

12 編註：Green Park，英國皇家園林之一，位於白金漢宮北面，與海德公園、聖詹姆斯公園相連，園內沒有湖泊，全是樹林與草地。

13 編註：Pall Mall，位於綠園東側，十八世紀時為高級商業街，西側與聖詹姆士街相連。

14 編註：St. James Street，位於綠園東側，聖詹姆士宮以北，沿此路往北走即可回到布魯克街。

邁著沉重的步子走上樓梯。每走一步，木地板都咯咯作響。他終於進了房間，打著了點火器，點燃了書桌上的蠟燭，坐下來：他下意識地、機械地做著這一切，多年如一日。可是以前——他不禁哀傷地歎息——散步之後他總能帶回一段旋律，一個母題。他總是迫不及待地趕緊記錄下來，以免一覺醒來後遺忘。可是現在，桌子是空的，一張記譜紙也沒有。創作不曾開始，自也無從結束。神聖的水車已經冰封。他無所事事。不對，桌子上不是空的！燭火下的這個方形白色紙包不是正在發光？韓德爾拿了起來。這是個郵包，裡面應該是紙稿。他迅速地拆開印封。先是一封信，一封詹尼斯[15]的信。那位詩人，曾為《掃羅》和《以色列人在埃及》作詞的詩人。他寫道，他寄來他的新詩，希望音樂之神能海涵他作品的拙劣，為其插上音樂的金翅膀，穿越不朽的穹蒼。韓德爾像被他反感的東西刺痛了一般跳了起來。難道這個詹尼斯是專門來羞辱他這個軟弱而將死之人的嗎？他撕碎了信，扔在地上，踩了幾腳。「無賴！流氓！」他罵道。這個蠢貨不僅刺激了他最深處灼痛的傷口，還撕裂了傷口，苦膽流出來，他的靈魂痛不欲生。他憤怒地吹滅蠟燭，踉蹌著摸到臥室，栽倒在床上：淚水突然奪眶而出，整個身體在憤怒和軟弱中顫抖。世界多麼殘酷！剝奪了他的一切，還要嘲諷他，讓他飽受痛苦的折磨！他為何來戲弄他？他的心已經麻木，他已全無力氣。他為何還要他創

15 編註：Charles Jennens，韓德爾的老友與贊助人，曾為其多部劇作填詞。

作一部作品？他的靈魂已熄滅，思想已癱瘓。他現在只能像牲口般昏睡。他只想遺忘，只想消失！一個迷失的敗將只配在床上昏睡。

可他無法入睡，內心充滿不祥而莫名的不安。憤怒如同咆哮的大海般激蕩他的心靈。他不停地翻身，從左到右，再從右到左，愈發難以入眠。難道他不該起來查閱一下那部唱詞嗎？不，唱詞也救不了他這個垂死的人！不，什麼也無法安慰他，上帝已經把他打入深淵，他已經與生活神聖的洪流徹底隔絕！可是他心中卻有一種力量在掙扎，一種隱隱的好奇心在催逼他，而他昏沉無力，無法抵禦這種好奇。韓德爾起身，回到書房，用顫抖的手再次點燃蠟燭。奇蹟不是在他中風時出現過一次嗎？或許上帝深知如何治癒和安慰靈魂？韓德爾將燭臺挪到稿件旁。《彌賽亞！》，首頁寫著。啊，又是神劇！上一部已經被劇院拒絕……他就這樣在不安中翻開第一頁，開始閱讀。

第一句話就讓他驚跳起來。「你必得安慰！」唱詞以這句話開頭。「你必得安慰！」——猶如魔咒——不，這不是唱詞，是回答。上帝的回答[16]。是天使為他沮喪的心捎來的天籟。「你必得安慰！」——這句抑揚頓挫的唱詞喚醒了他怯懦的靈魂。一句激發創造力，富有創造力的唱詞。唯讀到這一句，韓德爾就聽見了音樂。不絕的音樂在上空盤旋，呼喊，歌唱，猶如電閃雷鳴。哦，多麼幸福！音樂之門就這樣敞開！

16 編註：《彌賽亞》的唱詞全由《欽定版聖經》中的句子組成。

他再次感受到，聽到了音樂！

韓德爾的手顫抖地一頁頁翻著。是的，他已被喚醒，每句唱詞都激發他的靈感，都以不可抗拒的力量打動他。「上主這麼說！」這難道不是說給他的？只說給他的？這難道不是那只將他推倒，又悲憫地將他從地上拉起的手？「他將淨化你。」——是，這不是正發生在他身上。他心中的陰霾不是已經清除？光明已闖入他的心扉，這聲音之光如此晶瑩而純潔。世上還有誰能像這位住在戈布薩爾[17]的可憐詩人詹尼斯一樣，一筆筆創作出如此激勵人心的文字，難道他不是這世上唯一體恤他困境的人？「為上主獻祭」——是，在燃燒的內心中獻祭的火焰已經點燃，它沖向天空，去呼應這神聖的召喚。而下一句也是說給他的，只說給他的！「以你那有力的聲音呼喚吧」——哦！應該以震耳欲聾的長號、呼嘯的合唱和如雷般的管風琴來宣告，就像太初之道，與神同在，喚醒那些仍在黑暗中絕望摸索的人。「看，黑暗籠罩大地。」黑暗依舊籠罩大地，人仍不認識救贖的福音。可是此刻的他已獲得救贖。他幾乎剛剛讀完就已成竹在胸，無限虔誠而感恩地呼喚「神聖的領路人，偉大的主！」已成為音樂——是的，就該如此頌揚神聖的上主。他指引人並實在地將和平賜予人破碎的心靈！「因為上主的天使走向他們！」是的，閃動銀色羽翼的天使降臨他的房間，撫慰他，拯救他。這成千上

17 編註：Gopsall，位於英國萊斯特郡西部，詹寧斯的鄉村別墅位於此處，韓德爾也時常到訪。

萬歡呼慶祝和感謝的聲音只在他一人心中歌唱，讚美：「光榮歸於主！」

如同置身於巨大的風暴中，韓德爾沉醉在唱詞裡，疲勞消失殆盡。他從未感到自己如此有力，如此充滿創作的欲望。唱詞猶如溫暖而醉人的陽光，不斷照耀他，不斷撞擊他的心。充滿召喚，賦予他自由！「喜樂！」——有如神聖的合唱迴響耳畔，他不禁昂起頭，張開雙臂。「他是真正的救主」——是的，他要證明人間尚未被證明的事，他要在世間高舉他的證據，如同舉起一塊奪目的豐碑。只有受盡苦難的人才深知喜樂。只有經歷考驗的人才能預知最終的寬赦。他要向世人證明他歷經死亡後的復活。讀到「他曾遭鄙夷」時，韓德爾再次陷入痛苦的往事中，音樂也隨之轉為黑暗壓抑。他們曾以為他被打敗，嘲笑著將他活埋——「他們見到他，嘲笑他」、「無一人給予受難者安慰」。在他無助時沒人幫助他，安慰他，唯有上主賜予他力量。「他信賴上主」，他信賴上主並看見上主沒有讓他置身墳墓——「且不要讓他的靈魂停駐在地獄」。不，上主沒有放棄他的靈魂，沒有將這個絕望之人留在墳墓，將這個軟弱之人打入地獄。上主再次喚醒他並賦予他為世人傳福的使命。「昂起你們的頭」——上主宣布的偉大指令猶如發自他內心的聲音！突然，他驚呆了，他看見落款處可憐的詹尼斯的手跡：「這是上主的旨意。」

他的呼吸停頓了。真理從一個偶然之人的口中宣講出來：是上帝賜予他言辭。來自上天。「這是上主的旨意」：這句話從天而來，帶著聲音與恩賜！也必將抵達上天。每位創造者都有欲求和責任讚美主，稱頌主。哦，要握緊這言辭，踐行它，高舉它，宣揚它，讓它伸張並響徹整個世界。讓一切存在的歡呼都圍繞它，讓它像上帝一般偉大。哦，這致命又倏忽的話語將透過優美的音樂和無盡的熱情回歸永恆！看！此處注明，那不斷重複而又永不消失的聲音和唱詞乃是：「哈利路亞[18]！哈利路亞！哈利路亞！」是啊！大地上所有的聲音都將匯於一處：明亮的聲音，深沉的聲音，男人堅定的聲音，女人溫順的聲音，這些聲音都將在「哈利路亞」中豐盈、攀升、婉轉。它們將融合在一起，之後再消散在合唱的旋律中。它們將往返於聲音的天梯間，與甜美的小提琴弓弦結伴，激越於鋒利的號角中，在震耳欲聾的管風琴中呼號：「哈利路亞！哈利路亞！哈利路亞！」從這一詞中，從感恩中，當創造出一種從大地升至全能上主的讚美的轟鳴！

淚水模糊了韓德爾的雙眼，巨大的激情充滿他的身心。雖然神劇的第三部分尚有幾頁仍未讀完，但「哈利路亞，哈利路亞」之後，他已無法繼續閱讀下去。音節充滿他，在他內心歡呼著，沸騰著，像熊熊烈焰般灼痛他，幾乎要噴湧而出。啊！音樂在怎樣衝撞他的心，躍躍欲試著要一飛歸天。韓德爾迅速抓起筆，神奇而疾速地一行行記下

18 編註：Halleluja，源自希伯來語，意為「讚美主」。

音符。就像一艘船，狂風灌滿了風帆，他無法停筆，不斷向前。寂靜的夜籠罩著四周，緘默的城市潮溼黯淡。但他的內心卻充滿光明，無聲的音樂齊聲轟鳴，響徹了房間的每個角落！

第二天早上，當僕人躡手躡腳地走進房間時，韓德爾仍坐在寫字臺前書寫。助手克里斯托福・施米特小心地詢問是否需要幫忙謄抄時，他也只是不耐煩地嘟囔著，並不回答。於是大家都不敢再靠近他，而他則三週都沒有離開過房間。有人送吃的進去，他就倉促地用左手掰幾口麵包，右手繼續書寫。他如痴如醉地寫著，根本停不下來。時而他站起身來，在房中踱步，大聲哼唱，打著拍子，眼中閃爍著奇異的光。如果有人同他講話，他就會像受驚似的語無倫次。這些天裡，僕人的日子實在難過。債主們來追債，歌手們來請求參加節日的清唱劇[19]演唱，信使捎信來邀請韓德爾進宮。僕人不得不一一回絕，因為哪怕只是試著和埋頭工作的主人說上一句話，也會遭到他憤怒的責罵。在這些日子裡，喬治・弗里德里希・韓德爾不分晝夜，忘記時間，完全生活在由旋律和節奏組成的世界中，被心靈深處的風暴席捲。這神聖的湍流愈急迫，作品也就愈接近尾聲。他成了自己的囚徒，只能踏著節奏的步伐丈量室內自設的地牢。他唱著，彈著大鍵琴，接著又坐下來，不停地寫著，直至手指火辣辣地疼痛。有生之年，

19 編註：Cantata，或譯清唱套曲、康塔塔。演出規模與故事篇幅一般較神劇（Oratorio）短小，是巴洛克時期重要聲樂體裁。

他還從未被這樣的創作欲侵襲，也從未在音樂中經歷過這般重負。終於，將近三週之後——至今不可思議，也永遠不可思議——九月十四日，作品竣工。唱詞變成了音樂。單調的文本釋放出永不凋零的聲響。意志的奇蹟再次從燃燒的靈魂中被創造出來，就像當初從他癱瘓的肉體中創造了復活的奇蹟。所有的旋律都已寫好，都已創作完成，都已展翅飛翔——只是作品最後的一個詞「阿門」仍未配上旋律。韓德爾要抓住這兩個緊湊的音節，用它們建造升天的音梯。他要先拋出一個聲部，接著讓其他聲部在合唱中變換。他要將這兩個音節延長，再不斷將它們分開，好讓它們不斷嶄新而發光地結合在一起。神的氣息注滿他的激情，他在最後的音節中完成了偉大的祈禱。他要讓音樂如世界般寬廣而充實。這最後一個詞沒有放過他，他也沒有放過這最後一個詞。他以輝煌的賦格[20]為「阿門」譜曲，將洪亮的「阿」作為起始的根音。像一座大教堂，發出轟隆聲，豐滿，直至升達天庭；不斷升高，再下降，再升高，最終融入管風琴的轟鳴，而這統一的聲音的威力將一次比一次高，充滿天體的各個領域，一若天使合唱著這感恩的讚美詩，頭頂的屋宇在這永恆的「阿門！阿門！阿門！」聲中震裂欲碎！

韓德爾艱難地站起身來，羽毛筆從他手中滑落。他不知自己在哪裡，什麼也看不見，什麼也聽不見。他感到精疲力竭，不得不扶牆踉蹌著行走。他已全無力氣，身體

20 編註：Fugue，讓主題旋律被不同聲部模仿對位出現在樂曲中，形成各聲部追逐、問答的巧妙效果，是巴洛克時期常見的作曲手法。

傾空，意識模糊。他像個盲人般摸著牆壁向前走著，隨後栽倒在床上，死人般沉沉睡去。

整個上午，僕人悄悄地打開三次門，見大師一直在睡覺。他像具蒼白的石雕，一動不動，沒有任何表情。中午，僕人第四次進來想把他喚醒。他大聲清嗓子，大聲叩門，可任何聲音都傳不進韓德爾的耳朵，他睡得很沉。下午，克里斯托福．施米特來幫忙時，韓德爾仍在昏睡。施米特俯下身端詳：他就像個打了勝仗卻犧牲在戰場上的英雄，經過可怕的戰鬥，疲憊而亡。只是克里斯托福．施米特和僕人並不瞭解他所經歷的戰鬥和勝利。他們感到害怕——他躺了許久，紋絲不動。他們擔心他又被中風擊倒。到了晚上，無論他們怎樣搖晃，韓德爾還是不願醒來——他已經整整躺了十七個小時——克里斯托福．施米特只好再去找醫生，但詹金斯不在。在這個宜人的夜晚，醫生正在泰晤士河邊釣魚。施米特趕到河邊，醫生對這位不速之客的打擾表示不悅。直到聽說韓德爾病了，他才收起魚線和漁具並回去取了外科手術的工具——很可能又要放血——這花了不少時間。終於，一駕小馬車載著兩人一路小跑，駛向布魯克街。

僕人正等在門口，向他們揮舞著手臂：「他起來了！」他隔街喊道，「正在吃飯，吃得比六個搬運工還多。半隻約克夏豬肘子他吃得又猛又急，我給他斟了四品脫[21]啤酒他還嫌不夠！」

21 編註：pint，容量單位，一英制品脱約為五百六十八毫升。

不錯，韓德爾此刻正像個豆王[22]般坐在滿滿一桌子食物前。這一天一夜的昏睡補足了他三週的睡眠，他正以他魁梧身軀中的全部力量和食欲吃著、喝著，彷彿要將他在三週內耗盡的力氣全部吃回來。他幾乎沒和詹金斯大夫打招呼就開始大笑起來，笑聲愈來愈響亮，愈來愈誇張。施米特記起他已整整三週沒見過韓德爾的一絲笑容，唯見他焦慮惱怒。現在，他天性中積聚的快樂，響亮地迸發出來，就像潮水拍打岩石，像憤怒的波濤掀起浪花——韓德爾從未笑得如此自然，在見到醫生的一刻，在他感受到前所未有的幸福，在他被生的喜樂激蕩之時。他高舉起酒杯，揮舞著，向迎面的黑衣醫生問候。「是誰叫我來的？」詹金斯驚訝地問，「他怎麼了？喝了什麼靈藥？突然這麼生龍活虎！你們這裡究竟出了什麼事？」

韓德爾望著他，笑著，眼睛閃閃發光。之後他漸漸嚴肅起來。他緩慢地站起身，走向大鍵琴，坐下來，雙手在鍵盤上騰空擺了擺，又轉過身微妙地笑了笑，隨即開始輕輕地半說半唱起宣敘調[23]：「聽著，我說出一個祕密」——這是《彌賽亞》開始時詠諧的唱詞。他抬起手指，在溫和的空氣中開始演奏。他忘記了他人和自己，被捲入這部傑作的激流。頃刻間又重新回到作品之中，唱著、彈著最後幾首似乎只能在夢中存在，而如今在清醒時首次被人聽到的合唱：「是，你的痛苦已死！」他感到自己被活

22 編註：Bohnenkönig，指主顯節（或特定宴飲場合中）分食國王蛋糕時，吃到其中暗藏的豆子（或其他象徵物）的人。他會在宴會中被推舉為「國王」，戴上紙做的王冠，當他舉杯飲酒，眾人也需舉杯歡呼。

23 編註：Recitativo，在歌劇、神劇、清唱劇中，以近似說話的方式搭配簡單伴奏，用以交代劇情或角色狀態的曲調。

著的熱情激蕩，歌聲愈來愈強，愈來愈高亢，一個人的聲音變成了合唱，讚美著，歡呼著，不停地演奏著，唱著，直到「阿門，阿門，阿門！」他將全部力量強烈而深沉地傾注於音樂中，震盪了整個房間。詹金斯大夫陶醉了。當韓德爾終於起身時，他才不知所措地驚歎：「天哪，這樣的音樂我從未聽過。你一定是神靈附體了。」

但這時韓德爾的臉色卻變得深沉，即便是他自己也被這部作品和一種恩賜震驚，就像上帝在夢中靈示一般。他羞愧地轉過身，輕聲說，輕得幾乎聽不見：「我更相信是上帝的恩典。」

幾個月後，兩位體面的先生敲響了都柏林艾比街[24]一幢公寓的大門。倫敦來的尊貴客人，偉大的音樂家韓德爾在此下榻。他們恭敬地道出他們的請求：最近幾個月，他們因韓德爾為愛爾蘭的首都帶來他的傑作而感到興奮。在這片土地上，他們還從未聽到過這樣的音樂。他們又聽說，韓德爾將在這裡首演他的神劇《彌賽亞》，他們感到莫大的榮幸！韓德爾把他最新的作品首先奉獻給都柏林，而不是倫敦。他們可以想見這部傑作即將獲得的巨大收益。為此他們想請教以慷慨聞名的大師，他是否願意將首演的收入捐獻給他們有幸代表的一些慈善機構。

韓德爾善意地望著他們。他愛這座城市。它曾給他愛，打開他的心扉。他願意答

24 編註：Abbey Street，或譯修道院街，位於都柏林北區，得名自附近的聖瑪莉修道院。

應，他笑著，並希望他們說出這筆收入將捐給哪些慈善機構。「救濟牢獄中的犯人，」一位和善的白髮先生說，「還有慈善醫院裡的病人們。」另一位補充道：「但是自然，這一慷慨的捐獻只限於首演的收入，其餘的，該歸大師所有。」

可韓德爾拒絕了。「不，」他輕聲說，「這部作品我分文不收。我沒想過要靠它換一分錢，我也從不虧欠他人。這部作品應該永遠屬於病人和犯人。因為我曾是病人，是這部作品讓我重獲新生；我曾身陷囹圄，是這部作品挽救了我。」

兩人迷惑地望著韓德爾。他們並不完全明白他說的話。隨後，他們表達了謝意，鞠躬退出房間，去把這個喜訊告訴所有都柏林人。

一七四二年四月七日是最後一次彩排的日子。只有兩個主教堂合唱團成員的一些親屬允許旁聽。為了節省，費夏布街[25]的音樂廳裡燈光微弱。空落的座椅上稀疏坐著些準備傾聽倫敦大師新作的人們。寬敞的音樂廳內昏暗而陰冷。但很快發生了一樁奇事，合唱剛由高亢轉入低鳴，散座四處的人們就情不自禁地聚在一起，漸漸形成了一片黑壓壓的傾聽和驚歎的人群。這種前所未有的音樂衝擊對於單獨一人來說太過強烈，它會將人沖走，摧毀。人們愈靠愈近，就像要用同一顆心傾聽。就像一隊虔誠的教徒，欣喜地傾聽撲面而來的交織的聲響中不斷變化聲音和形式的聖言！每個人都順服在這

25 編註：Fishamble Street，都柏林最古老的街道之一，因《彌賽亞》於此處首演而聞名。

種不可抗拒的強大力量和極樂中，被震攝，被席捲。喜樂籠罩著他們，又滲透了每個人的身心。當「哈利路亞」第一次雷鳴般唱響時，一個人一躍而起，接著，其他人也跟著站起身來。他們似乎被一種力量攫起，無法穩坐。他們站著，好離上帝的聲音更近，好向上帝表達僕人的肅然起敬。之後，他們走出教堂，挨家挨戶地宣告，一部不曾存在的音樂傑作已經問世。於是整個城市沸騰了，人們興致勃勃地期待著這部大師之作。

六天之後，四月十三日晚，音樂廳門前人山人海。為了大廳裡能容納更多聽眾，女士們都沒穿裙撐[26]，紳士們都未佩戴佩劍。七百人，從未有過的數字，濟濟一堂。演出前，人們紛紛傳頌著作品的聲望，但當音樂響起時，整個音樂廳卻連呼吸聲都聽不見，傾聽的人們愈來愈安靜。接著合唱呼嘯而來，所有的心跳都開始加速。韓德爾站在管風琴旁。他本想監督並駕禦作品的首演。但現在作品已脫離他，他失去了它。他感到這音樂如此陌生，就像自己從未聽過，從未寫過，從未演奏過一樣。他被捲入音樂的洪流。當最終的「阿門」響起時，他不禁張開嘴，加入合唱。他唱著，就像他在生命中從未歌唱過。但隨後，當歡呼聲響徹大廳時，他卻靜靜地站在一旁，以免人們向他表達感激。因為該感謝的是上帝。他要感謝上帝的恩寵，賜予他這部作品。

閘門已開。奔湧的音樂流泉沖刷年輪，生生不息。再也沒有什麼能讓韓德爾屈服，

26 編註：Reifröcke，十六至十九世紀歐洲流行的女性裙飾，使用硬挺布料或箍圈，使外層裙子鼓起。

再也沒有什麼能讓這位復活之人消沉。儘管他在倫敦創建的歌劇院再次破產，儘管債主們再次四處逼債——他已真正站了起來。他能抵禦一切不幸。六十歲的韓德爾邁著坦然的步伐，沿著作品的里程碑走自己的路。有人不斷給他製造麻煩，但他知道如何出色地戰勝它。歲月漸漸奪走了他的力量，他的雙臂不再靈活，雙腿因痛風而痙攣，但他仍以不倦的靈魂創作著。最終，他雙目失明。在他寫《耶弗他》時，他的眼睛瞎了。可他卻用失明的雙眼，就像貝多芬用失聰的雙耳一樣不斷地創作著，不知疲倦、不可戰勝地創作著。他在世間的成功愈大，他在上帝面前就愈謙卑。

就像所有真正嚴肅的藝術家一樣，韓德爾從不誇耀自己的作品，但他心懷感激地熱愛著《彌賽亞》，因為它曾挽救他於深淵，因為他曾在這部作品中獲得解脫。每年他都要在倫敦演出《彌賽亞》，每次他都將全部五百英鎊的收入捐給醫院裡那些有待康復的人，救助犯人。他也要用這部曾經挽救他的作品同世間告別。

一七五九年四月六日，病重的七十四歲的韓德爾再次站在柯芬園[27]的指揮臺上。他，一個瞎眼巨人，站在那裡，站在他的信徒中，站在音樂家和歌唱家中：他空洞的雙眼看不見他們，但當樂器的巨大聲浪向他襲來，當成千上萬的歡呼聲撲向他時，他疲憊的臉上綻放神采，充滿光明。他揮舞著雙臂，打著節拍，虔誠而認真地和眾人一

27 編註：Covent Garden，位於倫敦西區，英國皇家歌劇院坐落於此。

起合唱。他就像站在自己靈柩邊的神父，為所有人的救贖祈禱。只有一次，當他喊出「長號響起」，當所有的號角齊聲吹響時，他一驚而起，暗淡的雙眼凝神遠方，就像他已經準備好接受最後的審判。他知道，他已出色地完成了他的作品，已經可以挺起胸膛，走向上帝。朋友們激動地將盲人帶回家。他們也感到這是同他最後的告別。他躺在床上，嘴唇微動。他想在耶穌受難日那天死去，他喃喃自語。醫生們吃驚得無法理解他，因為他們不知道，正是在耶穌受難日，四月十三日那天，一隻有力的手將他推倒在地。也正是那一天，《彌賽亞》公演。那一天，他心中死去的一切重新復活。而他希望在他復活的那天死去，以便在復活的信念中走向永生。

確實，這唯一的意志的威力超越生，也超越死。四月十三日，韓德爾已全無力氣。他看不見，也聽不見，龐大的身體像一具空洞而沉重的軀殼，一動不動地躺在床上。就像一個空心的貝殼能發出大海的轟鳴一般，他的內心轟鳴著聽不見的音樂。這音樂比以往所有聽得見的音樂都更奇妙，更神聖。音樂的波濤緩緩地從他虛弱的身軀中將他的靈魂熄滅，並托舉它升入縹緲之中。一浪接著一浪，音樂永恆地迴響在天地之間。第二天，復活節的鐘聲仍未敲響，韓德爾那終有一死的肉身最終安息了。

一夜天才

DAS GENIE EINER NACHT

馬賽曲（1792 年 4 月 25 日）

一七九二年。兩三個月以來，法國國民立法議會一直躊躇不定：對皇帝和國王們的聯合行動[1]究竟是戰是和。路易十六本人猶豫不決，他既擔心革命黨人取勝後帶來的危害，又擔心他們失敗。各黨派意見不一。吉倫特派[2]為保住權力，催促開戰；羅伯斯比和雅各賓派[3]則要捍衛和平，以便他們從中奪取政權。形勢日趨嚴峻。報界譁然。俱樂部內爭執不休，謠言四起。公眾群情激奮。而決斷總能帶來某種解脫，正如四月二十日法國國王終於向奧地利皇帝[4]和普魯士國王宣戰時那樣。

接連數週，高壓籠罩著巴黎，人心惶惶。邊境城市更是如臨大敵、騷動不安。所有宿營地都聚集了部隊，每座村落和城市都配備了志願軍和國民軍。到處都妥善地安設了碉堡。尤其在阿爾薩斯[5]，人們深知，德法之間的首戰將一如既往地在這片土地上打響。而萊茵河對岸的敵人和對手們卻不像巴黎人那樣含混不清，只限於言辭上的激昂雄辯，他們的現實狀況看得見，感受得到。無論從加固的橋頭還是在大教堂的塔樓上，人們都能清楚地看見逼近的普魯士軍隊。夜晚，敵人的炮車迎風前行，武器鏗鏘作響，軍號嘹亮地響徹在月光下悠然奔湧的河面上。所有人都知道，只要一句話，一聲令下，普魯士軍隊沉默的火炮口就會發出電閃雷鳴，德法之間的千年之戰就會再次打響——而這次，則是一方以新自由為名，另一方以舊秩序為義。

1 編註：神聖羅馬帝國皇帝利奧波德二世聯合普魯士發表《皮奧尼茨宣言》，聲稱願武力介入，保衛法國君主制，被法國民眾視為嚴重威脅。

2 編註：大革命初期較得勢的政治團體，對外支持積極擴張。成員多來自法國西南部吉倫特省，故名。

3 編註：本指兼容並蓄的全國性政治團體雅各賓俱樂部，得名自其集會地點聖雅各教堂。溫和派出走後，遂在羅伯斯比的領導下成為激進派的代名詞。

4 編註：利奧波德二世之子法蘭茲二世，神聖羅馬帝國解體後成為奧地利帝國首任皇帝。

5 編註：Alsace，法國東部的舊行政區名，東側沿萊茵河與德國接壤，首府為史特拉斯堡（Strasbourg）。

一七九二年四月二十五日，非比尋常的一天。驛站信使將宣戰的消息從巴黎帶到了史特拉斯堡。人們馬上蜂擁著從大街小巷走出家門，步入廣場。戰備部隊一隊接著一隊行進著，準備接受最後的檢閱。市中心廣場上，市長迪特里希正在等待他們的到來。他身披三色飾帶，揮舞著戴有帽徽的帽子，向士兵們致意。軍號聲和震天的戰鼓提醒人們肅靜。迪特里希大聲地用法語和德語向廣場上和城市中所有方位的人們宣讀宣戰書。他話音剛落，軍樂團就奏響了第一支臨時的革命戰歌《終將安好》[6]。這本是一首熱情奔放、放縱輕佻的舞曲，但在即將出征的將士們有力的步伐中，它也具備了威嚴。接著，人群四散開去，帶著被鼓舞的熱情回到大街小巷的各家各戶中。咖啡館和俱樂部中到處都是振奮人心的演說，人們分發著以「公民們，武裝起來！舉起戰旗！警鐘已敲響！」這樣的文字為開頭的告示。遍布四處的演講，所有的報刊和海報，所有人的嘴裡都重複著有力而富有節奏的呼喊：「公民們，武裝起來！讓那些王冠下的暴君發抖！前進吧，自由之子！」每一次激昂的呼喊都得到了民眾的熱烈呼應。

街道和廣場上，大批民眾不斷地為宣戰歡呼。而與此同時，也有另一種微弱的聲音因宣戰而恐懼、擔憂。只是這些人只能偷偷地在斗室中輕聲低語或含含糊糊地索性沉默。天下的母親們永遠擔憂外來的士兵會殺死自己的孩子。各國的農民也沒什麼兩

6 編註：*Ah ! ça ira*，原是法國王后瑪麗．安東尼喜愛的對舞舞曲，大革命後被填上反抗貴族與教會的歌詞，成為大革命期間的標誌性戰歌。

樣，他們擔憂自己的財產、耕地、茅舍、牲畜和莊稼。難道秧苗不會被踐踏、家園不會被暴徒掠奪？難道勞作的田間不會血流成河？然而史特拉斯堡市長，弗里德里希·迪特里希男爵卻像當時法國最優秀的貴族們一樣，準備全身心地投入到爭取新自由的事業中。他只允許那些堅定而積極的聲音發聲，並有意將宣戰的一天變為公眾節日。他胸前斜跨著飾帶，從一處集會趕往另一處，激勵民眾。他犒賞即將出征的士兵們紅酒和乾糧。晚上，他在他位於布羅格利廣場的寬敞宅邸，為軍官和重要的公職人員舉行歡送會。自始至終，那熱烈的氣氛都帶有慶功會的意味。將軍們永遠充滿勝利的信念，坐於正席。年輕的軍官們斷定參戰將讓他們的生命充滿意義，他們自由交談，互相激勵。人們揮舞著軍刀，相互擁抱、碰杯，激情四溢地喝著上好的紅酒，激動地不斷重複著報刊和公告上那些大快人心的誓言：「拿起武器，公民們！進軍！拯救我們的祖國！那些戴著王冠的暴君很快就會嚇得發抖。現在，勝利的旗幟已經拉起，三色旗插遍世界的日子已經到來！每個人都必須為國王、為旗幟、為自由而全力以赴！」在這樣的時刻，舉國上下的民眾對勝利的信念和對自由事業的渴望獲得了神聖的統一。

談話和祝酒間，迪特里希市長突然轉向坐在一旁的一位名叫魯日的要塞部隊年輕指揮官。他記起這位雖不英俊卻討人喜歡的軍官曾在半年前憲法頒布時，寫過一首非常合意的自由頌歌，並馬上由軍團音樂家普萊耶爾[7]譜了曲。事實證明，這部簡單的作品朗朗上口，軍樂隊排練後，適合在正式場合演奏，也適合合唱隊演唱。眼下正值宣戰和出征之際，難道不正是再來一次類似的創作的好時機？於是迪特里希市長非常輕鬆隨意地詢問魯日上尉（魯日擅封自己為貴族並自稱魯日・德・李爾[8]），就像請一個朋友幫忙，問他是否願意出於愛國熱情為出征的隊伍寫點什麼，比如為明天去征戰的萊茵軍[9]寫一首戰歌。

魯日謙遜淳樸，從未把自己當作了不起的音樂家——他的詩歌從未被發表，歌劇也從未上演——但他知道，寫一首即興詩對他來說輕而易舉。為了讓這位高官和好友高興，他答應了下來。是的，他會試試。「太好了，魯日。」對面的將軍舉杯敬酒並提醒他，他得馬上將寫好的歌送到戰地去。萊茵軍正需要這樣一首愛國主義進行曲。正說著，另一位又開始發表演說。接著又是敬酒，叫嚷，乾杯。眾人熱情高漲的聲浪很快湮沒了這一偶然而簡短的對話。宴會的氣氛愈來愈亢奮，愈來愈喧鬧，愈來愈瘋狂。直至午夜過後，客人們才陸續離開市長的宅邸。

已經是午夜以後。四月二十五日這激動人心的一天，史特拉斯堡宣戰的一天已經結束。四月二十六日其實已經開始。黑夜籠罩著千家萬戶。但這種肅穆只是錯覺，因

7 編註：Ignaz Pleyel，法籍奧裔作曲家、樂譜出版商與鋼琴製造商，也是海頓的學生。

8 編註：其全名Claude-Joseph Rouget de Lisle，「de Lisle」即「來自李爾」之意，此種姓氏用法本只用於有封地的貴族。

9 編註：Armée du Rhin，成立於一七九一年末，以其派駐萊茵河畔以對抗德意志的反法同盟得名。

為全城仍興奮地發著高燒。兵營裡的士兵們整裝待發。緊鎖的店鋪內，一些膽小怕事的人或許正從後門偷偷溜走。街上行進著一隊步兵，腳步聲夾雜著通信騎兵的馬蹄聲，接著又駛來沉重的炮車，單調的口令不斷從一個崗哨傳到另一個崗哨。敵人太近，太不安全。在這決定性時刻，全城人都激動得無法入眠。

異常興奮的還有魯日。此刻，他正踏上中央大道一百二十六號的旋轉樓梯，步入自己簡陋的房間。他沒有忘記自己的承諾，儘快為萊茵軍寫一首戰地進行曲。他不安地在自己擁擠的房內走來走去。該如何開頭？如何開頭？他腦海中仍舊充斥著各種公告、演說和祝酒詞中激動人心的句子：「公民們，武裝起來！……前進，自由之子！……消滅專制！……舉起戰旗！……」他也記得他聽到的其他聲音：為兒子擔驚受怕的母親們的聲音，擔憂法國的良田被外侵者踐踏的農民們的聲音。他幾乎本能地寫下兩行。這兩行僅僅是吶喊的迴響和重複的開頭：

前進，祖國的兒郎，
光榮的時刻已來臨！

之後他停了下來，有些錯愕。不錯，一個很好的開始。現在只須馬上找到合適的節奏，配上旋律。他從櫥中取出小提琴，開始試奏。好極了，開頭的幾個節拍就和歌詞的節奏完全吻合。他急切地繼續往下寫，感到渾身被一種力量充滿，牽引他前行。所有的力量：此刻心中的全部情感，所有他在街上、宴會上聽到的話語，所有對暴君的仇恨，對故土的擔憂，對勝利的信念和對自由的熱愛匯聚一處。魯日根本無須作詩，無須創作，他只要為那些人們在這絕無僅有的日子裡口口相傳的話語押上韻，配上令人著迷的節奏和旋律，就能說出、表達出、唱出人民的心聲。他根本無須譜曲，因為節奏和旋律透過緊閉的百葉窗迴盪在大街上——反抗和戰鬥的節奏就在士兵行進的步伐中，嘹亮的號角中，火炮車的嘎嘎聲中。或許他本人並未聽到，他的雙耳並未靈敏地去捕捉，但在這天賦降臨到他那必朽的身軀中的唯一一夜，他卻獲得了節奏。旋律不斷地馴服在跳動和歡呼的節拍中，馴服在全體國民的脈搏中。就像聽從了陌生人的口授，魯日愈來愈疾速地寫下歌詞，寫下樂譜——風暴從未像此刻一般，席捲了他那原本狹隘的市井小民的心靈。一種並不屬於他自己的亢奮與激情，一種神性的魔力，匯聚在這天賦爆發的瞬間，將這個可憐的半吊子音樂家像一枚炮彈般丟到了距離他自己十萬八千里的地方。這枚炮彈閃耀著瞬間的光芒和奪目的火焰，直抵群星。一夜之間，上尉魯日·德·李爾躋身於不朽者之列：最初從街頭報刊的呼聲中汲取的創造性的唱詞，昇華為永恆的詩節，一如那世代傳頌的旋律。

在神聖的祖國面前，
我們發誓向敵人復仇！
自由，可貴的自由，
我們決心為它而戰鬥！

之後，他又寫了第五個詩節。他興奮地一氣呵成，直到曲終。歌詞和旋律完美地結合在一起。黎明之前，這首不朽的歌曲已圓滿完成。魯日熄了燈，一頭栽倒在床上。一種他自己也不認識的東西，令他的頭腦從未像剛才那般清澈，又不知是什麼東西，令他現在疲憊不堪。他像個死人般沉沉睡去。而事實正是如此，創造者和詩人的天賦在他身上重又陷入死寂。桌子上的作品，一個神聖地飄然而來的奇蹟已經脫離了他這個沉睡的人。它被創作得如此迅速，詞曲的結合如此完美，在各國歷史上，幾乎找不到第二首歌可以和它媲美。

大教堂的鐘聲一如既往地宣告了清晨的來臨。萊茵河上的風不時吹來幾聲槍響，交戰已經開始。魯日醒了。他依舊疲憊不堪，摸索著從睡夢中掙扎起來。他恍惚記得似乎發生了什麼和他相關的事情。接著，他注意到桌上那張墨蹟尚新的紙：一首詩？我什麼時候寫過詩？音樂，我親筆寫下的音樂？我何時作過曲？哦是的！那首歌，那首朋友迪特里希昨天邀我為萊茵軍寫的進行曲！魯日拿起紙，看著歌詞，哼唱起來。像所有創作者一樣，他對剛完成的作品總是不十分滿意。於是他拿著這首歌去找隔壁的戰友，給他看，唱給他聽。這位朋友看起來對音樂非常滿意，只是給了幾個小的修改建議。魯日從這份最初的讚許中獲得了信心。他懷著一種創作者常有的急迫心情和迅速兌現承諾的自豪感，馬上趕往市長迪特里希家。市長正在清晨的花園中一邊散步，一邊思考著一篇新的演講稿。怎麼，魯日？你已經寫完了？那我們得趕緊試唱一下。說著，兩人走出花園，步入客廳。迪特里希坐在鋼琴邊伴奏，魯日開始演唱。市長夫人被這意外的晨間音樂吸引，走了進來。她答應謄抄幾遍這首新歌。作為受過正規音樂教育的音樂家，她還答應馬上為這首歌配上伴奏，以便今晚的來賓們在宴會上唱歌時，也唱一下這首。為自己甜美的男高音嗓音驕傲的迪特里希市長接管了演唱的任務，開始認真研讀起這首歌。四月二十六日晚，這首在該日清晨剛剛完成的歌曲首次在市長的私人沙龍中被演唱。

或許是出於對在場的創作者必要的禮貌恭維，聽眾們的掌聲聽上去十分友善。不過，這些史特拉斯堡廣場上德．布羅格利宅邸裡的客人們顯然有所不知：一段不朽的旋律已經乘著無形的翅膀降臨到他們生活的塵世。向來，人們極少能迅速領會同時代中一個人或一部作品的偉大。對於這一非凡時刻，甚至市長夫人也未覺察，這一點可以從她寫給她兄弟的信中得到證實。她在信中只是把這一奇蹟當成了泛泛的社交事件：「你知道，我們總是招待許多客人，所以總得發明些花樣供人消遣。於是我丈夫想出一個主意：讓人創作一首即興曲。工程部隊的魯日．德．李爾上尉是位可愛的詩人和作曲家，他很快就創作出一首軍歌。我丈夫是個不錯的男高音，他隨即演唱了這首引人入勝，富有特色的歌曲。效果甚至好過演唱格魯克[10]的歌曲，更生動，更活潑。我的任務則是發揮我寫協奏曲的才能，為鋼琴和其他樂器譜寫總譜。我忙得不亦樂乎。這首歌已經在我們這裡公開演出，社交界相當滿意。」

「社交界相當滿意。」——這句話在今天看來十分冷漠。但這種僅有的好印象和隨性的讚許完全可以理解，因為首演時的《馬賽曲》尚未真正顯示它的力量。它不是為抒情男高音創作的演唱作品，也不適合某位歌手在小資產階級沙龍裡，夾在浪漫曲

10 Gluck，奧地利作曲家。

和義大利詠歎調之間演唱。《馬賽曲》是一首節奏強勁有力、激昂活躍的戰歌。「公民們，武裝起來！」應當唱向民眾，唱向人群，而真正的配器應當是叮噹的武器聲、嘹亮的號角聲和部隊行進的腳步聲。它不是為那些正襟危坐的欣賞者，而是為擁有共同志向，準備共同戰鬥的人而作。它不適合女高音，也不適合男高音，它是為千人合唱而作。它是一首傑出的進行曲、凱旋曲、輓歌，祖國頌，是全體人民的國歌。這種首先自人民中誕生的激情，賦予了魯日的這首歌鼓舞人心的力量。只是這首歌尚未流傳，歌詞尚未引起神奇的反響，旋律尚未觸及民眾的靈魂，軍人還不認識這首軍歌，他們的凱旋之歌，革命還不知曉自己已經擁有了這樣一首不朽的戰歌。

即便是一夜間奇蹟降臨自身的魯日．德．李爾本人，也和他人一樣，對自己那天晚上，像個夢遊者般在一位不忠的神靈的指引下創造的奇蹟所知甚少。這位平庸但討人喜歡的半吊子音樂家，對客人們熱烈的掌聲和對他報以的禮貌祝賀感到由衷高興。懷著小小的虛榮心，這個小人物想在外省人中充分利用他小小的成功。他在咖啡館裡為戰友們演唱這首新歌，讓人謄抄他的作品，分發給萊茵軍的將軍們。與此同時，軍官們建議、市長下令史特拉斯堡樂團排演這首《萊茵軍戰歌》。四天後部隊出征的那天，史特拉斯堡國民自衛軍樂團在大廣場上演奏了這首新創作的進行曲。史特拉斯堡的出版商也帶著愛國熱情表示，他將出版這首盧克納[11]的下屬恭敬地獻給這位將軍的《萊茵軍戰歌》。

但萊茵軍的將軍們卻沒人當真想在出征時演唱或演奏這首新歌。看上去，和魯日迄今的所有努力一樣，「前進，前進，祖國的兒郎！」這部在沙龍中獲得成功的作品不過是獲得了一時的成功。它不過是本地的一個事件，轉眼就會被人遺忘。

然而一部作品與生俱來的力量卻從不會被長久地埋沒或封存。藝術作品可能會在時光中被人遺忘，可能會遭遇被禁或被遺棄，但一種不可抗拒的力量總會戰勝暫時的因素。雖然一兩個月來，人們對《萊茵軍軍歌》仍聞所未聞，無論是印刷品還是手抄本，都只在一些無關緊要的人手中流傳，但一部作品哪怕只激起了一個人的熱情也已足夠，因為真正的熱情本身就具備創造力。在法國的另一端，馬賽，六月二十二日，憲法之友俱樂部[12]正在為即將出征的志願者們舉辦宴會。長桌旁坐著五百名身著國民自衛軍新制服的血氣方剛的年輕人。如同四月二十五日史特拉斯堡的人們一樣，他們中間彌漫著強烈的激情，只是由於馬賽人的南國氣質，這種激情更為熱烈，同時他們又不會像最初宣戰時那樣因必勝的信念而沾沾自喜。那些吹噓的將軍宣稱革命的法國部隊只要跨過萊茵河就會備受民眾歡迎，而他們卻深知，敵人已挺進法國領土，自由受到威脅，

11 Luckner，當年在法國服役的德國將軍。

12 編註：雅各賓黨舊名。

自由的事業正處於危難之中。

宴會正在進行時，一個叫米勒的蒙彼利埃大學醫學生，突然猛地將杯子墩到桌上，站起身來。大夥兒頓時安靜下來望向他，以為他要講話或致辭，可這位年輕人卻舞動右臂唱起歌來。這是一首新歌，沒人聽過，也不知他從哪裡搞來。「前進，前進，祖國的兒郎！」一如電火點燃了火藥桶，情感與情感，這永恆的兩極持久地碰撞在一起。所有明日出征，為自由而戰，準備為祖國獻身的年輕人，都在這一旋律中發現了自身內在的意志。唱詞表達了他們切身的感受，節奏令人不可抗拒地產生了共鳴。他們為每段歌詞歡呼，乃至一遍遍重唱。他們已與旋律融為一體，激動地站起來，高舉酒杯，雷鳴般齊唱著副歌：「公民們，武裝起來！公民們，投入戰鬥！」街上的人也想聽聽裡面正熱烈地唱著什麼，好奇地擁進來，最後他們也跟著唱了起來。第二天，新印的歌片就四處散發，在成千上萬人中口口相傳。七月二日，五百名志願軍出征時，這首歌已跟隨他們不脛而走。鄉間行軍時，只要他們感到疲倦，只要腳步無力，只要有人領唱，那行進的、前進的節拍就賦予他們新的力量。經過村莊時，村民們驚訝又好奇地聚在一起，跟著合唱。這首歌成了他們自己的歌。他們並不知道這首歌是為萊茵軍而作，也不知道是誰在何時創作了它，但他們卻把這首讚歌當作了自己的戰歌，當作他們生與死的誓言。這首歌就像屬於他們的旗幟，在激情澎湃的前進中，他們將它傳遍世界。

《馬賽曲》最初的偉大勝利發生在巴黎——魯日譜寫的這首讚歌，很快被稱作《馬賽曲》。七月三十日，當行進的隊伍高舉戰旗，歌聲嘹亮地穿過城郊進入巴黎時，街頭聚集了成千上萬隆重歡迎他們的民眾。而當馬賽人，這五百名男子，一遍遍唱著歌，邁著同樣節奏的步伐走來時，所有人都屏息傾聽。馬賽人唱的這首神聖而激動人心的讚歌究竟是什麼？如此嘹亮，伴著隆隆的鼓聲，激蕩所有人的心房。兩三個小時後，副歌「公民們，武裝起來！」已迴盪在大街小巷。人們忘記了那首《終將安好》，忘記了過去的進行曲，忘記了所有耳熟能詳的旋律：革命認出了自己的聲音，革命找到了自己的歌。

如同雪崩一般，這首歌不可遏止地傳播開來。人們在宴會上唱它，在劇院和俱樂部唱它，在教堂中演唱讚美詩之後唱它，甚至不久，這首歌竟取代了讚美詩。一兩個月後，《馬賽曲》已成為人民之歌、全軍之歌。第一任共和國軍事部長賽爾旺是位有識之士，他認識到這首獨一無二的民族戰歌所具備的強勁而振奮人心的力量。他下達緊急命令，十萬份印製的歌片需馬上分發至小分隊。兩三天後，這首無名作者創作的歌曲甚至超越了莫里哀、拉辛和伏爾泰的著作，廣為流傳。沒有一次慶典不是以《馬賽曲》結尾，沒有一次戰鬥不是由軍樂隊奏響這首自由之戰歌率先打響。在熱馬普和內爾溫登，部隊在齊聲合唱中發起決定性總攻。那些依舊沿襲老辦法，用兩份酒犒賞士兵的敵方將軍們驚訝地發現，他們根本無法抵擋這首聖歌「可怕」狂暴的力量。當成千上萬的士兵一路高歌，像呼嘯的海浪般向他們的隊伍撲來時，這首歌盤旋在法國戰場的所有角落，就像插上翅膀的勝利女神尼姬，令無數人為之振奮，甘願犧牲。

與此同時，坐在於南格駐地小營房內，不為人知的要塞上尉魯日，正一絲不苟地起草著防禦工事圖紙。或許他已經把自己在一七九二年四月二十六日那個逝去的夜晚創作的《萊茵軍戰歌》遺忘。他根本無法想像，他在報紙上讀到的那首風暴般征服了巴黎的聖歌，那首戰歌，那首充滿了必勝信念的「馬賽人之歌」中的每句唱詞，每個節奏，都是那一晚在他的心中，在他身邊發生的奇蹟。但命運的無情嘲諷卻是——這一旋律雖然迴盪天際，響徹雲霄，卻並未高舉任何人，包括那位創作者。整個法國沒人關心魯日．德．李爾上尉，就像其他歌曲的命運一樣，巨大的榮耀只屬於歌曲本身，連光環的影子也沒有投射到創作者魯日身上。他的名字沒有印在歌片上。假如不是他自己提及這段惱人的記憶，他也不會引起當局的任何重視。因為——這般天才的悖論，只有歷史創造得出——這位革命歌曲的創造者並不是位革命者，相反，他跟那些唱著他的不朽戰歌推進革命的革命者不同，他要竭盡全力重新阻止革命。當馬賽人和巴黎民眾唱著他的歌，攻打杜樂麗宮、罷免國王時，魯日．德．李爾已經對革命感到厭倦。他拒絕為共和國效忠，寧願放棄職務也不願再伺候雅各賓派。歌詞中的「熱愛自由」對於這個生性正直的人來說絕非空話：他對國民議會中的新暴君和獨裁者極度憎惡，就像他仇恨國界對面加冕的國王和皇帝們一樣。當他的朋友，委託他創作《馬賽曲》的迪特里希市長，當《馬賽曲》所奉獻的盧克納將軍，當該曲首演那晚在場的所有軍官和貴族們被一一送上斷頭臺，他公開向羅伯斯比的公共安全委員會表達了他的憤怒。很快，更為荒誕的事情發生了，革命詩人被捕，成了反革命，法庭指控他犯有叛國罪。直至熱月[13]九日，監獄的大門因羅伯斯比的下臺而被敞開，法國大革命才免於蒙受奇恥大辱：將創作不朽革命歌曲的詩人送交「國家的鐮刀」。

然而魯日如果真的被處死，反倒是一種英雄之死，而不會像他日後那樣在黑暗中悲苦地等死。因為不幸的魯日雖然活了四十餘年，經歷了成千上萬個日子，卻唯獨只有一天具備真正的創造性。隨後，他被扒下軍裝，取消了退休金。沒人再出版和上演他的詩作、歌詞和歌劇。命運對這位半吊子音樂家擅自闖入不朽者之列並未予以原諒。

13 熱月為法國大革命後改行的革命曆法的第十一個月。

為了勉強維持他卑微的生活，這位小人物後來做過各種各樣並非總是乾淨的小買賣。出於同情，卡諾[14]以及之後的拿破崙都曾試圖幫助他，但都白費力氣。經過那次殘酷的偶然事件——他做了三個小時的神明和天才後又被無情地打回渺小的原型——魯日的性格像中了不可救藥的毒一般變得古怪乖戾。他責罵並抱怨所有當權者。他寫給希望幫助他的拿破崙一封激憤而放肆的信，開誠布公地宣稱，他感到驕傲，他在公投中投了反對拿破崙的票。他的生意陷入不光彩的糾紛。他甚至因為一張空頭匯票被抓進聖佩拉吉的債務監獄。到處都不歡迎他。債主向他追債，員警定期來調查他。最終，他隱居在外省的某處，銷聲匿跡，被人遺忘。他就像生活在墳墓中一般，偷聽著那首不朽之歌的命運。在他有生之年，《馬賽曲》伴隨勝利的軍隊攻入歐洲的所有國家。拿破崙剛登上皇位，就將這首過於革命化的歌曲從所有節目單中取消。波旁王朝的後裔更是完全禁止了這首歌。直至三十多年後，一八三〇年的七月革命爆發，他的頌詞、他的旋律得以重新以舊日的力量再次在巴黎的街壘中復活，市民國王路易・菲利普將他視為詩人，頒給他一小筆養老金，魯日這位憤世嫉俗的老人才有些驚訝，原來還有人記得他的歌！這位生死不明、被人遺忘之人像做了場夢。但這只是一絲慘澹的記憶而已。一八三六年，當七十六歲的魯日於舒瓦西勒魯瓦去世時，已經沒人知道他的名

14 編註：Lazare Carnot，法國軍人、政治家、數學家，在法國大革命戰爭與拿破崙戰爭中，以優異的軍備與後勤規劃聞名，被譽為「勝利的組織者」。

字。時代在前進：第一次世界大戰之際，《馬賽曲》成了國歌。戰鬥的歌聲再次唱響在法國所有的戰線。渺小的上尉魯日的遺體，和渺小的中尉拿破崙一樣，被安葬在巴黎榮譽軍人教堂。這位創作了不朽之歌的無名的創作者，最終安眠在令他失望的祖國的榮譽墓地，儘管他只在那唯一的一夜中，是位詩人。

決戰滑鐵盧

DIE WELTMINUTE VON WATERLOO

拿破崙（1815 年 6 月 18 日）

命運渴望強者和暴君。多年來對這幾個人：凱撒、亞歷山大、拿破崙，奴顏卑膝地百依百順。因為命運無以抗拒地熱愛著這些和它相像的不可捉摸的生靈。

然而在一些極為罕見的瞬間，命運也會因為情緒特殊，將自己拋向一些平庸之輩。在人類歷史中，最令人驚奇的時刻是命運之線瞬間落入一位卑微之人手中。這些人被風暴般委以重任，與其說是他們的幸運，毋寧說讓他們恐慌。在英雄世界的遊戲裡，這些鼠輩幾乎總是顫抖著將拋來的天命撒手奉還。因為他們極少能抓住機遇，控制機遇，隨之攀升。而偉大的時刻只是瞬間降臨到他們身上，一旦錯過時機，命運將決不二次恩惠。

格魯希

在穿插著社交舞會、桃色事件和明爭暗鬥的維也納會議[1]上，突然襲來了一則爆炸新聞：拿破崙，那頭被困的雄獅，從厄爾巴島的牢籠中掙脫了出來。信使們紛紛捎信說：拿破崙占領了里昂；拿破崙趕走了國王；軍隊正舉旗狂熱地向他靠攏；他已經抵達巴黎，已經住進了杜樂麗宮。萊比錫會戰[2]和二十年來殺人如麻的征戰白費力氣。大臣們剛剛還在互相抱怨、爭執不休，此刻就像被一雙利爪擒拿了一般，迅速地聚在

1 編註：一八一四至一五年間，由奧地利外相梅特涅主持的外交會議，旨在解決法國大革命戰爭以來的一系列問題。

2 編註：一八一三年十月，拿破崙以十八萬兵力與俄、普、奧等國三十萬聯軍會戰於萊比錫，吞敗後被迫退位並遭流放。

一起。一支英國軍隊、一支普魯士軍隊、一支奧地利軍隊和一支俄國軍隊馬上組建起來，他們要再次聯手徹底擊潰拿破崙這個篡權者。歐洲合法的皇帝和國王們從未像現在這樣驚慌失措。威靈頓[3]從北方向法國進軍。一支普魯士軍隊也作為增援部隊在布呂歇爾[4]的率領下從另一方向法國挺進。萊茵河畔的施瓦岑貝格[5]整裝待發，而俄國後備軍，正緩慢而沉重地徒步橫穿德國。

拿破崙馬上意識到這一致命的險情。他知道，在這群暴徒們會師前，他絕不能坐以待斃。他必須在普魯士人、英國人和奧地利人聯合成一支歐洲盟軍前，在自己的帝國衰微前分頭進攻、逐個擊潰他們。他必須抓緊時間行動，否則國內的不滿情緒將會高漲。他必須在共和派壯大前，在共和派和保皇派聯手前取得勝利。在富歇[6]這個不可理喻的兩面派同他的對手塔列朗[7]狼狽為奸，對他暗下黑手前斷了他們的念想。他必須趁熱打鐵，利用軍隊高昂的士氣將敵人一舉殲滅。每過一天就損失一天，每時每刻都可能發生險情。為此他匆忙將賭注壓在了歐洲最血腥的戰場——比利時。六月十五日凌晨三點，拿破崙最強大的先遣隊越過了邊境。十六日，他們在里尼與普魯士軍隊對決並將他們擊退。這是這頭擺脫牢籠的雄獅的首次出擊，十分凶猛卻並非致命。普魯士軍隊向布魯塞爾方向節節敗退，卻並未被徹底剿滅。

3 編註：Arthur Wellesley，第一代威靈頓公爵，英國陸軍元帥，曾在半島戰爭中大敗法軍。

4 編註：Blücher，普魯士陸軍元帥，以堅定反法立場與作戰勇猛聞名。

5 編註：Karl Philipp，奧地利邦國施瓦岑貝格（Schwarzenberg）親王，曾任反法聯軍總司令。

6 編註：Fouché，拿破崙時期的警政部長。

7 編註：Talleyrand，拿破崙時期的首席外交官。

於是拿破崙向威靈頓發起了第二次總攻。他不給自己喘息的餘地，也不能讓對方喘息，因為每拖延一天，都是在增添敵人的氣勢。而他身後的祖國和灑盡熱血、誠惶誠恐的法國人民需要陶醉在勝利捷報的慶功酒中。十七日，拿破崙率領他的部隊抵達卡特布哈斯[8]高地。他的對手，心狠手辣而意志堅強的威靈頓已在此鑄建了防禦工事。拿破崙的部署從未像這次這般細緻周密，軍令也從未像今天一樣清晰：他不僅斟酌方案，還充分考慮到各種險境，包括被擊退而非被殲滅的布呂歇爾的軍隊隨時可能與威靈頓的軍隊會合。為了防止這種情況發生，他調撥出部分部隊緊逼普魯士軍隊，以阻止他們與英軍會合。

拿破崙將這支追擊部隊交給了格魯希元帥。格魯希是個中等資質之人。規矩誠實，老實可靠。曾多次擔任騎兵隊長，但也只是騎兵隊長而已。他不是繆拉[9]那樣的狂暴鬥士，也並非聖西爾[10]和貝爾蒂埃[11]那樣的謀略家，更不是內伊[12]那樣的英雄。沒有戰鬥的胸鎧裝點他的胸膛，也沒有神話粉飾他的形象。在拿破崙的英雄傳奇中，他從未因顯著的功績贏得過任何榮譽和地位，卻在日後因為不幸和厄運而聞名於世。二十年來，他參加過所有戰役：從西班牙到俄國，從尼德蘭到義大利。他緩慢地一步步升為元帥[13]，不是沒有功勞，而是沒有突出的功績。奧地利人的子彈、埃及的烈日、阿拉伯人的匕

8 編註：Quatre Bras，一譯四臂村，位於滑鐵盧南方約十七公里處。

9 編註：Murat，拿破崙妹婿，素以作戰英勇聞名。

10 編註：Saint-Cyr，個性沉著，善防禦戰，因支持共和而不為拿破崙所喜。

11 編註：Berthier，拿破崙最倚重的總參謀長，然百日王朝期間並未效忠。

12 編註：Ney，傳說拿破崙遠征莫斯科失敗時，曾由他孤身斷後。與前述三人均為帝國元帥。

13 編註：拿破崙在位期間曾冊封二十六位帝國元帥，格魯希是最後一位。

首及俄國的嚴寒總是奪走他前任的性命——德塞克斯在馬倫戈[14]、克萊貝爾在開羅[15]、拉納在瓦格拉姆[16]的犧牲是他向上爬的階梯。他的升遷不是一步登天，而是參戰二十年來的順理成章。

拿破崙深知，格魯希既非英雄亦非謀士，他不過是個忠厚老實的普通人。可是他的元帥們大部分已命喪九泉，剩下的幾位也已對盡忠十分厭倦，對連年風餐露宿感到慍怒，因此他不得不被迫重用這個平庸之人。

六月十七日是里尼之戰勝利後的第二天，滑鐵盧戰役的前一天。上午十一時，拿破崙將獨立指揮權首次交給了格魯希元帥。這一刻，謙遜謹慎的格魯希一夜之間從軍隊的等級制度中躍入了世界歷史。這只是一個短暫的瞬間，卻是怎樣的瞬間！拿破崙的命令清楚明白：在他率兵向英國人進軍時，格魯希需率領三分之一兵力追擊普魯士軍隊。看上去這是個簡單的任務。命令直截了當，沒有歧義。然而這一命令卻是把靈活的雙刃劍。因為在向格魯希交待追擊任務的同時，拿破崙還要求他必須始終和主力部隊保持聯繫。

元帥猶豫著接受了命令。他不習慣獨立行動。只是皇帝在分派任務時那天才的目光，讓這個毫無主見又謹小慎微的人感到些許踏實。此外，他還隱約地感覺到將軍們

14 編註：一八〇〇年六月十四日，拿破崙於義大利馬倫戈擊敗神聖羅馬帝國軍，然其得力將領德塞克斯（Louis Desaix）於戰役結束時中彈身亡。

15 編註：德塞克斯身亡當天，其好友埃及遠征軍司令克萊貝爾（Jean-Baptiste Kléber）亦於開羅遭刺殺身亡。

16 編註：一八〇九年五月的埃斯林戰役中，拿破崙最信賴的元帥與好友拉納（Jean Lan-nes），於維也納近郊遭奧地利軍砲擊，傷重不治。兩個月後，拿破崙才於附近的瓦格拉姆取得第五次反法同盟戰爭的決定性勝利。

暗中的不滿，或許他也感覺到了命運在黑暗中的振翅。只有近處的大本營讓他心生安定：因為他的部隊離皇帝的部隊也就三小時的疾行路程。滂沱大雨中，格魯希的人揮手告別。士兵們蹚著泥，緩慢地向普魯士軍隊靠近，或者至少他們是朝著猜測的布呂歇爾部隊所在地的方向前行。

卡由之夜[17]

北方的暴雨下個不停。黑暗中，拿破崙的士兵們個個渾身溼透，舉步維艱。每個人的靴底都黏了起碼兩磅汙泥。沒有宿營地，沒有房屋，沒遮沒攔。麥稈堆積滿雨水，無法靠上去歇息，於是士兵們只能十個或十二個人靠在一起，直坐著，在暴雨中背對背睡覺。皇帝本人也不得休息。他心急火燎，坐臥難安：在這種惡劣的氣候中根本無法偵察，連偵察員的情報也極為含糊不清。他不知道威靈頓是否會迎戰，甚至格魯希也沒有發來任何普軍的消息。午夜一點，拿破崙全然不顧呼嘯的暴雨，邁著沉重的步子，向英軍營地內火炮射程所及的前哨走去。瓢潑大雨中，英軍陣營的燈火忽明忽暗。他一邊走一邊考慮進攻方案。直至黎明，他才重新回到卡由那間極為簡陋的統戰部，並收到了第一通來自格魯希的報告：關於普軍撤退的去向，他沒有給予明確的

17 編註：Ferme du Caillou，滑鐵盧附近一座小農場，今為比利時境內唯一的拿破崙博物館。

答覆。他只寫了些安慰人心的承諾：他們正在追蹤普軍。雨已漸漸變小。皇帝在房內不安地來回踱步，並不時望向黃色的地平線。他迫切地想看清遠方的狀況，以便做出判斷。

清晨五點鐘，雨停了。內心遲疑的陰霾也散了。皇帝最終下達了命令：九點鐘，全軍將發起總攻。傳令兵迅速向各方傳達命令。很快，集結鼓隆隆作響。拿破崙這時才在行軍床上躺下身來，睡了兩小時。

滑鐵盧的上午

已經是上午九時，部隊仍未全部到齊。在連降三天大雨的泥路上，行軍十分困難，影響了炮兵的跟進。此刻，凜冽的風中現出陽光：但這裡的陽光不像奧斯特里茨[18]的陽光那般燦爛耀眼，預示吉兆。它是北方的陽光，微茫中透著陰鬱。終於，部隊準備就緒。在戰役打響前，拿破崙騎著他的白馬，再次檢閱了整個部隊。戰旗飄揚在呼嘯的風中，尚武的騎兵們高舉著佩劍，步兵們則用刺刀挑起皮帽向拿破崙致意。戰鼓敲得震天響，軍號尖利而熱情地吹向統帥的方向。但是這所有的聲音也蓋不過從四面八方傳來的雷鳴般的歡呼聲——「皇帝萬歲！」這聲音從各個師團的方向滾滾而來，從七萬士兵的

18 編註：於今捷克境內。一八〇五年，拿破崙於此大破俄奧聯軍，瓦解了第三次反法同盟。

喉嚨裡爆破出來，低沉而宏亮。

二十年戎馬生涯中，拿破崙的檢閱從未像這次這般壯觀熱烈。歡呼聲直至十一點才漸漸止息，比預計的總攻時間延遲了兩小時。災難性的延遲！——炮兵先是接到命令去轟炸山頭上的英國紅衫軍。接著，內伊，這位「英雄中的英雄」率領步兵衝鋒。拿破崙的決定性戰役就這樣打響。這一戰役雖被後人無數次描寫，但讀者卻對閱讀這一令人激動的轉折時刻從不厭倦。時而讀華特．司各特的偉大篇章[19]，時而讀司湯達的戰爭插曲[20]。無論近看還是遠觀，無論從統帥的山頭上看，還是從盔甲騎兵的馬鞍上看，這次偉大的戰役都具有非凡的意義。它是一部緊張刺激的具有戲劇性的不斷變換於恐懼與希望之間的藝術傑作，並突然以一場巨大的災難收場。它是悲劇的典範。歐洲的命運系在拿破崙的命運上。拿破崙的存在猶如精彩的焰火，像一枚華麗的炮彈，在驟然跌落、永恆熄滅前再次沖上雲端。

上午十一時到下午一時，法國軍團攻占了高地，占領了村莊和陣地，繼而又被擊退，又再次發起進攻。上萬具屍體覆蓋了潮溼泥濘的空曠山坡。除了兩敗俱傷之外毫無結果。雙方人馬筋疲力盡，雙方首領心神不寧。他們都清楚，勝利屬於最先得到增援的一方。威靈頓等待布呂歇爾的增援，拿破崙則寄希望於格魯希。拿破崙焦慮地不

19 編註：指蘇格蘭詩人司各特（Walter Scott）的詩作〈滑鐵盧戰場〉（The Field of Waterloo）。

20 編註：指法國作家司湯達（Stendhal）的小說《帕爾馬修道院》（*La Chartreuse de Parme*）中對滑鐵盧之戰的描寫。

斷端起望遠鏡，不斷地向格魯希一方派去新的傳令兵，只要他的元帥及時趕到，奧斯特里茨的太陽就能再次照耀在法蘭西的上空。

格魯希的謬誤

格魯希並未意識到拿破崙的命運掌握在自己手中。他於六月十七日晚間奉命出發，按預定的方向追擊普魯士軍隊。雨停了。頭一天才初嘗火藥味的年輕士兵們，就像走在和平的土地上一樣大搖大擺：敵人依舊沒有出現。他們也始終沒有發現受創的普魯士軍隊的蹤跡。

一早，格魯希元帥正在一戶農家匆忙吃著早餐，腳下的地面卻輕微顫動起來，大家趕緊屏住呼吸。低沉而漸次消散的聲音一次次傳來：這是火炮。是遠處炮手開炮的聲音——其實也不算遠，頂多三小時路程。幾個軍官為了更準確地辨別方向，以印第安勢趴在地上。遠處沉悶的轟隆聲不斷襲來。這是聖讓山[21]的炮火，滑鐵盧戰役打響了。格魯希徵求下屬的意見。他的副手熱拉爾[22]焦急迫切地要求道：「趕緊向開炮的方向挺進！」第二個軍官表示贊同：「趕緊行動！」所有人都毫不懷疑，皇帝正在攻打英軍。一次艱巨戰役已經打響！但格魯希卻猶豫不決。他習慣於服從，此刻依舊哆嗦

21 編註：Mont-Saint-Jean，比利時境內小村落，滑鐵盧戰役的實際發生地。

22 編註：Gérard，法國將軍，後於此役中生還，一八三〇年晉升元帥。

著抱著一紙公文：皇帝的命令是追擊撤退的普魯士軍。熱拉爾見他猶豫不決，更加焦急難耐。「向開炮的方向挺進！」當著二十名軍官和平民的面，副官的請求聽起來更像命令，這使得格魯希大為惱火。他強硬而嚴肅地說：皇帝不發令，他絕不違背職責！軍官們十分失望，而火炮聲卻在這時不祥地消失了。

熱拉爾做出最後的努力：他誠懇地請求，至少允許讓他率領一支部隊和一些騎兵衝向戰場。他保證及時趕到。格魯希思考片刻，也就思考了一秒。

創造世界史的瞬間

格魯希思考了一秒。這一秒造就了他的命運、拿破崙的命運和世界的命運。他在瓦蘭[23]的這家農舍裡的瞬間決定，決定了整個十九世紀的命運。而這一關鍵決定卻出自他這樣一個迂腐平庸之人的口中——多麼不幸！這一秒鐘掌握在一雙緊張地攥著皇帝命令的手中。假如在這一秒中，格魯希能勇敢、果斷，能不愚忠於皇帝的命令，而是相信自己、相信顯而易見的徵兆，法國就能得救。可惜這個屈從之人只會聽命於一紙公文，而聽不見命運的召喚。

格魯希用力地擺了擺手。不，這樣做不負責任。他說。不能把這支本來就力量薄

23 編註：Walhain，比利時地名，約在滑鐵盧東南方二十八公里處。

弱的部隊再次分支。他的任務是追擊普軍，別無其他。他拒絕任何違背皇命的行動。軍官們惱怒地沉默不語，四周一片死寂。這一秒的決定無論在事實上還是言辭上都無法彌補。威靈頓獲得了勝利。

格魯希的部隊就這樣繼續前行。熱拉爾和旺達姆[24]憤怒地攥緊拳頭。格魯希則很快就感到不安，愈來愈憂慮，因為奇怪，普軍的身影始終沒有出現。看來他們撤離了布魯塞爾方向。緊接著，信使彙報了種種可疑跡象，普軍已兵分幾路，在撤退的路上轉移到了戰場。如果此刻，格魯希不是焦急地依舊等待命令，而是趕緊率軍去增援皇帝，一切都還來得及。可是他沒有等來任何消息。只有愈來愈遠的低沉炮聲震顫著令人毛骨悚然的大地：那是落在滑鐵盧的鐵骰子。

滑鐵盧的下午

時間已是下午一點。四次進攻雖然均被擊退，但拿破崙已在威靈頓的主陣地打下嚴重缺口。拿破崙決定發起總攻，對英軍陣地加強火力。在連續炮擊的硝煙帷幕尚未遮掩山頭，拿破崙向戰場看了最後一眼。

他注意到東北方向一支黑壓壓的隊伍，一支新隊伍！正從林中湧出。所有望遠鏡

24 編註：Vandamme，法國將軍，以行徑惡劣、脾氣暴躁聞名。

都馬上向此處望去。難道是格魯希果斷地違背了命令，驚人地及時趕到？不！——一名俘虜彙報，這是布呂歇爾將軍的先遣部隊，是普魯士士兵。皇帝這時意識到，那支被擊潰的普軍已經擺脫追擊，搶先與英軍會合。而他自己的三分之一兵力卻在一片空地上毫無意義地尾隨。他立即寫信給格魯希，命令他拚盡全力向自己靠攏並阻止普軍向威靈頓的戰場集結。

內伊元帥也同時收到了進攻命令。在普魯士部隊抵達前，他必須殲滅威靈頓部隊：對於突然驟減的勝算來說，賭注再大也不為過。接下來的整個下午，不斷投入的步兵兵力向威靈頓高地密集發起進攻。他們一次次衝進炸毀的村莊又一次次被擊退，擎著飄揚的旗幟，他們又衝向已經不成型的方陣，但威靈頓依舊堅守不屈，格魯希依舊沒有消息。

「格魯希在哪裡？他究竟待在哪裡？」拿破崙看著正在逼近的普軍先頭部隊，煩躁地嘟囔著。就連他手下的指揮官也焦急難耐。儘管他已三次折損座下戰馬，但內伊元帥依然決定帶上全部法國騎兵殊死搏鬥。他的果斷勇猛和格魯希的優柔寡斷恰恰相反。萬名騎兵、步兵決一死戰。他們踩爛了英軍方陣，砍死了炮手並衝破了防線。儘管他們再次被迫撤退，但英軍的軍力已經潰敗，布滿山頭的嚴密防線開始鬆動。傷亡慘重的法軍騎兵被炮火擊退時，拿破崙最後的預備隊，老近衛軍[25]正艱難而緩慢地向山頭進軍。能否攻占山頭將決定歐洲的命運。

決戰

雙方的四百門火炮從早上就開始不停地向對方轟炸。騎兵的鐵蹄踏響整個前線，衝向火力強勁的方陣。震耳欲聾的戰鼓響徹整個平原，大地顫抖！但山頭上的兩位統帥卻並未專注於人聲鼎沸的戰場，而是傾聽低微的隱隱之聲。

他們手中的兩隻表滴答響著，聲音像鳥的心跳般微弱，卻超越所有震天的吼叫。拿破崙和威靈頓，兩人都緊抓著計時器數著時間，一分一秒——時間將帶來決定最後勝負的增援部隊。威靈頓知道布呂歇爾已在附近。拿破崙則寄希望於格魯希。雙方已再無後備部隊。誰的增援先到，誰就能贏得戰爭。兩位統帥舉著望遠鏡望向樹林邊緣，好似一陣青煙，普軍的先頭部隊依稀可見。可這些人是散兵還是格魯希追擊的整個普軍？英軍和法軍像兩個筋疲力盡的摔跤手，一個只能做最後的抵抗，一個已力氣全無。他們對峙著，喘息著做最後的較量：決定性的最後一局就在眼前。

炮擊聲終於在普軍的側翼打響：開火了，步兵已開火交戰！「格魯希來了！終於

25 編註：Vieille Garde，拿破崙帝國衛隊中的精銳成員，由經驗豐富的老兵組成。

來了！」拿破崙深吸了口氣，相信自己的側翼已經安全。他聚集了最後的兵力，再次向威靈頓的主陣地進攻，那裡是布魯塞爾的英國防線，必須摧毀它，必須衝破歐洲的大門。

然而剛才的交戰只是一場誤會。普軍看走了眼，朝著跟往常著裝不同的漢諾威兵團開了槍：馬上就停了火。現在，普軍浩大的部隊已經暢通無阻地從林中走出。不，不是格魯希的隊伍，而是布呂歇爾的普軍以及隨之而來的厄運。這一消息迅速在皇帝的部隊中傳開。部隊馬上不無遺憾地開始有序地撤退。可威靈頓把握了這一時機。他快馬加鞭抵達了鎮守的山頭，脫下帽子，在頭上朝著軟弱的敵軍揮舞。他的人立即領會了這一勝利姿勢的意義。剩餘的英軍一鼓作氣，朝著潰退的敵人衝去。就連普魯士騎兵也同時從兩側殺向渙散逃竄的法軍——處處是瀕死的吶喊：「逃吧！」僅僅幾分鐘，這支威武的部隊就氣勢不再，成了四處逃竄的人流。拿破崙本人也混在其中。在這股既無助又無措的人流中，乘勝追擊的騎兵對敗退的人潮奮力打殺。他們輕鬆獵獲了拿破崙的坐騎和財物，俘虜了驚叫的整個炮兵部隊。唯有夜的幕布挽救了皇帝的性命和自由。時間已是半夜，暈頭轉向、風塵僕僕的拿破崙疲憊地縮在一家破敗的鄉村客棧的扶手椅裡，他已不再是皇帝。他的帝國、他的時代、他的命運都已走到盡頭：

一個小人物，一個卑微者的怯懦，毀了他這位具有遠見卓識的勇士二十年英雄生涯所創建的一切。

塵埃落定

英國人剛剛擊潰拿破崙，一個在當時還籍籍無名的人，就乘著超速四輪馬車向布魯塞爾方向疾馳。他經由布魯塞爾到了海邊，乘上一艘等在那裡的帆船，越海抵達倫敦。他要在拿破崙失利的消息尚未經由信使通報當局之前，迅速展開大宗交易：他就是羅斯柴爾德[26]。此人以天才投機的一招創建了另一個帝國，一個新王朝。第二天，英國得知了勝利的消息。巴黎的騙子富歇也獲悉了拿破崙的失敗：勝利的鐘聲響徹布魯塞爾和德國的上空。只有一個人，第二天仍對滑鐵盧之事一無所知。儘管他距離歷史事發地不過四小時路程：此人就是不幸的格魯希。始終不渝、一板一眼地完全執行追擊普軍命令的格魯希。奇怪的是，他始終沒有發現普軍的蹤跡，這讓他惴惴不安。不絕的炮聲就像求救的嘶喊，愈來愈響，迫在眉睫。炮聲震撼著大地，每一枚炮彈都射向心臟。人人都知道，這絕不是擦槍走火，而是爆發了大戰，決定性的大戰。格魯希騎著馬，不安地穿行在他的軍官們之間，而後者們則避免與他商榷：因為他們的建議

26 Rothschild，得知拿破崙在滑鐵盧戰敗後迅速乘機牟利的金融家。

不會被採納。打破這一僵局的恐怕是他們最終在瓦夫爾一帶撞上了一隊普魯士士兵，布呂歇爾的後衛隊。於是這群迫不及待投入戰鬥的人立即一窩蜂似的衝向普軍的防禦工事。熱拉爾衝在最前頭，就像被不祥的預感驅使著奔向死亡，他隨即被一顆子彈撂倒在地，這個最愛表達意見的人只得閉上了嘴。夜已深，格魯希的部隊占領了村莊。但他們似乎感到，戰勝這支後衛隊毫無意義。因為戰場的那一方寂靜無聲。令人毛骨悚然的安靜，可怕的和平，陰鬱而死一般的沉默。所有人都寧願聽見轟隆的炮聲，也不願身處這種備受折磨的不知所措中。決戰，滑鐵盧之戰必定已經一決高下，格魯希這時（為時已晚！）才收到拿破崙寫來的要求增援的信。這場巨大的戰役已決出勝負，但誰是勝者？

格魯希和他的部隊整整等了一夜。毫無結果！再也沒有拿破崙的消息傳來。似乎大部隊已經將他們遺忘，而他們只能盲目而毫無意義地站在伸手不見五指的黑夜中。次日一早，他們拆除營地，準備繼續行軍。累死累活的人們似乎早已意識到行動的徒勞。上午十點，參謀總部的一名軍官終於騎馬飛奔而來。他一臉驚恐，頭髮溼答答地貼在雙鬢上，渾身都在緊張地顫抖。大家趕緊扶他下馬，焦急地向他提出諸多問題。可是這人張口結舌地說著他們聽不懂的話，他們聽不懂，或者他們不想懂。他說，再也沒有皇帝了，再也沒有皇帝的軍隊了，法蘭西失敗了。這簡直是瘋話、醉話。大家只能慢慢從軍官的話中理出頭緒，聽出真相，弄懂了他那令人沮喪甚至令人崩潰的描述。格魯希頓時臉色煞白，渾身哆嗦，用軍刀撐著身體：他知道，自己捨身取義的時候到了。他決定果斷地承擔起全部失敗的責任，這一不會被任何人感激的任務。格魯希，這個在尚不明朗的緊要關頭拒絕做出決定、順從而怯懦的拿破崙下屬，現在要在危機逼近時成為一名男子漢甚至英雄。他馬上召集軍官們——眼中噙著憤怒和悲傷的淚——發表了簡短的講話。他為自己的遲疑辯解，又帶著惋惜地做了自我檢討。軍官們昨天還對他面露慍色，現在都默默地聽著。每個人此刻都可以埋怨他或自吹自擂：假如按照自己的判斷行動該多好。但沒人膽敢或願意這麼做。他們沉默著，沉默著。他們都被這突如其來的悲哀弄得啞口無言。

錯失關鍵一秒的格魯希此時——只是太晚——表現出一個軍人的全部力量。他的偉大美德：謹慎、精明、周全和責任心，在他恢復自信、不再拘泥於一紙公文後一覽無遺。重兵包圍之下，他的指揮堪稱卓絕——未失一兵一卒，未失一門火炮就突破重圍。他要去挽救法蘭西，挽救帝國的最後一支軍隊。但當他抵達時，皇帝已經不在，沒有人感激他，也沒有敵人向他們衝來。他們來得太晚了，已經沒有挽回的餘地。在外人看來，格魯希在往後的日子裡仍獲得了升遷。他被任命為總司令，成為法國貴族院議員，並且在每一個職務上都表現出男子氣概，但這一切都無法贖回那失去的瞬間，那本該令他成為命運的主人、他卻永遠失去的瞬間。

塵世間，這樣的瞬間極少光顧。而當它降臨到一個不恰當的人身上時，這人並不懂得如何利用它。於是，這一偉大的瞬間進行了可怕的復仇。一切市民的美德：謹慎，順從，勤勉，深思熟慮，在天命降臨的烈焰中化為烏有，百無一用。這一刻需要天才。它蔑視地將膽怯之人一把推開並將天才一舉鍛造為不朽的豐碑。這世上的另一位神，命運，它高舉勇者，以火熱的雙臂將英雄們舉向天國。

馬倫巴哀歌

DIE MARIENBA
DER
ELEGIE

從卡爾斯巴德到威瑪途中的歌德

（1823 年 9 月 5 日）

一八二三年九月五日的田間公路上，一輛旅行馬車正從卡爾斯巴德[1]緩緩駛向艾格爾[2]。秋日的清晨涼意習習，冷風吹過收割完畢的麥田，廣闊的大地上，天空一片湛藍。四輪馬車裡坐著三個男人。薩克森－威瑪公國的樞密顧問馮．歌德（正如卡爾斯巴德療養名單上的尊稱）和他的兩位隨從：老僕施塔德爾曼和祕書約翰。後者是歌德新世紀全部作品的首次謄抄者。兩人沉默不語，因為老先生自從在少婦和姑娘們的簇擁下，在她們的親吻和祝福中告別卡爾斯巴德之後就一言不發。他一動不動地坐著，兩位隨從只能從他專注的神情中看出他內心的悸動。第一個驛站，他下了車，用鉛筆在一張順手摸到的紙上匆匆寫著字。在隨後駛向威瑪的整個途中，無論行駛，還是歇息，他都這樣匆匆寫著。第二天，剛一抵達茨沃陶[3]，他就在哈騰堡[4]內奮筆疾書，之後在艾格爾和珀斯內克[5]也是如此。他每到一處都趕緊記下他在車上醞釀的詩文。日記中，他扼要地記錄道：九月六日，構思詩句；九月七日，週日，繼續寫詩；九月十二日，途中再次修訂詩文。這首名曰〈馬倫巴哀歌〉的作品在目的地威瑪[6]已經完成。它意味深長、發自肺腑，舉足輕重。它是晚年歌德摯愛的作品，也是他對過去無畏的告別和他英雄般的新起點。

歌德曾在一次談話中稱這首詩為他的「內心日記」。或許在他的日常日記中，尚

1 編註：Karlsbad，即今卡羅維瓦利（Karlovy Vary），捷克西部的溫泉療養聖地。

2 編註：Eger，今稱海布（Cheb），捷克西部邊境城市，與德國接壤。

3 編註：Zwodau，今稱斯瓦塔瓦（Svatava），捷克邊境小鎮。

4 編註：Hartenberg，鄰近茨沃陶的古堡，歌德應當地貴族邀請，於此慶祝他的七十二歲生日。

5 編註：Pößneck，德國中部市鎮，鄰近威瑪。

6 編註：Weimar，薩克森－威瑪公國首都。

無一頁紀錄能像這篇以悲愴地發問、悲愴地迴響為詩的文件一樣，如此坦誠清晰地將他內心感受的發生和發展呈現在世人面前：沒有哪一種他青年時代爆發的詩情曾如此直接地出自某一動機和事件。沒有哪部作品能如這首「為我們預備的神妙的歌」一般，環環相扣，栩栩如生。這一深刻、成熟，散發著秋日光輝的歌德七十四歲的晚期作品，正如他在和艾克曼[7]的對話中所說，是「激情巔峰的產物」。然而在形式上，它又兼具了高貴的節制：為此這最熾熱的生命瞬間被刻畫得既開放又神祕。百年後的今天，在他繁盛奪目的生命中，這一精彩篇章仍未枯萎暗淡。在未來的世紀裡，九月五日這重要的一天也將保存在德國後代的記憶和情感中。

照耀著這一頁、這首詩、這個人、這一時刻的是令他重生的那顆奇異的星。一八二三年二月，歌德身患重病，連日高燒拖垮了他的身體，有時甚至昏迷不醒。他自覺不妙。醫生雖覺危險，卻查不明病因，束手無策。然而病來得快去得也快：六月，歌德去了馬倫巴[8]，卻完全像換了個人。那場急病是他內心恢復青春的標誌，像一場「新青春期」。一個沉默冷峻而充滿學究氣的人，一個幾乎被詩歌占據了全部身心的人，幾十年後再次聽從了情感的安排。音樂「融化了他」。就像他自己所說，幾乎每次聽人演奏鋼琴，尤其是聽到像施曼諾芙斯卡[9]那樣美麗的女人演奏時，他總是泫然欲泣。

7 Eckermann，德國作家。他的著作包括《歌德談話錄》，記錄了一八二三至一八三二年間與歌德的私人對話。

8 編註：Marienbad，今捷克瑪麗亞溫泉市，位於卡爾斯巴德西南方約四十公里處。

9 編註：Maria Szymanowska，波蘭作曲家暨鋼琴演奏家，傳聞年輕貌美的她曾讓歌德深深動心。

出於最深處的熱情，他和青年人聚在一起。人們驚訝地看見這位七十四歲的老人直到深夜還和女人們尋歡作樂，看見他多年後又去出席舞會，正像他自己曾自豪地說：「大部分漂亮姑娘都會在交換舞伴時拉我的手。」他呆板的秉性在這個夏天不可思議地活躍起來，整個靈魂被古老的魔術和永恆的魔法震懾。他在日記中洩露了真情：「春夢」和「昔日的維特」又在他身上復活——接觸女人激發他創作了許多小詩和打趣的小品，就像半個世紀前他遇見莉莉·舒內曼[10]時一樣。只是在選擇哪位女性上，他仍舊搖擺不定：先是漂亮的波蘭女人，之後，十九歲的烏爾麗克·馮·萊伍佐芙[11]打動了他的心。十五年前他曾愛慕過她的母親。一年前他還父親般地稱她為「小女兒」。可是現在，感情昇華為激情，他整個人像是又被另一種疾病侵襲，這種疾病喚醒了他火山般的感情世界中多年來未曾有過的情欲。七十四歲的他像個小夥子一樣，只要聽見林蔭道上的笑聲，就趕緊擱下工作，不戴帽子也不拿手杖，朝那快活的女孩衝下樓去。不僅如此，他還像個小夥子，像個男子漢一般追求她：就這樣，一幕荒誕的表演，一部略帶慾情的悲劇上演了。和醫生祕密商議之後，歌德向他同伴中的年長者，大公爵[12]吐露了心事，並請求大公爵去萊伍佐芙夫人那裡替自己向她的女兒烏爾麗克求婚。而大公爵哪，一邊回想著五十年前那些他們一起追逐女人的美妙夜晚，一邊或許在心裡惡作劇般地

10 編註：Lili Schönemann，法蘭克福一銀行家之女，一七七五年與歌德相識。

11 編註：Ulrike von Levetzow，德國女爵，一八二一年於馬倫巴與歌德相遇。她終身未婚，並嚴正否認自己與歌德之間存在戀情。

12 編註：Karl August，薩克森－威瑪公國大公，是歌德的多年好友。

嘲笑這個被德國人和歐洲人奉為本世紀最明智、最成熟，最清醒的人物——不過他還是正式地戴上星型勳章，去十九歲姑娘的母親家，替七十四歲的歌德求婚。答覆不為人知——她似乎採用了拖延政策，為此歌德成了個提心吊膽的求婚者。他的激情不斷高漲，強烈地渴望占有這位溫柔麗人的青春。只要她給他一個匆匆的吻或說幾句親切的話就足以讓他無比喜悅。這個性急的人想趁熱打鐵：他痴情地跟隨心愛的人從馬倫巴到了卡爾斯巴德，可是在那裡，他夢寐以求的心願仍未得到滿足。夏日即將遠去，他的痛苦與日俱增。告別的時刻已經臨近，但他仍未得到任何承諾和暗示。直至車輪滾動起來時，這位大預言家才感覺到，自己生活中的一件非凡之事已經終結。不過在最黑暗的時刻，上帝這位古老的安慰者，痛苦永恆的伴侶卻如期而至：天才歌德無法獲得塵世間的安慰，已痛苦到無以復加，只好呼喚上帝！正如以往，他總是從現實世界逃向詩歌的世界。這位七十四歲的詩人最後一次懷著神妙的感激之心，以他四十年前為塔索[13]寫下的詩行作為題詞，獻給了他最後的恩典，表達了他對再次經歷愛情的震驚：

人在苦楚中陷入沉默，
上帝卻賜我言語，訴說不幸。

13 Tasso，義大利詩人。

年邁的詩人坐在滾滾向前的馬車中，為心中那些沒有答案的問題煩悶。一早，烏爾麗克還和她妹妹匆忙趕來，在嘈雜的告別中與他辭行。她還用她年輕而可愛的嘴唇親吻了他。然而這吻是溫情的吻？還是女兒般的吻？她會愛上他嗎？會忘記他嗎？而他的兒子、兒媳，正焦躁地期盼著他豐厚的遺產，他們會容許他的婚姻嗎？世人難道不會嘲笑他？難道明年對於她來說，他不是更加衰老？就算再見到她，他還能指望什麼？一連串的問題在他內心盤踞。突然，一個最迫切的問題變成了詩行。它來自上帝的恩典：「訴說不幸。」內心的吶喊，強烈而飽滿的衝動，直接而不加掩飾地步入詩行：

今日仍是一朵未開之花，
又能對再會作何期盼？
天堂、地獄由你定奪，
我的心緒啊，紛繁不寧！

痛苦的流泉奔入晶瑩的詩篇，紛亂的思緒被奇妙地淨化。詩人心境愁煩，徘徊在壓抑的氣氛中偶爾舉目遠眺。行駛的車窗外，他看見清晨寂靜的波西米亞風光，一派神聖的祥和與他內心的不安兩相比照，這剛剛瞥見的畫面隨即潛入詩行：

世界不再一如往常？懸崖峭壁，
不再被神聖的晨光加冕？
莊稼，不再成熟？一片綠色的原野，
不再綿延至河畔的叢林和牧場？
蒼穹不再布滿超越凡塵的景象，
千姿百態又轉瞬行跡無蹤？

然而這世界無法占據他的靈魂。他在這熱戀時刻領會到的一切景觀都與他愛人的倩影相連。記憶又魔術般地煥發新的神采：

何等輕盈秀麗，何等明亮溫柔，
像熾天使，自莊嚴的雲朵聖殿間，
就像她，在湛藍的蒼穹上，

從光明的芬芳中綻露修長的倩影！
你看她妙曼的舞步多麼歡快，
嫵媚的身姿中數她最嫵媚。

但只是一瞬，你能捕獲
那代替她本人的幻像，
回到心間吧！那裡你才能更好地發現，
她的身姿在那裡變換萬千：
一個身影變成許多身影，
綽約多姿，愈加可愛。

剛剛驅走心魔，烏爾麗克的倩影就再次浮現眼前。他描寫了她如何占據他的心，如何令他「逐漸沉入幸福」，她如何在最後的吻之後又將那最終的吻印在他的唇上。在巨大的幸福回憶中，這位大師以高尚的形式寫出關於傾心與愛的詩篇，這詩篇無論在當年的德語中還是在任何一種語言的寫作中都極為純潔：

我們純潔的胸膛中激盪著熱情，
出於感激而甘願獻身於一位高貴聖潔的未知者。
辨認那永恆的未命名者；
我們稱之為：虔誠！——
如此崇高的福祉
我自覺有份，當我站在她的面前。

被遺棄的人沉醉在極度的幸福中，卻不得不忍受當下的分離之苦。痛苦迸發出來，幾乎破壞了這部傑作崇高的哀歌體格調。情感的獨白，多年來初次實現了直接由經歷轉換為詩篇。這悲歎如此震撼人心：

我已遠去！現在這一刻，
該如何是好？我無話可說。
她賜予我的至美財富，
已成為我的重負，我必須擺脫它。

難以抑制的渴望圍剿我，
我別無他策唯有淚涕連連。

接著，最後的可怕吶喊，幾乎無法更加高亢：

遺棄我吧，忠誠的旅伴們，
讓我獨自留在山崖、沼澤和泥潭！
你們去吧！世界向你們敞開，
大地寬廣，天空明亮而高遠；
去觀察，去研究，去搜集細節，
去結巴著掀開自然的奧祕。

我已失去一切，失去自己，
雖然我方才還蒙受神明恩寵；
他們考驗我，賜我潘朵拉，

她富有美善，亦富有災難；
他們逼迫我親吻那聖澤的芳唇，
他們又離棄我——將我打入深淵。

平日裡內斂的詩人從未創作過類似的詩篇。年少時他就懂得隱藏情感，成年後亦知節制。他通常只以影射、隱喻和象徵來吐露深藏內心的祕密。現在他已成為老翁，卻初次盡情釋放心懷。五十年來，對於這位內心豐沛的偉大抒情詩人來說，他的生活或許從未像這不朽的篇章一樣，像這一重要的轉折時刻一樣生機勃勃。

歌德自己也覺得這首詩的創作極為神祕，彷彿它是命運珍貴的恩賜。剛剛回到威瑪的家中，他就先於其他工作和家庭事務，開始親手謄抄這首具有高度藝術性的「哀歌」手稿。三天來，他就像一位修士在修士間苦修，他在精挑細選的紙上以莊重的大體字謄抄這首詩，親手完成了裝訂，以免那些多嘴的人不經意地散播出去。最後，他將一根絲帶捆在紅色的羊皮封面上（之後又變成精良的藍色亞麻布封面，至今陳列在歌德與席勒檔案館[14]中）。那些天既煩悶又令人懊惱。他的結婚大計在家中遭到嘲笑，他兒子甚至公開反對。他唯有在詩句中的愛人身邊流連。直到漂亮的波蘭女人施曼諾

14 編註：Goethe- und Schiller-Archiv，位於德國威瑪，今屬世界文化遺產「古典威瑪」的一部分。

芙斯卡前來拜訪，才讓他重新感受到馬倫巴那些日子裡的陽光，讓他再次變得健談。十月二十七日那天，他終於把艾克曼叫來，極為莊重地朗讀了這首詩的開頭。這證明了他對這首詩的偏愛。僕人在書桌上放好兩盞燭臺後，才請艾克曼在燭臺前就坐，閱讀這首哀歌。之後也有其他值得信賴的人閱讀過這首詩。正如艾克曼所說：「歌德像守護聖物一般守護它。」接下來的幾個月表明，這首詩在他生命中占據了重要地位。這位重返青春之人不斷好轉的健康狀況突然出現惡化，他似乎再次瀕臨死亡。他不斷地從床上挪到扶手椅上，再從扶手椅回到床上，不得安寧。兒子十分惱火，兒媳出門旅行，沒人照顧他，也沒人給這位患病的老人一點建議。這時歌德最信任的好友策爾特[15]從柏林趕來，顯然是朋友們的主意。他馬上看出歌德內心的火焰。他驚訝地寫道：「我看見一個正在戀愛的人。他帶著一個熱戀的青年人的痛苦全身心地愛著。」為了治癒他，策爾特一遍遍帶著「真摯的同情」朗讀他的詩作。而歌德也不知疲倦地聽著。「這真是特別，」康復中的歌德寫道，「你用飽滿的感情，溫柔的聲音為我朗讀，讓我一次次聽見，我的內心正愛得多麼深沉，雖然我並不樂意承認。」他接著寫道：「我不能把這首詩交出去。但我們在一起的日子，你一次次念給我，唱給我，乃至你幾乎能背誦下來。」

15 編註：Zelter，德國作曲家，歌德的好友。

正如策爾特所說：「是那只刺傷他的矛，又醫治了他。」也可以說是歌德的詩挽救了他。他最終戰勝了痛苦，打消了最後的一絲令人絕望的念頭。他和心愛的「女兒」結婚的夢想終結了。他知道，他不會再去馬倫巴，去卡爾斯巴德，不會再去那個無憂者們逍遙快活的遊戲世界。在他今後的生命中只剩下工作。這位經受了考驗的人放棄了命運的新起點，而一個偉大的詞駛入他的生活，這個詞是「完滿」。他將注意力集中於他六十年來零散紛亂的作品中。儘管現在無法創作，但他可以整理。他簽訂了「全集」的合同，獲得了版權。他再次將他荒廢在十九歲姑娘身上的愛賦予他青年時代的老夥伴：《威廉．麥斯特漫遊時代》和《浮士德》。他精力充沛地投入到著作中。那些來自上個世紀的發黃草紙上的計畫繼續生效。臨近八十歲時，《威廉．麥斯特漫遊時代》創作完成。八十一歲，他又以英雄般的意志繼續他生命中的「重要事業」——《浮士德》。在誕生〈馬倫巴哀歌〉的那些命中註定的悲劇般的日子的七年後，《浮士德》圓滿完成。像對待「哀歌」一樣，他以同樣的敬畏和虔誠將它封存起來，對世界守口如瓶。

在兩種感情的天體間，在最後的渴念和最後的斷念間，在情欲的起始和創作的完滿間，一八二三年的九月五日那告別卡爾斯巴德，告別愛的一天，是他情感的巔峰。

他內心經過這一難忘時刻的轉變，從令人震驚的悲歎步入永恆的寧靜。我們可以說，這個日子值得紀念。德國詩歌中從此再也沒有描寫這種感性的偉大時刻的詩歌，像這首強大的哀歌般澎湃著鴻蒙之聲。

發現黃金國

DIE ENTDECKUNG ELDORADOS

約翰・奧古斯特・蘇特爾，加利福尼亞

（1848 年 1 月）

一個厭倦歐洲的人

一八三四年，一艘美國輪船從利哈佛[1]駛向紐約。船上的數百名亡命徒中，有個叫約翰·奧古斯特·蘇特爾的人。他三十一歲，老家在巴塞爾[2]附近的呂嫩伯格[3]。這位破產者、扒手和匯票偽造者想趕緊越洋遠離歐洲法庭。他丟下妻子和三個孩子，在巴黎搞到一份假證件和一些錢，踏上了尋覓新生活的旅途。七月七日，他登陸紐約。之後的兩年間，他做了些他能做的和不能做的行當。他當過包裝工、牙醫，賣過藥，開過衛生用品店和小酒館兒。最終他賺了些錢，開了家客棧，但不久又將其出售，跟隨時代的魔幻列車到了密蘇里。在密蘇里，他經營農業並快速積蓄了一小筆財富，可以安穩度日。但總有皮貨商、獵人、冒險家和士兵們從他門前經過。他們從西部來，或到西部去。「西部」這個詞漸漸地變得充滿魅力。人們知道，要到西部去，首先要經過一片無邊的草原。草原上是成群的野牛，哪怕走上一天、一週的路，也見不到一個人影，唯有紅皮膚的印第安土著在追逐獵物。接著是高山峻嶺，最後才是那片別致的「西部」之地。沒人知道那裡的具體情形，但它的富庶人盡皆知。加利福尼亞那片傳說中隨處流淌著任人取用的奶和蜜的土地當時還玄妙莫測——只是那裡極為遙遠，要冒著生命危險方能抵達。

1 La Havre，法國北部海濱城市。

2 編註：Basel，瑞士第三大城，位於瑞士西北方，與德法兩國接壤。

3 編註：Rünenberg，瑞士北方小城。

但約翰・奧古斯特・蘇特爾的身上流著冒險家的血。安居樂業對他沒有吸引力。一八三七年的一天，他變賣了家產，糾集了一支遠征隊，帶著車馬和一隊野牛，從獨立堡[4]出發，奔赴那片未知之地。

進軍加利福尼亞

一八三八年。兩名軍官，五名傳教士和三名婦女跟隨蘇特爾坐著牛車奔向無垠的遠方。他們穿過一片片草原，翻越群山，朝太平洋的方向行駛，經過三個月的旅途，於十月底抵達溫哥華堡[5]。兩位軍官早就離開了蘇特爾，傳教士們中途放棄，三名婦女則餓死在半路上。

只剩下蘇特爾獨自一人。有人想留他在溫哥華堡，還給他謀了職務，但他通通拒絕。那個充滿魔力的名字已嵌入他的骨髓。他駕著一艘小帆船駛向太平洋，到達夏威夷群島後又沿著阿拉斯加海岸排除萬難抵達了人煙稀少的聖弗朗西斯科[6]——當時那裡可不是如今地震後飛速發展的百萬人口大都會，甚至也不是墨西哥偏遠省分加利福尼亞的省會——不，它還只是個貧困漁村，被方濟會的傳教士賦予了名字，沒人經管，寸草不生，閒置在新大陸繁榮的地帶中。

4 編註：Fort Independence，今屬密蘇里州獨立市，是美國西進運動中，重要道路「奧勒岡小徑」的起點。

5 編註：Fort Vancouver，在今華盛頓州溫哥華市，十九世紀時是毛皮貿易的重要據點。

6 編註：San Francisco，即華人口中的「舊金山」。十九世紀時因淘金熱，早期華工稱此地為金山；在澳洲墨爾本發現金礦後，為與新金山墨爾本區別，改為現稱。

由於暴亂頻發，再加上缺乏富有威望的人，缺乏向心力和勞動力，西班牙屬地的混亂局面不斷升級。蘇特爾租了一匹馬，向肥沃的沙加緬度山谷騎去：一天工夫，他就心中有數，這裡可不是只能建造莊園農場，這裡可以建立王國。第二天，他騎馬到了簡陋的首府蒙特雷[7]，向總督阿爾瓦拉多做了自我介紹並闡明了他要開墾這片土地的意圖。他從夏威夷群島帶來了卡納卡人[8]，這些勤快肯幹的有色人還將從那裡陸續遷來。他要建立殖民地和一個名叫新赫爾維蒂的小國。「為什麼叫赫爾維蒂[9]？」總督問。

「因為我是瑞士人，是個共和主義者。」蘇特爾說。

「好吧，您想怎麼幹就怎麼幹。我給您十年的開採權。」很明顯，事情就這樣敲定了。距離文明世界千里之外的地方，一個人的能力能讓他獲得與家鄉全然不同的犒賞。

新赫爾維蒂

一八三九年，一行商隊沿著沙加緬度河岸緩慢地向上游進發。走在最前面的是騎馬的蘇特爾，他腰間別著槍，身後跟著兩三個歐洲人。接著是一百五十名穿短衫的卡納卡人和三十輛滿載生活用品、種子和彈藥的牛車，五十匹馬，七十五頭騾子、奶牛和綿羊，最後是一小隊後衛隊——這就是即將征服新赫爾維蒂的全部人馬。

7 編註：Monterey，加州中部濱海城市，時為西班牙殖民地上加利福尼亞省首府。

8 編註：Kanaka，夏威夷群島的原住民。

9 Helvetien，瑞士舊稱。

巨大的火焰翻滾在這隊人馬面前。比起砍伐樹林，這些人採用了更省力的焚燒方式。沖天的大火剛剛燒了地，樹根還冒著濃煙，他們就開始造倉庫，挖水井，在無須耕種的土地上撒滿種子，為源源不斷到來的牲口築起圍欄，逐漸從近處荒廢的傳教士殖民區遷移新人。

他們獲得了巨大的成功。種子結出五倍的碩果，穀倉滿得快要漲開，牲畜也很快成千上萬。儘管在這片土地上仍然存在著層出不窮的困難，他們還要對付那些不斷進犯這片繁榮殖民地的土著，但新赫爾維蒂的疆域已經得到了巨大的拓展。大量的水渠、磨坊和交易站已經建成。船隻在江河上穿梭往來。蘇特爾不僅為溫哥華堡和夏威夷群島提供供給，還供給所有停靠在加利福尼亞的帆船。他種植的水果，已成為今天的加利福尼亞的著名盛產。老天！這裡種什麼都枝繁葉茂！於是他又從法國和萊茵河流域引進了葡萄種子，不消幾年，種子就結出鋪天蓋地的果實。而蘇特爾也為自己建造了多處華麗的房屋和農莊。他花了一百八十天工夫，從巴黎運來了普萊耶爾牌鋼琴。六十頭牛穿越了整個新大陸，從紐約運來了蒸汽機。他在英國和法國的大銀行都擁有信貸和鉅款。現在，他四十五歲，處於勝利的巔峰。他想起十四年前，他丟在世界上某個角落的妻子和三個孩子，於是寫信給他們，邀請他們到他的領地來，因為他現在擁有權力，他是新赫爾維蒂的主人，是世界上最富有的人之一，並且將永遠富有下去，而美利堅合眾國早晚會將這片被忽視的殖民地從墨西哥人手中搶回來，那樣，一切就變得更加牢靠。又過了幾年，蘇特爾果真成了世界上最富有的人。

致命的挖掘

一八四八年一月。木匠詹姆斯·W·馬歇爾突然激動地闖進約翰·奧古斯特·蘇特爾的家，請他務必和他談談。蘇特爾十分驚訝，他昨天剛派馬歇爾到自己那家位於科洛馬[10]的農莊造一間新鋸木廠，他怎麼現在就未經允許回來了，還激動得渾身發抖。馬歇爾將蘇特爾推進房間，關上門，從口袋裡掏出一把摻雜著黃色金屬的沙子，這是他昨天挖地時注意到的奇特金屬。他相信，這是金子，儘管其他人都嘲笑他。蘇特爾立即嚴肅起來。他接過沙子馬上去做了化驗：的確是金子。他決定第二天就騎快馬去趟農莊。木匠馬歇爾是被這一即將震驚世界的可怕狂熱攫住的第一人：他連夜就冒雨騎馬回到農莊，迫不及待地去控制事端。

第二天一早，上校蘇特爾抵達科洛馬。他們馬上堵截水渠並檢查那裡的泥沙：只要拿一個篩子輕晃幾下，金色的顆粒就留在黑色的漏網上。蘇特爾趕緊將幾個白人糾集

10 編註：Coloma，加州內陸小鎮，鄰近加州首府沙加緬度。

到一起，讓他們發誓保密，直至鋸木廠建成。接著，他騎馬回到了自己的農莊。他異常興奮：在他的記憶中，還從未有人能如此輕易地獲得黃金，它就這麼暴露在地面上，而這塊地可是他蘇特爾的財產。這一夜好似跳到十年後：他成為世界上最富有的人。

淘金熱

最富有的人？不——他很快成了世界上最貧窮、最可憐，最絕望的乞丐。八天後，一個女人洩露了祕密——總是女人！——她把這件事講給了一個路人，還給了他幾粒金沙。接下來史無前例的事情發生了。蘇特爾的所有人馬都放下了手頭的工作。鐵匠跑出了鍛造廠，牧羊人撇下了羊群，種葡萄的離開了葡萄藤，士兵們丟下了武器。所有人都像中了邪似的迫不及待地帶上篩子和鐵鍋奔向鋸木廠，去泥沙裡淘金。一夜之間，整片土地荒無一人。奶牛沒人擠奶，嘶吼著斃倒在地；野牛們衝出圍欄，踏平了良田，莊稼倒在稈子上。乳酪廠停了工，穀倉坍塌，巨大工廠內的輪盤停止轉動，而電報則將這一發現黃金的消息不分晝夜地越過陸地和海洋傳送出去。於是各個城市和港口的人們紛紛行動起來。水手們離開了他們的船，政府的公務員放下了職務。人們絡繹不絕地或步行或騎馬或乘車，從四面八方排著長長的看不到盡頭的縱隊紛至沓來。

淘金的人像黑壓壓的蝗蟲般湧入這片繁榮的殖民地。他們是一群無疆而野蠻的烏合之眾，不識法律，只認拳頭，沒有什麼戒律能比得上他們的左輪手槍。對於他們來說，這裡的一切都沒有主人，也沒人敢對他們這群亡命徒指手畫腳。他們宰了蘇特爾的牛，拆了他的穀倉，蓋起了房子。他們踐踏他的耕地，偷走他的機器——一夜之間，約翰・奧古斯特・蘇特爾成了乞丐，就像米達斯王[11]一樣窒息在自己的黃金中。這一前所未有的淘金風暴愈演愈烈。消息很快傳遍世界。光從紐約就駛來一百艘船。德國、英國、法國和西班牙的冒險家們也於一八四八至一八五一年間接踵而至。有些人從合恩角[12]繞行，但對那些急不可待的人來說，這條路實在太遠，於是他們選擇了橫穿巴拿馬地峽這條危險之路。一家眼尖手快的公司趕緊在地峽處修建了鐵路。為了那些急不可耐的人能提前三到四週夠得黃金，上千名工人因寒熱病賠上了性命。數量龐大的商隊和各種種族，說不同語言的人們橫跨美洲大陸，來到約翰・奧古斯特・蘇特爾的土地上挖掘黃金，就像在自己的土地上一樣。聖弗朗西斯科，這片政府擔保屬於蘇特爾的土地，以夢幻般的速度成長為一座城市。陌生人之間互相買賣著土地。而蘇特爾的王國新赫爾維蒂，卻在黃金國和加利福尼亞這些富有魔力的字眼面前消失無蹤。

約翰・奧古斯特・蘇特爾呆望著這場巨大的浩劫。他已再次破產。起初他也想帶

11 Midas，希臘神話中點石成金的國王，後來在黃金中窒息而死。

12 編註：Cape Horn，智利合恩島南端陸岬，隔德雷克海峽與南極相望。

著他的僕從和同僚們一起加入淘金者的行列榨取財富，但所有人都離開了他，於是他只好從淘金區撤出，回到山間與世隔絕的農莊隱居，遠離那條該被詛咒的河流和那些骯髒的泥沙。在那裡，他終於等到了他的妻子和三個即將成年的兒子。只是抵達後不久，他的妻子就因旅途勞頓而死去。好在三個兒子還在。約翰．奧古斯特．蘇特爾和他的三個兒子，八條胳膊，開始重新經營農業。他再次振作起來，默默耕耘，利用這片絕好的肥沃土壤，再次悄悄醞釀著偉大的計畫。

訴訟

一八五〇年，加利福尼亞已經併入美利堅合眾國的版圖。在國家嚴苛的治理下，秩序終於跟隨財富來到了這片擁有黃金的土地上。混亂狀態得到了控制，法律重新贏得了權力。

這時，約翰．奧古斯特．蘇特爾突然站出來為自己爭取權益。他有充分的理由和權利證明聖弗朗西斯科城的全部土地歸他所有。政府有責任賠償他因盜竊遭受的財產損失。所有在他的土地上挖出的黃金他都有份。於是一場訴訟開始了。訴訟所涉及的範圍之廣在人類歷史上前所未有。約翰．奧古斯特．蘇特爾狀告了落戶在他的莊園裡的全部農民，要求他們撤走。他要求加利福尼亞州支付他兩千五百萬美元，作為贖買他開路、架橋、挖渠、建壩的費用。他還要求聯邦政府賠償他兩千五百萬美元財產損失，並且歸還他應得的黃金。為了打官司，他把他的小兒子送到華盛頓去攻讀法律，並將新農莊的收入全部花在昂貴的訴訟上。光完成訴訟程序，他就花了四年時間。

一八五五年三月十五日，判決終於公布。加利福尼亞的最高長官，剛正不阿的法官湯普森宣判，約翰・奧古斯特・蘇特爾的權益不容侵犯。他對土地的要求完全合法。

這一天，約翰・奧古斯特・蘇特爾的目的達到了。他成了世界上最富有的人。

結局

世界上最富有的人？不，他依然不是。他成了世界上最貧窮的乞丐，最不幸、最悲慘的人。命運再次凶殘地打擊了他，而這次他將永世不得翻身。聖弗朗西斯科和整個加利福尼亞州的人得知這一判決結果後掀起了風暴。成千上萬感到自己的財產受到威脅的人和街上那些一貫以搶劫為生的無賴流氓一齊衝進法庭，一把火燒了它。他們還到處尋找法官，要私刑處死他。為了洗劫約翰・奧古斯特・蘇特爾的財產，他們結成浩蕩的一隊。蘇特爾的長子在強盜們的包圍下開槍自盡，二兒子也被凶殘地謀殺。

小兒子雖然得以脫身，卻在回家的路上淹死。整個新赫爾維蒂被一片火海包圍。蘇特爾的全部農莊均被燒毀，他的葡萄藤被踐踏得慘不忍睹，他的傢俱、收藏和錢財被洗劫一空。他的財富在這些人殘暴的憤怒中化為烏有，就連他自己也差點送命。

這次的打擊徹底擊垮了約翰・奧古斯特・蘇特爾。他沒有了事業，妻子和孩子們也都相繼去世，他已經神智不清：在他混亂的頭腦中，唯一盤踞的念頭是尋求法律，提出訴訟。

就這樣，華盛頓法院的門前，一位衣衫襤褸精神恍惚的老人徘徊了二十五年。所有法院裡的人都認識這位穿著骯髒的外套和一雙破鞋的「將軍」。他要求得到億元賠償。總有些企圖侵吞他養老金的律師、冒險家和滑頭慫恿他重新上訴，而他自己其實並不想要錢。他憎惡黃金。是黃金令他一貧如洗，是黃金謀殺了他的三個兒子，毀了他的生活。他只是帶著偏執的憤怒，想要得到屬於他的權利。他去參議院申訴，去國會申訴。他信任各種聲稱願意幫助他的人。這些人嘲弄他，為他穿上可笑的將軍制服，就像為一匹馬套上龍頭。他們帶著這個可憐的傀儡從一座官府走到另一座官府，拜訪一個又一個議員。從一八六〇年至一八八〇年，他整整奔波了二十年，不幸地行乞了二十年。他日復一日地在國會大廈的樓下遊蕩，被所有的官員嘲笑，就連街上的小混混也戲弄他。他，令人生厭的世界上最富饒的土地的所有者——在這片本屬於他的土地上，屹立著日新月異的富庶之國的第二大城市，但人們卻只把等待留給他。一八八〇年七月十七日下午，他終因心臟病猝死在國會大廈的臺階上。人們抬走了他，一個死去的乞丐，懷裡仍揣著訴狀，要求按照世間的法律，確保他和他的繼承者得到一筆人類歷史上最大的賠償。

迄今為止，沒有人要求得到蘇特爾的遺產，也沒有他的後裔繼續他的申訴。整個聖弗朗西斯科依舊屹立在不屬於他的土地上。至於他的權利，依舊無人論及，只有一位叫布萊斯・桑德拉斯[13]的作家給了被人遺忘的約翰・奧古斯特・蘇特爾的命運唯一的公正，讓後世能驚歎著想起他。

13 Blaise Cendrars，法國作家。他在紀實文學《黃金》中憶及蘇特爾。

英雄的瞬間

HEROISCHER AUGENBLICK

杜斯妥也夫斯基，彼得堡，謝苗諾夫斯基廣場

（1849 年 12 月 22 日）

深夜他們從睡夢中呵醒他，
軍刀響徹地牢。
命令的聲音。在恍惚中
晃動著幽靈般駭人的黑影。
他們推搡他，步入深邃開裂的走廊。
悠長而黑暗，黑暗而悠長，
門閂尖叫，鐵門轟然打開。
接著他感到天空和凜冽的空氣。
一輛囚車，一座滾動的墳墓，
他被匆忙推進去。

他身旁是戴著鐐銬，
沉默蒼白的
九位同志[1]；
一聲不響，

1 編註：杜斯妥也夫斯基青年時期曾參與由進步知識分子組成的文學討論團體彼得拉舍夫斯基小組，因成員政治觀點多反對沙皇專制與農奴制度，而遭逮捕判刑。

但人人都預知，
囚車將他們帶向何方。
滾動的車輪下，
他們的生命就夾在輪輻間。

囚車停住，車門嘎吱作響：
透過打開的鐵欄，
他們昏沉的雙眼艱難地
凝望一方陰暗的世界。
幾間平房圍成方形，
低矮的屋頂掛著骯髒的霜，
圈住的廣場布滿黑暗和雪。
濃霧像灰色的抹布，
籠罩刑場。
唯有金色的教堂四周，

散發著清晨冰冷而血色的光。

他們沉默地列隊站立。
一名少尉宣讀判詞：
因武裝政變，判處死刑。
死刑！
「死刑」像滾落的巨石
鑿穿寂靜的冰面。
聲音堅硬，
破冰而沉。
空洞的悶響跌進無聲的墳塋，
消散在冷寂的清晨。

他依稀感到眼前的一切，
宛如夢境。

他只知道，他現在必死！
一名士兵出列，
走到他面前默默地為他披上
白色的，寒風中顫抖的死囚服。
同伴們以灼熱的目光，
無聲的吶喊，
做最後的道別。
神父肅穆地遞上十字架並提醒他
親吻救主。
接著，他們十人，分為三隊，
被繩索捆綁在刑柱上。

一位哥薩克士兵
快步上前。
他要蒙住他面對步槍的雙眼。

他知道：這是最後一次！
在他永久安眠之前
貪婪地凝望頭頂天空中的，
少許世間：
他看見教堂在晨曦中發光：
就像為了最後的晚餐
以絢麗的朝霞灼紅它的外牆
他帶著突如其來的幸福凝視教堂
就像凝視死亡背後那上帝的生命……

現在他們用黑夜蒙住他的雙眼。

但在他心中
血液卻開始繽紛地奔湧。
鏡像的洪流

從鮮血中浮現出
生命的畫卷。
而他感到，
這一秒，這臨終時刻，
所有逝去的往昔
再次衝撞他的靈魂：
他整個生命再次覺醒，
以一道道風景穿越他的胸膛。
蒼白、無望而黯淡的童年[2]，
父親和母親，兄弟和女人，
三段破碎的友誼[3]，兩杯歡娛，
一場浮華夢，幾分屈辱；
逝去的青春畫面
順著每根血管火焰般翻滾再現，
他心靈深處再次感到他自己完全的存在，

2 編註：杜斯妥也夫斯基雖出身貴族，但幼時家貧、父親酗酒，處境並不理想。

3 編註：杜斯妥也夫斯基早年與涅克拉索夫、別林斯基、謝德林等作家為友，後因文學上的分歧而決裂。

直到他們將他
捆綁在刑柱上的頭一秒。
接著，理智的陰影，
黑暗而沉重地
籠罩他的靈魂。
而這一秒
他感到，似乎有人向他走來，
他聽見漆黑而無聲的腳步，
近了，更近了，
彷彿那人將手按在了他的胸膛。
他心跳無力……更無力……乃至停止——
再過一分鐘——它將永恆止息！
哥薩克士兵
迎面排成射擊佇列……
端起槍，子彈上膛……

急促的鼓聲在空氣中炸裂。
這一秒，漫長如千年。

突然，一聲大吼：
住手！
一名軍官
走上前來，揮舞著跳動的白紙，
他清晰而響亮的聲音打破
等待中的死寂：
沙皇
仁慈為懷，撤銷原判，
這是他的聖意。
改為發配。

聽上去

依舊陌生：他無法明白其中意義，
但是血
又在血管中變得鮮紅，
它們開始奔湧，開始輕聲歌唱。
死神
遲疑著從僵硬的關節中爬出。
眼睛雖然還被蒙著，一片漆黑
卻感到永恆的光明
從四面向它示以問候！

執法官
無聲地為他鬆綁，
從他灼痛的顱骨上
取下白色的綁帶，
就像取下龜裂的樺樹皮。

夢遊般的雙眼從墳墓中睜開
笨拙地觸摸光線，刺目而衰弱地
重新回歸
誓死永別的人間。

現在他又看見
那同一座教堂的金頂，
在冉冉的朝霞中
綻放神祕的光芒。

朝霞似怒放的玫瑰，
以虔誠的祈禱環抱它
發光的柱頭；
以合十的手，
似神聖的劍，指向天際

那愉快的紅雲。
而上帝的聖殿
在教堂上方的曙光中輝煌地升起。
光的洪流
揮舞著熱烈的波浪，
直達樂音繚繞的天堂。

一團團霧沼
升起濃煙，就像
所有塵世間沉重的負荷，
融入神聖的晨光。
從深淵中沖出不斷強烈的聲響，
萬千種聲音哀號著匯成合唱。
他平生第一次聽見
人間全部的苦難，

人類灼痛的呻吟，
洶湧著響徹穹蒼。

他聽見弱小者的聲音。
寄人籬下的女人，
自嘲自棄的娼妓，
被欺凌者的怨憤，
孤寂者，與微笑無緣。
他聽見孩子們抽噎、哭喊，
被暗地誘騙的人驚呼著暈厥不起，
他聽見所有受難者的聲音。
被遺棄的人，麻木的人，被嘲弄的人，
所有街巷，所有日夜間
籍籍無名的殉道者，
他聽見他們的聲音，

以強有力的旋律
沖向敞開的天際。
他看見，
唯有痛苦向上帝飄升，
潦倒的生活
帶著沉重似鉛的幸福
仍將其他人滯留在大地上。
在塵世苦難之歌
齊聲哀號的波濤中，
天上的光卻愈發明亮。
他知道，這一切、一切，
上帝將俯聽，
祂的天堂已發出悲憫的巨響！
上帝不會審判

貧者。
無盡的慈悲
以永恆的光明燃燒祂的天庭。
末日審判的四騎士四方狂奔，
對於在死中經歷生的人
痛苦將變為喜悅，幸福將成為折磨。
熱情的天使已帶著光照
降臨人間。
神聖的，痛苦中誕生的愛
光芒四射地深深地照進顫抖的心房。

這時他跌倒一般跪下雙膝，
他真切地感到整個世界
充滿無盡的痛苦。
他身體抽搐，

口吐白沫，
而極樂的淚水
打溼了他的死囚服。
因為他感到，就在剛剛
他親吻了死神苦澀的嘴，
他的心品嘗了生的甜蜜，
他的靈魂遭受了折磨與酷刑。
他清楚
這一秒鐘的他，
成為數千年前被釘在十字架上的那位
祂。像祂一樣，
自從經受了滾燙的死亡之吻
因為受難，而必須熱愛生。
士兵們將他從刑柱上卸下
他的臉

蒼白如灰。
他們粗暴地
將他推回死囚的行列。
他的目光
異於方才，陷入內在的深思，
他顫抖的雙唇上，掛著
卡拉馬助夫式[4]的苦笑。

4 《卡拉馬助夫兄弟》（*Die Brüder Karamasows*）是杜斯妥也夫斯基的最後一部小說，寫於一八七八至一八八〇年間。

越洋的第一句話

DAS ERSTE WORT
ÜBER
DEN OZEAN

賽勒斯・韋斯特・菲爾德（1858年7月28日）

新的節奏

數千年，乃至數十萬年，自從被稱為「人」的特殊物種登陸地球以來，塵世間還沒有過什麼別的東西比奔跑的馬、滾動的車輪、搖櫓的或揚帆的船更能高效地向前運行。我們稱之為「世界史」的狹促而被人類意識光照的空間內，雖然存在著大量的科技進步，但在運動節奏方面卻並無明顯加速。華倫斯坦[1]軍隊的行軍速度不比凱撒大帝的羅馬軍團快。拿破崙的大軍也不比成吉思汗的征戰軍更迅捷。納爾遜的三桅戰艦渡海的速度只略快於維京人的海盜船和腓尼基人的商船。拜倫爵士在他的《恰爾德·哈羅爾德遊記》[2]中，每日行程的里數比奧維德[3]的「詩歌流亡」只多幾里。十八世紀歌德的旅行和使徒保羅在世紀初的旅途相比，舒適快捷程度不相上下。拿破崙時代和羅馬帝國統治時期，國與國之間在空間和時間上的距離並沒有改變。人類的意志依舊無法戰勝物質的阻力。

人間速度的尺度和節奏直至十九世紀才發生根本的改變。十九世紀最初和第二個十年，人民和國家之間往來的速度就已經超越了過去的世紀。乘火車或輪船，過去需要幾天時間的旅行，現在一天內即可完成。過去漫漫幾小時的路程，現在一刻鐘或幾分鐘就能走完。然而鐵路和輪船的發明，這一劃時代的新速度的勝利，依舊停留在人

1 Wallenstein，十七世紀歐洲三十年戰爭期間神聖羅馬帝國的軍事統帥。

2 *Childe Harolds Pilgerfahrt*，詩中記錄了哈羅爾德的旅行。

3 Ovidius，羅馬詩人，曾被流放黑海。

們可以理解的範疇。因為這些老式交通工具所創造的在當時人們熟悉的速度上五倍、十倍乃至二十倍的提升，憑肉眼，憑感受，大家尚可捉摸，尚可對這一所謂奇蹟做出解釋。真正令人始料不及的是電力效應的最初成就。「電」就像海格力士[4]一樣，是個巨人。它在搖籃中就推翻了迄今的一切定律，摧毀了一切行之有效的規則。我們這些後世之人永遠無法理解前輩們在第一次體驗到電報的速度時的驚訝和他們巨大的興奮與熱情。微小得幾乎無法感知的電火花，昨天還在萊頓瓶中，只能伸出一寸長、最多伸到一個指關節處劈啪作響，今天就一下子擁有了惡魔般的力量：穿越國家，山巒和整片大陸。一個未經深思熟慮的想法，一紙墨蹟未乾的文書，瞬間就被千里之外的人們捕獲、閱讀和理解。振盪在細小的伏特電棒兩極間那看不見的電流，能從一端到另一端，穿越整個世界。物理實驗室中玩具般的機器，昨天才能透過玻璃片的摩擦吸幾片紙片，今天就瞬間獲得了高於人類肌肉幾百萬倍乃至幾億倍的力量和速度，傳遞消息，驅動車輛，以燈光照亮街道房屋，像精靈般在空氣中浮盪。「電」的發現讓空間和時間的關係發生了創世以來根本性的改變。

具有世界歷史意義的是一八三七年。這一年，被自然隔絕的人類透過電報首次同時獲悉了彼此的經歷。儘管學校的教科書中很少提及這一年——令人遺憾，編撰教科

4 Herkules，希臘神話中的大力士。

書的人始終認為戰爭或某位統帥、某個國家的獲勝比人類共同的勝利更為重要。可是那一年對人類心理產生的廣泛影響，在近代歷史中尚無一日能與其相提並臨。自從巴黎的人們同時知悉了阿姆斯特丹、莫斯科、拿坡里和里斯本發生的事，世界被徹底改變了。人類只須再邁出最後一步，就能將世界上其他大洲也併入這偉大的聯接中，建立起整個人類的共同意識。

然而大自然仍舊為抵抗人類最後的結合設置重重障礙。那些被大海隔絕的國家，仍然有二十年時間無法實現彼此間的電訊聯系。電線杆之間因為有了絕緣磁罩，電流才可能毫無阻礙地向前傳遞；而在大海中，除非發明一種能在潮溼的海水中絕緣銅絲和鐵絲的物質，否則鋪設電纜不可能成為現實。

幸運的是，在科技進步的時代，一項發明總能向另一項發明伸出援手。陸地電報普及的幾年後，馬來膠便隨即誕生。它是一種能使電纜在水中絕緣的特效材料。有了它，人們可以開始著手將歐洲對岸最重要的國家——英國，納入歐洲電報網中。一位名叫布萊特[5]的工程師在後來布萊里奧[6]首次駕駛飛機飛越海峽的位置，鋪設了第一條電纜。但一個愚蠢的事故卻阻礙了他的成功：布洛涅[7]的一位漁夫以為自己釣到了一條巨型鰻魚，將布萊特已經鋪設好的電纜從大海中拽了出來。

5 編註：John Watkins Brett，英國工程師，他鋪設了史上第一條海底電纜。

6 Bleriot，法國工程師。一九〇七年曾駕駛自己製造的飛機從法國抵達英國。

7 編註：Boulogne-sur-Mer，法國北部濱海城市。

不過一八五一年十一月十三日的第二次電纜鋪設最終獲得了成功。從此歐洲連接了英國。歐洲成了真正的歐洲，用唯一的大腦和唯一的心臟經歷著時代發生的一切。這一巨大成就只發生在短短幾年之內——在人類歷史中，十年和眨眼間又有何區別？——毫無疑問，它喚起了一代人的巨大勇氣。人們嘗試的一切都像夢幻般迅速獲得圓滿成功。幾年間，英國和它遙對的蘇格蘭，丹麥和瑞典，科西嘉和歐洲大陸就建立了電報聯繫。人們還準備嘗試建立歐洲和埃及乃至和印度的電報網路。但地球上的另一大洲，恰恰是最重要的一洲，顯然並沒有被列入這一世界電網之內：它就是美洲。因為在兩片浩瀚的大洋——大西洋和太平洋之間無法建立驛站，更別說用一根電纜將它們串聯。在「電」的童年時代，仍有許多事物不為人知。人們無法測量海洋的深度，對海洋的地質結構一知半解，對在深海內鋪設的電纜是否能承受海水無盡的壓力仍舊完全無從測試。即便將一條長得沒有盡頭的電纜鋪設在深海內不存在技術問題，人們也找不到一艘巨輪來運載由鐵和銅鑄造的兩千海里長的電纜。而哪裡又有如此大力的發電機，能不間斷地將強大的電流輸送到如此遙遠的距離？這段距離，就算乘輪船橫渡，也至少需要兩到三週的時間。一切必要的前提條件都不具備。況且海洋深處的磁波是否會令電流失散亦不為人知。當時還沒有發明出足夠的絕緣材料，沒有能準確測量的儀器。人們對「電」，這一剛剛讓人類在沉睡百年之後睜開雙眼的物質的認識仍舊停留在初級水準。「不可能！絕對不可能！」學者們時常激烈地搖頭反對橫跨大洋鋪設電纜的計畫。那些最有勇氣的工程師也只會說「或許以後」。就連摩斯[8]，迄今為止電報技術得以趨於完善最該感激的人，也認為這一計畫是無法把控的冒險行為——只是他附上了他的預言：假如橫跨大西洋的電纜鋪設成功，那將是「本世紀最光榮的壯舉」。

要想成就一個奇蹟或一項偉業，一個重要的前提條件永遠不可或缺：對這一奇蹟深信不疑的人。執著者的天真和勇氣，往往能富有創造性地促進學者們遲遲不決的計畫。像大多數時候一樣，這回也是一樁機緣巧合的事件，推動了一項宏偉事業的起步。一八五四年，一位名叫吉斯本的英國工程師，為了能提前幾天收到船上發來的消息，鋪設了一條從紐約到美洲最東端的紐芬蘭的電纜，但他的工程卻因為財政危機而不得不中斷，於是他前往紐約尋找金融家的贊助。他在紐約偶然——偶然乃諸多輝煌業績之父——認識了一個年輕人，傳教士之子賽勒斯．韋斯特．菲爾德。此人曾在生意場上快速獲得多次成功，以致年紀輕輕就過上了富足的歸隱生活。可是長期閒暇無事對於精力旺盛的富豪來說未免有些煩悶，吉斯本便試圖爭取他支持從紐約到紐芬蘭的電

8 編註：Samuel Morse，摩斯密碼的共同發明人。

纜鋪設。賽勒斯．韋斯特．菲爾德——人們幾乎要說：幸虧！——既非技術人員，亦非專業人士。他對電力一竅不通，也從未見過電纜，然而這位富有冒險精神的美國傳教士之子的骨子裡中卻充滿了熱烈的信念。在專業工程師吉斯本僅僅指望他資助接通紐約和紐芬蘭的電纜時，這位激情澎湃的年輕人已經更加富有遠見卓識地提出：難道不該在連接完紐芬蘭之後，再將一條海底電纜直通愛爾蘭？於是以排除萬難的堅定信念——這個人在幾年內渡海往返於兩大洲之間多達三十一次——他立即投入到工程之中。這一刻，他決定傾盡一切身家獻身於這項事業中。決定性的火焰就此點燃。一個念頭在事實上爆發出爆炸性的力量。一種全新的、奇蹟般的電力和強烈而活躍的生命元素——人的意志，緊緊地結合在一起。一個人獲得了畢生的使命，而這一使命，也找到了去實現它的人。

籌備

賽勒斯．韋斯特．菲爾德以其不可思議的精力投入到工程中。他聯絡所有專家，請求政府授權並為籌措必要的資金在歐美設立公司。這位名不見經傳的人物所迸發的衝擊力如此之大，他內心對「電」這種新奇觀的信念如此執著，意志如此堅定，以至於幾天內，他在英國投放的三十五萬英鎊的原始股金就被認購一空。其實只要召集利物浦、曼徹斯特和倫敦的富商們出資，電力施工和維修公司的建設就可完成，資金就會源源不斷地湧入。但薩克萊[9]和拜倫夫人[10]的大名也在認購者之列，他們並非出於商業目的，而是完全出於資助這項工程的道德熱忱。在偉大的工程師史蒂文生[11]和布魯內爾[12]生活的年代，英國人對所有技術和機械均抱有史無前例的樂觀態度。只要一聲召喚，哪怕是為一項怪誕的項目籌措巨額資金，也會有人樂意為此傾家蕩產。

項目伊始時，唯一可靠而可控的大概就是鋪設電纜的這筆可觀預算。技術上如何貫徹實施尚無先例。在整個十九世紀，如此大規模的工程根本無人設想也無人籌畫。因為鋪設一條橫跨整個大西洋的電纜，不可能與搭建一條多佛[13]和加萊[14]之間的水下電纜相提並論。在多佛和加萊之間，人們只要靜候一個風平浪靜的日子，在一艘普通的蒸汽船甲板上放出一軸三十至四十海里的電纜，讓它像錨栓掙脫絞盤般沉入水底，電纜就可鋪設完成。人們不僅對多佛和加萊之間海底的深度瞭若指掌，由於此岸和彼岸盡收眼底，避免意外的發生也輕而易舉。電纜的鋪設工作在一天之內就可輕鬆告竣。但鋪設跨越大西洋的電纜則至少需要三週的持續航行。比多佛和加萊間的電纜長出幾百倍、重過幾百倍的電纜，也不能暴露在可能遭遇各種惡劣天氣的露天甲板上。

9 編註：William Makepeace Thackeray，英國小說家，著有《浮華世界》。

10 編註：Lady Byron，英國數學家，詩人拜倫之妻。

11 編註：George Stephenson，英國工程師，被譽為鐵道之父。

12 編註：Isambard Brunel，英國工程師，在當時有多項世界第一的成就。

13 編註：Dover，英國東南方海港。

14 編註：Calais，法國北部海港，與多佛隔海相望，僅相距三十四公里。

在那個年代，尚無一艘巨輪的貨艙能容納由鐵、銅和馬來膠製成的巨型電纜，也尚無一艘巨輪能獨自承載這份重量，因此至少需要兩艘主船，還需要其他船隻陪航，才能確保航線最短以及在發生意外時獲得及時的救援。儘管英國政府為了這一目標提供了「阿伽門農號[15]」——他們最大的戰艦，塞凡堡戰役中的旗艦，美國政府也提供了「尼加拉號[16]」，當時噸位最大，五千噸級的快速戰艦，但兩艘戰艦都必須進行特殊改造，才能各自裝下那條連接地球兩大洋的長得沒有盡頭的電纜的一半。首要問題自然是電纜本身。對這條設置在兩大洋之間的巨大臍帶的要求簡直不可思議！它必須像鋼索般堅不可摧，同時又要保持彈性，以便能輕易鋪設；它必須能承受一切壓力和重量，又必須像絲線般光滑，便於纏捲；它必須強有力，卻又不能過分粗壯；它必須既結實又精密，以便細微的電波能穿越兩千海里。在這條巨大的電纜上，哪怕任何一處出現小裂口、小凸凹，都會破壞這一耗時十四天的傳送。

但人們甘願冒險！幾家工廠立即日以繼夜地製造電纜。一個人魔鬼般的意志驅動著所有機輪滾滾向前。所有的鐵礦銅礦都為這根電纜提供供給，整片森林裡的橡膠樹都流淌著乳膠汁，好讓這條巨大的電纜包裹上馬來膠。再沒有什麼別的能比這一數據更能直觀地說明工程之巨：電纜中長達三十六萬七千英里的單條金屬電線足夠環繞地

15 編註：HMS Agamemnon，英國首艘蒸汽動力戰艦。得名自希臘神話中遠征特洛伊的邁錫尼國王阿伽門農。

16 編註：USS Niagara，美國蒸氣巡防艦。得名自北美五大湖區的尼加拉河。

球十三圈。如果將它連成一條直線，它甚至可以將地球和月亮相連。自從建造巴別塔以來，人類還從未妄想過興建如此宏大的工程。

試航

機器足足轟鳴了一年，不斷地從工廠中將纖細流暢的電纜捲入兩艘船內。經過成千上萬次纏繞，兩艘船上終於分別纏滿了電纜的一半。同時裝備完畢的還有具備剎車和倒車裝置的全新而笨重的放纜機。這些機器能一週、兩週甚至三週持續不斷地將電纜沉入深海。最優秀的電力專家、技術專家，包括摩斯本人都集中在船上，以便用監測儀監測電流在整個鋪設過程中是否受阻。通訊員和畫家們也參加航行，以便用文字和圖畫記述下自哥倫布和麥哲倫以來最激動人心的遠航。

出發前的一切終於準備就緒。儘管懷疑者們一直保持上風，但如今整個英國公眾的興致已經狂熱地轉向這次遠航。一八五七年八月五日，為了共同見證永載史冊的歷史性時刻，愛爾蘭瓦倫西亞[17]的一個小海港內聚集了上百艘圍繞著電纜船隊的船艇。他們要親眼看到幾艘小船如何將電纜送到海岸，如何將它牢牢固定在歐洲大陸上。盛大的告別儀式隆重舉行。政府代表致辭。神父在他動人心弦的發言中祈禱上帝保佑這一

17 編註：Valentia，愛爾蘭西南方小島。

勇敢的冒險行動。「哦永恆的上主」，他道，「是你撥雲見日並主宰大海的波濤，風浪也聽命於你。請垂憐你的僕人……請以你的大能助佑我們在完成這一重要事業的過程中排除一切艱難險阻。」之後，沙灘和海面上的上千隻手臂和帽子揮舞起來。陸地漸漸消失。人類最為大膽的夢想正嘗試著變為現實。

失敗

原先的計畫是，「阿伽門農號」和「尼加拉號」兩艘大船，各自運載一半電纜向大西洋中部約定的地點行駛並在那裡將兩部分電纜銜接。之後一艘船駛向西部紐芬蘭，另一艘駛向東部愛爾蘭。但是首次冒險就用上全部昂貴的電纜未免過於冒失，如此冗長的距離，電報是否能在海底正常傳出訊號——在一切都不確定之前，人們寧願先從陸地出發鋪設第一段線路。

兩艘船中，「尼加拉號」承擔了將電纜從陸地鋪設到大西洋中部的任務。這艘美國戰艦如同一隻蜘蛛，緩慢而謹慎地向著目標行駛並從它巨大的身軀中持續地吐出蛛絲。甲板上的鋪設機均勻地發出慢騰騰的嘎嗒嘎嗒聲——海員們對這種彷彿錨鏈從絞盤沉入海底的聲音非常熟悉。幾小時後，人們已經不再注意甲板上均勻的碾磨聲，就像不會注意自己心臟的跳動。

船不停地行駛著。電纜不斷地從船體的龍骨後沉入大海。看上去這一冒險之旅似乎毫無驚險可言。只有坐在一間特別艙室內的電力學家們側耳傾聽著，確保與愛爾蘭陸地的訊號交換。令人驚訝的是，儘管海岸線早已湮沒在視線之外，海底電纜發出的訊號卻依舊十分清晰，就像從歐洲的一座城市傳入另一座城市。淺水區已經遠去，艦船已駛入愛爾蘭身後所謂深海高地區域。船體龍骨後，這條金屬線就像沙漏流出細沙般不斷沉入海底，同時傳送和接收著訊號。

已經鋪設了三百三十五海里電纜，長度超過了從多佛到加萊的十倍。已經成功挨過了原本毫無把握的五天五夜。八月十一日，第六個晚上，興奮地工作了多時的賽勒斯・韋斯特・菲爾德準備就寢。這時突然——怎麼了？——絞盤的嘎嗒聲突然停了。就像睡在火車上的人突然被戛然而止的剎車驚醒，又像躺在床上的磨坊主突然發現磨盤停止轉動，船上所有人立即被驚醒，迅速衝到甲板上。人們一看便知，放線的絞盤空了。電纜突然從絞盤脫落。馬上找到扯斷的一端不可能，更不可能找到墜入深海的一端並重新打撈上來。可怕的事情就這樣發生了。一個小小的技術差錯讓幾年的工作功虧一簣。這些出發時趾高氣昂的人們現在要以失敗者的身分返回英國。所有的報導和訊號突然中斷，消息火速傳遍全國。

再次失敗

賽勒斯．菲爾德，唯一信念堅定的人，既是英雄又是商人，此刻正做著全盤總結。他除了損失三百海里長的電纜，大約十萬英鎊的股本外，令人沮喪是他還損失了整整一年無法挽回的時間。只有夏季對出海有利，而今年的夏天已接近尾聲。但另一方面他也小有收穫。首次嘗試鋪設電纜畢竟積累了許多經驗。電纜適用，這一點已被證實，可以捲起來下次繼續使用。唯獨放纜機必須重新設計，它對這次災難性的電纜折斷負有責任。就這樣，時間在等待和準備中又過了一年。一八五八年六月十日，兩艘船帶著全新的勇氣，載著舊電纜再次出發。由於上次航行時水下的電子訊號並未出現異常，因此這次的嘗試依舊沿用上次的方案，在太平洋中部向兩端鋪設電纜。新航程的頭幾天對整個工程來說意義不大，只有到了第七天，航行到預先計算好的鋪設電纜的地點，才能開始真正的工作。在此之前的航行，大家都像在海上散心，起碼看上去如此。機器停轉，水手們只能休息，享受好天氣。天空萬里無雲，海面風平浪靜，或許過於平靜。

然而到了第三天，「阿伽門農號」船長卻在瞥見氣壓計時暗覺不妙。水銀柱正在以可怕的速度下降，這預示著一場暴風雨正在逼近。第四天，暴風雨果然來臨。這樣災難性的颶風就連大西洋上老練的水手都很難遇到，卻恰恰擊中了鋪纜船「阿伽門農號」這艘英國海軍旗艦。它在所有海洋和戰爭中戰無不勝、裝備精良，本應不畏這一惡劣天氣，但不幸的是它為了鋪設電纜，為了船艙內能承載巨大的重量，被進行了徹底的改裝。不同於普通貨船，重量均攤於整個船體，「阿伽門農號」上所有電纜都集中放在了船中央。更糟糕的是，仍有一部分重量落於船頭，這使得船的每次顛簸都會雙倍搖擺。於是暴風雨就跟它的犧牲品玩起了最危險的遊戲。船身在水面上忽左忽右，忽前忽後，幾乎傾斜成四十五度角。巨浪拍打著甲板，所有物品都被擊得四分五裂。而新的厄運——又一輪可怕的巨浪使得整條船從龍骨到桅杆處不停抖動，甲板上的擋煤板坍塌。所有的煤就像黑色的冰雹般猛地散落下來，又像碎石般砸向本已受傷而疲憊的水手身上。有些水手被坍塌的煤塊砸傷，還有些水手在廚房被傾翻的鍋爐燙傷。一名水手經歷數日的風暴，喪失了理智。已經有人開始想著破釜沉舟：將一部分該死的電纜扔下船。幸好船長因為不想對此負責而反對，做出了正確決定。「阿伽門農號」在經歷了十天狂風暴雨的十足考驗後，雖然遲到多日，卻終於在預先約定的海面地點與其他船隻相會，並在此開始鋪設電纜。這時人們才發現，船上這些昂貴而脆弱的貨物——繞了上千圈的電纜，已經在巨大的顛簸後嚴重受損。有些部位已經亂作一團，馬來膠已被磨破或脫落了。人們雖然抱著一線希望，依舊將電纜沉入海底，但可惜結果只能是二百海里的電纜白白損失，無效地消失在大海中。第二次試驗就這樣再次失敗。人們無法凱旋，只能灰溜溜地返回。

第三次航行

倫敦的股東們已經獲悉了這一不幸消息，他們正面色蒼白地等待著他們的領袖和蠱惑者賽勒斯・韋斯特・菲爾德。兩次航行一無所獲，股本卻已經耗盡了一半。可以理解，大部分人會說：夠了！董事長建議將能挽回的損失儘量挽回。他贊成將船上那些沒用的電纜取回，在必要的時候就算賠錢也要將它們變賣。他準備將這一跨洋鋪設電纜的荒謬計畫一筆勾銷。副董事長也贊同他的意見並遞交了書面辭呈。他要表明他與這一荒誕的事業不再發生任何關聯。然而堅韌且富於理想主義精神的賽勒斯・韋斯特・菲爾德卻並未動搖信念。什麼都沒有損失，他解釋道，船上經受過考驗的電纜足夠用於再次的嘗試。船隊很快可以重組，船員已經就位。恰恰因為上次出發時遇到了非同尋常的颶風，現在才能指望接下來日子天氣晴朗，風平浪靜。只需要勇氣，再次的勇氣！要麼再做最後的努力，要麼永遠失去機會。股東們愈發猶豫不決面面相覷：難道他們要將最後一部分股份也託付給這個呆子？但獨斷的意志總能帶領遲疑的人們繼續向前。賽勒斯·韋斯特·菲爾德終於促成了新的起航。一八五八年七月十七日，第二次失敗後的第五週，船隊第三次離開了英國海港。古老的經驗再次得到證實：決定性事件幾乎總是祕密地獲得成功。第三次出航並未引起任何注意。沒有帆船和小艇圍繞在船隊周圍送出祝福，海灘上沒有聚集歡送的人群，沒有隆重的告別宴，沒有致辭，也沒有神父祈禱上帝保佑。就像一群海盜，船隊悄無聲息地駛離了港口。海面一片和諧。七月二十八日，船隊駛離昆斯敦後的第十一天，「阿伽門農號」和「尼加拉號」在約定的時間抵達了大西洋中部的約定地點，開始了偉大的工程。一派奇異的景象——兩艘船，船尾相對，之間由電纜的兩端銜接。沒有任何儀式，甚至船上的人也沒有對這一工序表現出濃厚的興致（他們已經厭倦了失敗的嘗試），兩船之間那根由鐵和銅製成的電纜徐徐沉入尚未被測錘考察過的大西洋海底。接著，兩艘船相致敬意，並以旗語告別，英國船駛向英國，美國船駛向美國。兩條船向兩方漸行漸遠，在一望無際的大西洋上變成兩個移動的黑點，唯有電纜將它們緊密相連——人類歷史上，超越風浪、空間和距離的兩艘船首次被無形的電流相接。每隔幾小時，一艘船就透過深海訊號向另一艘船通告它已經鋪設的海里數；而每一次，另一艘船都會答覆，它同樣由於絕好的天氣而鋪設了同樣多的電纜。就這樣，一天，兩天，三天，四天。八月五日，「尼加拉號」在鋪設了不少於一千零三十海里電纜之後終於可以通報，現在，它抵達了紐芬蘭的三一灣[18]，看見了美洲海岸。「阿伽門農號」也傳來捷報，它也同樣在深海內鋪設了一千海里電纜，看見了愛爾蘭海岸。人類首次實現了從美洲到歐洲的跨越大陸的通話。不過當時知道這一消息的僅限於兩艘船的木頭船艙中的幾百人。世界上的其他人早已遺忘了他們的冒險。無論在紐芬蘭還是在愛爾蘭，都沒有人在海灘上等待他們：直至剛剛鋪就的海底電纜和陸地上的電纜連線的瞬間，人類才獲悉這一巨大的共同勝利的喜訊。

盛大的賀撒納[19]

歡樂的閃電猶如晴空霹靂，凶猛地點燃起熊熊烈火。八月的頭幾天，舊大陸和新大陸幾乎在同一時間獲悉了這一勝利的喜訊。反響之巨難以描述。英國平日行事謹慎的《泰晤士報》發表社論稱：「自哥倫布發現新大陸以來，還從未發生過什麼別的事件，以這般無以倫比的方式拓展了人類行動的疆域。」整個城市沉浸在巨大的歡樂中。

18 編註：Trinity Bay，加拿大紐芬蘭島東岸的大型海灣。

19 Hosianna，《馬太福音》中記載耶穌進入耶路撒冷時民眾讚美的歡呼聲。

但英國高傲的喜悅和美國的狂熱歡呼相比仍顯內斂含蓄。消息剛一傳到美國，商店就馬上停止營業，街上到處擁堵著互相探聽、大聲喧鬧和談論不休的人群。籍籍無名的賽勒斯．韋斯特．菲爾德一夜之間和富蘭克林、哥倫布齊名，成了民族英雄。整個城市以及隨後的幾百座城市都為之震顫，市民們爭先恐後地期待親眼見到菲爾德。「是他的果敢堅毅促成了年輕的美洲與古老的歐洲世界喜結良緣。」即便這樣，狂歡仍未達到高潮，因為迄今的喜訊不過是電纜鋪就完成。它是否真能通話，此事是否獲得了真正的成功尚且不為人知。於是整個城市，整個國家，所有人每時每刻都在焦急等待，期待著來自大西洋的第一個聲音、第一句話。他們知道，如果電纜的使用獲得成功，英國女王將率先發來賀電。日子一天天過去，由於通往紐芬蘭的電纜恰恰在這時發生了不幸的故障，直到八月十六日晚間，來自維多利亞女王的賀電才抵達紐約。

因為這一消息來得太遲，各大報刊無法正式報導，只能透過各電報局和編輯部張貼出來。於是頃刻之間，電報局和編輯部被擠得水泄不通。報童們為了擠過混亂的人群擦破了皮，撕破了衣裳。女王的賀電在各大劇院和餐廳裡紛紛傳頌。幾千個仍對電報比快船還先達幾日半信半疑的人，蜂擁向布魯克林港，去迎候那艘取得和平勝利的英雄艦「尼加拉號」。第二天，也就是八月十七日，報刊上紛紛以特大號標題刊登慶祝文章：「電纜傳送成功」、「人人欣喜若狂」、「全城沸騰」、「全人類歡慶的時刻到來」。這一勝利無與倫比：自從大地上的人類開始思考以來，居然有一種思想，能以自身的速度飛越大洋！為了宣布美利堅合眾國的總統已對英國女王的賀電做出了答覆，禮炮齊鳴了一百響。現在已沒人對此事表示懷疑。紐約和其他所有城市的夜晚都燈火輝煌，家家戶戶的燈光點亮了黑夜，這時哪怕大火燒到了市政廳的屋頂，也無法干擾人們歡慶的喜悅。第二天將迎來新的慶典。「尼加拉號」抵達海岸，大英雄賽勒斯・韋斯特・菲爾德就在船上！歡呼聲中，剩餘的電纜被拖著穿越全城，所有船員受到熱情的款待。從太平洋到墨西哥灣的每座城市都在不斷地舉行慶典，就像整個美洲在第二次慶祝發現新大陸。

但這還不夠，遠遠不夠！凱旋的隊伍應當更為壯觀，它應當成為新大陸之最。籌備工作持續了兩週，八月三十一日，秋高氣爽，整個城市將在這一天，只為一個叫賽勒斯・韋斯特・菲爾德的人沸騰。自從帝王和統帥們的時代以來，幾乎還沒有哪位勝利者獲得過如此殊榮。這一天，奇長的隊伍足足花了六小時才從城市的一端走到另一端。走在最前面，穿過彩旗飄揚的街道的是高舉旗幟的軍隊，緊跟其後的是由軍樂團、歌詠團、合唱團、消防隊、學校師生和退役軍人構成的望不到盡頭的人流。所有能遊行的人都跟著遊行，所有會唱歌的人都跟著唱歌，凡是能歡呼的人都跟著歡呼。四駕馬車上，如同一位古代凱旋的統帥，坐著賽勒斯・韋斯特・菲爾德。另一輛則坐著「尼加拉號」的指揮官。第三輛馬車上坐著美國總統。其後是市長、官員和教授們。接下來是不斷的致辭、宴會和火炬遊行。教堂的鐘聲和禮炮的轟鳴不絕於耳。一浪高過一浪的歡呼聲讓賽勒斯・韋斯特・菲爾德，這位新晉哥倫布，兩個世界的統一者和戰勝空間的贏家在這一刻，成了美國最富榮光和最受膜拜的人。

被釘十字架

成千上萬個聲音在這一天喧嚷著，歡呼著。卻只有一個聲音，一個最為重要的聲音令人震驚地沉默不語。這個聲音就是電報。也許賽勒斯・韋斯特・菲爾德在一片歡呼中已經預感到這一可怕的真相。作為唯一的知情人，這對他來說無疑相當殘酷。正是在這一天，海底電纜停止了工作。其實前幾天收到的訊號已經混亂不堪，無法聽清。現在，它苟延殘喘著最終停止了呼吸。整個美國，除了在紐芬蘭檢測訊號的兩個人之外，尚無人知曉電纜已漸漸出現問題。而這兩人在一天天毫無節制的狂歡中，也猶豫著是否將這一令人痛心的消息告知慶祝的人群。但很快人們就注意到從電纜中傳來的消息十分稀少。美國原本期待著訊息每小時都從大西洋傳來——而實際上，卻只是偶爾傳來含糊不清又無法核實的音訊。謠言很快四溢開來，說有人因為迫切地想更好地傳送資訊而過度輸送電荷，導致過長的電纜受到損傷。但人們仍舊期待著能排除故障。誰也無法否認，訊號很快就變得斷斷續續，無法聽清。九月一日，一個宿醉後的清晨，海的那端再也沒有傳來清晰的聲音和乾淨的電波。

人們並沒有寬容地原諒此事，他們不會因為自己對一個人真誠的激情化為烏有而選擇失落地冷眼相望。曾經被他們大肆讚美的電報突然失靈的傳言還未得到證實，歡慶的熱潮就化為凶險的憤怒，反撲向無罪的罪人，賽勒斯．韋斯特．菲爾德——他欺騙了整座城市，整個國家，欺騙了全世界。甚至有人宣稱，他早就知道電報失靈，但出於私心，他放任人們為他慶祝，以便在這段時間內將他的股票高價拋出。更惡毒的誹謗不絕於耳，其中最引人注意的是，有人武斷地說，大西洋的電報根本就從來沒有真正接通過，所有的資訊都是偽造的騙術，甚至英國女王的越洋電報也是事先起草而根本不是透過大西洋的電纜傳來。有傳言說，從來沒有一條越海的資訊是真正清晰的，電報局官員們只是把猜測的電文拼湊成了虛構的電文。駭人聽聞的事傳得沸沸揚揚。怒氣最盛的恰恰是昨天歡慶得最熱烈的那群人。整個城市，整個國家都為他們過分激烈和魯莽的熱情而感到羞愧。賽勒斯．韋斯特．菲爾德成了憤怒的犧牲品，昨日還被視為民族英雄，富蘭克林的兄弟和哥倫布的後繼者，現在卻不得不像個強盜似的躲避他原先的朋友們和崇拜者。一天的工夫成就了一切，也毀滅了一切。損失如此巨大，簡直始料不及。資金虧空，信譽破產，而那條沒用的電纜，就像神話中環繞地球的巨蟒一般，靜靜地躺在看不見的大洋深處。

六年的沉寂

被遺忘的電纜已經毫無意義地在海底躺了六年。這六年間，兩大洲在曾經擁有過一小時共同跳動的脈搏之後，再次恢復了昔日冰冷的沉默。美洲和歐洲曾經緊密相連地一口氣交談了上百句話，現在，它們卻再次像千年前那樣，被無法逾越的距離相隔兩岸。十九世紀最大膽的計畫，昨天還幾近成功，如今卻再次成為傳說、神話。毫無疑問，沒有人會再次繼續這成功了一半的事業，這災難性的失敗削弱了所有力量，扼殺了全部熱情。在美國，南北戰爭吸引了大部分人的注意力。英國的各委員會雖然還不時舉行會議，但僅僅枯燥地論證海底鋪設電纜原則上是否可行，就需要花費兩年時間。從學術認證到真正施工這條漫長的路沒人願意涉足一步。六年來，所有的工作就像那條海底被人遺忘的電纜般停滯不前。

六年時間在歷史長河中不過是匆匆一瞬，但在「電力」這門年輕的學科中卻仿似跨越了千年。每年甚至每個月都有新的發現。發電機愈來愈強勁，愈來愈精準，用途愈來愈廣泛，儀器愈來愈精良。電報網路已經遍布各大洲的內陸，甚至已經越過地中海，連接了非洲和歐洲。年復一年，曾被視為異想天開的鋪設橫跨大西洋電纜的計畫，已在不知不覺中失去了魔幻色彩。再次嘗試的時刻終將不可阻擋地到來，唯一缺少的只是一個能將這一舊計畫注入新力量的人。

忽然間，這個人就出現了。你瞧，還是那個他，那個懷著同樣信心和信念的賽勒斯·韋斯特·菲爾德。他從沉默的放逐和惡意的輕視中站了起來！第三十次，他橫渡大西洋，出現在倫敦。他成功地再次籌措了六十萬英鎊的新資金，獲得了舊有的經營權。而這次，他夢寐以求的巨型貨輪也已就位。機緣巧合，一八六五年，「大東方號[20]」因建造得過於大膽超前，剛好閒置，可以供他使用。這艘由伊桑巴德·布魯內爾建造的巨輪能承載兩萬兩千噸貨物，帶有四個煙囪。兩天之內，船就被買下並為遠航裝備停當。

以前難於實現的事現在變得輕而易舉。一八六五年七月二十三日，巨輪裝載著新電纜，駛離了泰晤士港。第一次試驗失敗。在抵達目的地的前兩天，電纜不幸斷裂，

20 編註：Great Eastern，當時世上最大船隻，本為遠洋郵輪。

永遠填不飽肚子的大西洋又吞噬了六十萬英鎊。但技術對實現這一計畫的保障使得人們不至於為此氣餒。一八六六年七月十三日，「大東方號」第二次出海，終於獲得了成功。從美洲傳向歐洲的訊號通過電纜，聽上去清晰明確。幾天之後，海中的舊電纜也被重新找到，於是兩條電纜將新舊世界聯為一體。昨日的奇蹟對於今天來說，已經稀鬆平常。從這一刻起，整個地球跳動著同一顆心臟。生活在地球上的人類，能同時從地球的一端聽到、看到、瞭解到地球的另一端。人類以自身的創造力，變得像神一樣無處不在。多麼美好！倘若人類征服時間和空間的勝利，只為人類永久的結合效力！但願人類不會一再被致命的妄想迷惑，去不斷摧毀這宏偉的統一，以他戰勝自然的力量和同樣的手段，去毀滅自身。

逃向上蒼

DIE FLUCHT ZU GOTT

列夫・托爾斯泰未完成的劇本《光照黑暗》之尾聲

（1910 年 10 月底）

前言

一八九〇年，列夫．托爾斯泰開始創作一部自傳體戲劇。這部作品日後作為他的遺稿以《光照黑暗》[1]為題發表和上演。這部未完成之作（第一場就已清晰說明）是他家庭悲劇的隱匿體現，是他決定離家出走的公開告白，也是為了求得他妻子的寬恕。可以說，這是一部試圖在極度破碎的心靈中獲得道德上的安寧的作品。

托爾斯泰在這部戲中塑造的人物尼古拉．米哈伊洛維奇．薩林采夫顯然就是他自己。也可以說這一人物是整部悲劇中最少虛構的人物。毫無疑問，列夫．托爾斯泰塑造這一人物是為了表白，他必須擺脫他的生活。然而不論在作品中還是在現實中，無論在當時的一八九〇年，還是十年後的一九〇〇年，他都沒有獲得和找到終結這種生活的勇氣和方式。他的劇本停留在這種萬念俱灰中，以全然不知所措告終。這位勇士唯能舉起雙手，祈求上帝的援助，以結束他內心的彷徨。

托爾斯泰始終沒有親筆為悲劇的最後一幕畫上句號。然而重要的是，他活出了最後一幕。一九一〇年十月的最後幾天，躊躇了二十五年的托爾斯泰最終獲得了擺脫困境的決心：在數次富於戲劇性的辯駁之後，他終於離家出走。而他出走的正是時候，不久，他就神聖而安詳地走向死亡，在肅穆中鑄造和淨化了自己一生的命運。

1 編註：*Und das Licht scheinet in der Finsternis*，典出《約翰福音》第一章第五節。

於我而言，這部戲劇以他最後的親身經歷作為結局是理所應當的。我以忠於歷史，尊重事實和史料的態度嘗試把這唯一的尾聲記錄下來。我深知那種藉以個人意志、以勢均力敵的態度來補充列夫·托爾斯泰的自白的傲慢，因此我不會干擾他的著作，而只想為其服務。在這裡，我並非嘗試補足整部戲劇，而是試圖為他未完成的著作和未解決的衝突寫出一個獨立的後記，為他未完成的悲劇奉獻最後一個悲壯的音符。這就是我滿懷敬畏之心致力於完成這一幕的意義。

對於可能的上演我必須強調，這一尾聲發生於《光照黑暗》面世之後的第十六年，這一點，在列夫·托爾斯泰的外表上應當有所體現。他晚年的幾幅出色的肖像可以作為樣板，特別是他在他妹妹做修女的沙瑪爾蒂諾修道院的畫像以及他靈床上的那張照片。此外他的書房也必須完全遵照歷史真實的樣貌布置得異常簡樸。純粹出於場景的考量，我希望這一尾聲能在一段較長的幕間休息後算作《光照黑暗》殘篇的第四幕加以補充，劇中人物不再沿用影射自我的名字薩林采夫，而是使用托爾斯泰的真名。單獨演出這一尾聲並非我的意圖。

尾聲中的人物：

列夫．尼古拉耶維奇．托爾斯泰（時年八十三歲）
索菲亞．安德烈耶芙娜．托爾斯泰，他的夫人
亞歷山德拉．利沃夫娜（稱為薩沙），他的女兒
祕書[2]
杜杉．彼得羅維奇，托爾斯泰的家庭醫生和朋友
阿斯塔波沃[3]火車站站長，伊萬．伊萬諾維奇．奧索林
阿斯塔波沃的警長，基里爾．格里戈羅維奇
大學生甲
大學生乙
三位旅人

前兩場發生於托爾斯泰的亞斯納亞．波利亞納莊園[4]內的書房，一九一〇年十月的最後幾天。最後一場發生於阿斯塔波沃火車站的候車室，一九一〇年十月三十一日。

2 編註：Vladimir Grigoryevich Chertkov，即後文的弗拉基米爾．格奧爾格維奇，或暱稱格奧爾格，是托爾斯泰晚年親信暨主要作品編輯人。

3 編註：Astapovo，位於俄羅斯利佩茨克州郊區。今名「列夫．托爾斯泰」，以紀念托爾斯泰。

4 編註：Yasnaya Polyana，位於俄羅斯圖拉市西南方十二公里處，今為托爾斯泰博物館。

第一場

一九一〇年十月底，亞斯納亞．波利亞納莊園

托爾斯泰的書房質樸無華，正如那幅著名的畫作[5]上描繪的一樣。祕書帶進來兩名學生。他們一身俄國裝束，穿著高領的黑上衣。兩人都很年輕，長著棱角分明的臉。他們舉止沉穩，自負多於羞怯。

祕書：請稍事休息。列夫．托爾斯泰不會讓您久等。我只想提醒您注意他的年紀。列夫．托爾斯泰非常喜歡討論問題，乃至時常忘記疲憊。

大學生甲：我們沒有太多問題要問列夫．托爾斯泰——只有一個問題，一個對於我們和他來說都十分關鍵的問題。我答應您，我們不會久留——前提是我們可以自由交談。

祕書：完全可以。愈無拘無束愈好。只是不要叫他老爺——他不喜歡。

大學生乙（笑聲）：這一點您不必擔心。您什麼都可以擔心，唯獨這點不必。

祕書：他已經下樓。

（托爾斯泰像陣風一樣疾步進入房間。儘管上了年紀，他卻依舊靈活而富於激情。

5 編註：指俄國畫家伊利亞．列賓的畫作《托爾斯泰在書房》（Leo Tolstoy in His Study）。

談話間，他總是轉動手中的筆或揉搓一張紙，還時而急切地搶白。他快步走向兩名學生，伸出手，專注而嚴肅地看著他們，之後坐在他們對面的油布圈椅上）

托爾斯泰：你們是委員會派來的那兩名學生，不是嗎……（他尋找著那封信）請原諒我忘記了你們的名字……

大學生甲：您不必在意我們的名字。我們只是千百萬學生中的一員。

托爾斯泰（銳利的目光）：您有什麼問題要問我？

大學生甲：一個問題。

托爾斯泰（望向另一名學生）：您呢？

大學生乙：同樣的問題，列夫．尼古拉耶維奇．托爾斯泰。我們所有俄國的革命青年，只有一個問題——沒有其他問題：您為什麼不站在我們一邊？

托爾斯泰（非常平靜）：我已經如我所希望的那樣，在我的書中以及其他一些公開發表的信件中清楚地表明瞭我的觀點——我不知道您是否讀過我的書？

大學生甲（情緒激動）：我們是否讀過您的書？列夫．托爾斯泰，您的問題太古怪。何止讀過！您的書陪伴了我們的童年。青年時期，您喚醒了我們肉體中的靈魂。除了您，沒有誰教會我們認清人間的不公——您的書，只有您，讓我們的心靈擺脫了國家、教會和統治者的束縛。那些統治者不是站在民眾的一邊，而是維護這種不公。是您讓我們下定決心奮鬥終身，直至這種錯誤的制度被最終摧毀……

托爾斯泰（試圖打斷）：但並非透過暴力……

大學生甲（毫不理會地繼續著）：自從我們會說話以來，還沒有什麼人像您一樣，讓我們如此信任。當我們自問，誰會去破除這種不公，我們的回答是：他！當我們自問，誰將站出來推翻這卑劣的制度，我們說：是他，列夫．托爾斯泰。我們曾經是您的學生、您的僕從、您的奴隸。我想，您如果當時揮揮手，我們就願意交付生命。如果早幾年我來拜訪您，我會像拜訪聖人一樣向您鞠躬。您對我們千萬名學生來說，列夫．托爾斯泰，對所有俄國年輕人來說，直至幾年前都仍舊是位聖人——我感到惋惜，我們都感到惋惜，您疏遠了我們。您甚至變成了我們的敵人。

托爾斯泰（語氣溫和）：您認為，我該怎麼做才能與你們站在一起？

大學生甲：我不會自負地教導您。您自己知道，您為什麼疏遠了俄國青年。

大學生乙：我們為什麼不說出來呢？我們的事業比禮貌更重要：您必須面對現實。對於政府向人民犯下的滔天罪行，您不能再繼續採取模稜兩可的態度。您必須走出您的書房，開誠布公、態度鮮明，毫無保留地站在革命者的一邊。您知道，列夫．托爾斯泰，他們是多麼殘酷地打擊我們的革命者。現在，腐爛在監獄中的人多於您莊園中的落葉。或許您仍不時為英國報紙寫些關於生命之神聖性的文章，但是您自己知道，在今天，言辭無法抵禦血腥的暴政。您和我們一樣清楚，現在唯一要緊的是革命，是徹底推翻陳舊的統治。您一句話就能召集一支軍隊。您曾經讓我們成為革命者，而現在，在這個成熟的時刻，您卻謹言慎行，您的行為就是在縱容暴力！

托爾斯泰：我從未縱容暴力，從未！三十年來，我全部的工作就是與強權者的暴行作鬥爭。三十年前——那時你們尚未出生——我比你們更激進。我不僅要求改善，而且要求完全建立新的社會制度。

大學生乙（打斷他）：可是結果呢？三十年來，他們採納了您的建議嗎？他們給了我們什麼？踐行您使命的杜霍波爾教徒[6]們，胸膛上吃了六顆子彈。您溫和的規勸，您的書和宣傳冊改變了俄羅斯嗎？您難道還沒看清，您規勸人民寬容、忍耐，對這個千年國度抱有期望，實際上是在幫助統治者？不，列夫．托爾斯泰，以愛的名義去感召那些厚顏無恥的傢伙毫無用處，哪怕您有天使般的口才！那些沙皇的奴才不會因為您的基督，而從口袋中掏出一個盧布[7]。假如我們不卡住他們的咽喉，他們不會退讓一步。人們已經等夠了您的博愛，現在我們不能再等了，現在是行動的時候了。

6 編註：Doukhobors，十八世紀出現於俄羅斯的基督教支派，教義與托爾斯泰思想相近，並因反對東正教儀式與政府組織而遭到迫害。

7 編註：ruble，俄羅斯貨幣單位。

托爾斯泰（**非常激動**）：我知道，你們甚至在你們的宣言中將你們的行動稱為「神聖的行動」。一種召喚仇恨的神聖行動。但我不認識仇恨，也不想認識它，即使是仇恨那些對我們的人民犯下罪孽的人我也反對。因為惡人的靈魂不會比那些受難的人更為安寧——我憐憫他們，但我不恨他們。

大學生甲（**憤怒**）：可是我恨他們。他們對人民不公——我恨他們這些無情的嗜血禽獸！不，列夫．托爾斯泰，您休想說服我們憐憫這些罪人。

托爾斯泰：即便是罪人也是我的弟兄。

大學生甲：即便他們是我的弟兄，我母親的親生子，只要他給人類帶來災難，我也會像對待一條瘋狗一樣將他打翻在地。不，我不會再以同情對待無情者！沙皇的男爵們的屍體不葬於地下，俄國大地將不得安寧。假如我們不採取行動，合乎道德和人性的制度就不會存在。

托爾斯泰：暴力不可能建立符合道德的制度。暴力只能不可避免地催生暴力。你們一旦掌握了武器，你們將馬上建立新的專制政體。你們不是摧毀專制，而是延續專制。

大學生甲：但是除了摧毀強權之外，沒有別的反強權的辦法。

托爾斯泰：贊同。但絕不能採用我們本來反對的方式。請您相信我，反對暴力的真正力量不是暴力。真正的力量是順服，讓強權無法得逞。福音書上的記載……

大學生乙（打斷他）：哈，不要提福音書。教會為了麻痺民眾早就炮製了這款烈酒。兩千年來，它從沒幫過什麼忙，否則這個世界就不會有流血和苦難。不，列夫．托爾斯泰，《聖經》今天無法彌合剝削者和被剝削者、老爺和奴隸之間的裂痕。二者之間矗立著太多的悲劇。今天，在西伯利亞和牢房中受苦的教徒和具有獻身精神的民眾成百上千，而明天就是成千上萬。我問您，為了少數罪人，難道真的要讓幾百萬無辜的人繼續受苦嗎？

托爾斯泰（克制）：他們的痛苦好過再次流血。恰恰是這種無辜的受難對反對非正義有益，有助。

兩名學生（憤怒）：您居然認為俄國人民千年來所受的無盡的苦難對他們有益？那麼您去監獄，列夫．托爾斯泰，去問問那些被拷打的人，問問那些城市和鄉村中忍飢挨餓的人，痛苦是否對他們有益。

托爾斯泰（憤怒）：一定比你們的暴力強。你們真的相信，你們的炸彈和左輪手槍能徹底消滅世上的邪惡？不，邪惡隨後就會在你們自身發作。我再次告訴你們，為了信念去受難要比為了信念去屠殺好一百倍。

大學生甲（同樣憤怒）：那麼，既然受難如此有益如此慈悲，列夫・托爾斯泰，您自己為什麼不去受難？為什麼您總是向他人誇耀受難，而當您的農民——我親眼所見——衣衫襤褸地縮在他的茅屋中忍飢受凍，您卻能坐在您溫暖的莊園中使用著銀具用餐？您為什麼自己不去受鞭撻，卻讓您的杜霍波爾教徒因為您的教誨去受折磨？您為什麼不離開您這座伯爵宅邸，走到大街上，在淒風苦雨中體驗所謂有益的貧窮？為什麼您總是說教，而不是自己去踐行您的教誨？您為什麼不為我們做出榜樣？

托爾斯泰（有些退縮。祕書這時快步走到學生面前，準備憤怒地斥責他們，但托爾斯泰已經冷靜下來，將祕書輕輕推到一邊）：讓他說！這位年輕人提出的問題是在拷問我的良心。很好……很好，非常必要。確實是必須回答的問題。我將試著誠實地回答您。（他向學生靠近著邁出一小步。遲疑片刻，打起精神，聲音沙啞而低沉）您問我，為什麼我不按照自己所說的去承受苦難？我只能羞愧地告訴您：我至今逃避我最神聖的義務，是因為……因為我……太膽怯、太軟弱，太不誠實。我是個卑微的、毫無價值的罪人……上帝至今沒有賜予我力量，去做這件刻不容緩的事。陌生的年輕人，您的話深深地觸動了我的良心。我知道，應該做的事情我連千分之一也沒有做。我羞愧地承認，放棄這奢侈而可恥的生活早就應該是我這個罪人的義務。正像您所說，應該完全像個朝聖者一樣走上大街，而我除了在靈魂深處感到羞愧並屈服於自己的卑鄙之外，無法行動。（兩名學生驚愕地向後退了一步。片刻之後，托爾斯泰繼續用更輕的聲音說）但或許……或許我依舊承受折磨，或許正因為我不夠堅強，不夠誠實，無法將我的言辭付諸行動才承受折磨。或許我的良心受到的譴責比肉體上受到的嚴酷折磨更讓我痛苦，或許這正是上帝為我特製的十字架。我在這個家所受的折磨比在監獄中戴著手銬腳鐐受到的折磨更為痛苦……但您說得對，這種痛苦毫無意義，因為這只是我個人的苦難，而我卻過於自負地因此沾沾自喜。

大學生甲（有些內疚）：我請您原諒，列夫．尼古拉耶維奇．托爾斯泰，如果我因為激動傷害了您……

托爾斯泰：不，不，恰恰相反。我感謝您！那些捶打、撼動我們良心的人，總是給我們帶來益處。（一陣沉默。托爾斯泰再次平靜地說）你們還有別的問題要問我嗎？

大學生甲：沒有了。這是我們唯一的問題。我認為，您拒絕支持我們，是俄國和全人類的不幸。沒有人能阻止這場顛覆性的革命爆發。我感到它將變得極為可怕，比人類所有的革命都可怕。可以肯定的是，那些真正的男子漢，冷酷堅毅的男子漢，無情的男子漢們將領導這場革命。如果您站在我們一邊，成為榜樣，我們將贏得千百萬人站在我們一邊，犧牲一定會減少。

托爾斯泰：哪怕有一個人因為我的過錯而付出生命，我的良心也會感到不安。

（樓下傳來鐘聲）

祕書（走向托爾斯泰，準備打斷這場談話）：午飯的鐘聲響了。

托爾斯泰（苦澀地）：是啊！吃飯、閒談、吃飯、睡覺、休息，閒談——這就是我們百無聊賴的生活。而別人卻在工作，在侍奉上帝。（他再次轉向兩位年輕人）

大學生乙：除了您的拒絕，我們再沒有什麼別的能帶給我們的朋友嗎？難道您連一句鼓勵我們的話也沒有嗎？

托爾斯泰（嚴肅地看著他，斟酌著）：請以我的名義告訴您的朋友們：我愛你們，敬重你們，俄國的青年人，因為你們如此強烈地同情你們弟兄的苦難，甚至為了改變他們的命運而甘願獻出生命。（說著，他的語氣變得生硬，嚴厲而不留情面）但其他方面，我無法贊同你們。只要你們拒絕對所有人付出同等的兄弟般的愛，我就拒絕站在你們一邊。

（兩名學生沉默了。之後大學生乙堅定地走到他面前，非常嚴厲）

大學生乙：我們感謝您接待了我們，感謝您的坦率。我絕不會再次站在您面前——

請您也允許我這個微不足道的人在告別時開誠布公地跟您說一句。列夫．托爾斯泰，如果您認為人與人之間的關係光靠愛就能改善的話，您就錯了：這可能適合富人和那些無憂無慮的人。但那些從童年起就忍受飢餓，一生都在老爺們的強權下受苦受難的人，已經厭倦了繼續等待從天而降的博愛，他們寧願相信自己的拳頭。列夫．尼古拉耶維奇．托爾斯泰，在您臨死前，我會對您說：這個世界將被血洗。不僅僅是那些老爺，還有他們的孩子，都將被碎屍萬段，以免他們繼續在人間造孽。但願您不必成為您的過錯的目擊者——我衷心祝福您！願上帝能讓您在平靜中死去！

（托爾斯泰被這位熱血青年的激烈情緒怔住，他感到極為吃驚。接著，他震靜下來，上前一步，輕聲對他說）

托爾斯泰：我尤其感謝您最後這番話。您對我的祝福正是我三十年來的渴望——在上帝和眾人的安寧中死去。

（兩名大學生鞠躬後離開。托爾斯泰長久地目送他們的背影，接著他開始在房間中踱步並激動地對祕書說）他們是多麼優秀的年輕人，多麼果敢、自信而堅強的俄國年輕人！多麼美好的年輕人，有信念和熱血的年輕人！六十年前，我曾在塞凡堡見到過這樣的年輕人。他們同樣藐視死亡和危難，無所畏懼——執拗地準備著為毫無意義的事微笑著迎接死亡。為一顆滿是蛀蟲的果殼，為一句空話，為了虛幻的理想而放棄年輕寶貴的生命，僅僅因為他們樂於獻身。這些不朽的俄國青年多麼令人震驚！他們準備著以全部的熱情和力量去獻身於仇恨和殺戮，就像獻身神聖的事業！可是他們教育了我！這兩名學生喚醒了我，因為他們確實是對的，我終將擺脫我的軟弱去踐行我的言辭。刻不容緩！我的生命即將步入終點，可我仍一直猶豫不決！確實，正確的事只能向青年學習，只能向青年學習！

（門開了，伯爵夫人風風火火地進來，神經質，恍惚。她慌張無措，眼睛急促地從一件東西掃向另一件東西。她說話時明顯心不在焉，心緒不寧。她面色蒼白地從祕書身邊經過，視而不見，直接對他丈夫說話，而身後是快步進屋的她們的女兒，看上去她跟著她母親是為了監視她）

伯爵夫人：午飯時間已過。《每日電訊》的編輯因為你那篇反對死刑的文章已經在樓下等了半小時。你為了這些毛頭小夥子就讓他在那站著。這些沒教養的、粗野的傢伙！剛才在樓下，僕人問他們是否求見伯爵的時候，他們中的一個居然說，不，他們不求見什麼伯爵，是列夫·托爾斯泰約他們來的。而你就和這些最好把世界搞得像他們的頭腦一樣混亂的厚顏無恥的紈袴子弟們浪費時間！（她不安地環視房間）就像這裡一樣混亂。書堆得滿地，到處都亂七八糟，到處是灰塵。要是有體面的人來訪，簡直丟人現眼。（她走向圈手椅，一把抓起油布）這塊破油布簡直看不下去，幸好明天裱糊師傅從圖拉到家裡來，這椅子必須馬上修好。（沒人回答她。她不安地四處踱步）現在請你下樓，不能再讓那位編輯久等了。

托爾斯泰（臉色驟然蒼白，十分不安）：我馬上來，我只是，在這兒還……還要整理些東西……薩沙留下來幫我……你先去替我向那位先生道歉，我馬上來。（伯爵夫人又挑剔地環視了整個房間後走了出去。她剛一走，托爾斯泰就快速走向房門，鎖了門鎖）

薩沙（驚訝於他的迅速）：你怎麼了？

托爾斯泰（慌張地捂住胸口，自言自語）：修椅子的明天來……感謝上帝……還有時間……感謝上帝。

薩沙：出了什麼事……

托爾斯泰（急切地）：給我找把刀，馬上。一把刀或一把剪子……（祕書目光驚詫地從寫字臺上拿起一把裁紙刀遞給他。托爾斯泰一邊緊張地用刀將椅子上的破洞劃開，一邊不時地擔心門是否鎖好。之後，他雙手不安地伸進露出馬鬃的裂口摸索著，直至掏出了一個封口的信封）這兒哪——不是嗎？……多可笑，就像一部蹩腳的法國通俗小說一樣可笑和不可思議……簡直是莫大的屈辱……我一個八十三歲的頭腦清醒的人，在自己家裡，不得不把我最重要的文件藏起來，因為我的東西都要被搜查，因為有人背著我偷看我寫下的每句話，每個祕密！多麼羞恥，在這個家裡，我的生活就像在地獄，多麼虛偽！（漸漸平靜，拆開信，讀給薩沙）十三年前，我寫了這封信。當時，我想離開你的母親和這個令人痛苦的家。這封信是和你們的告別信，但是我一直沒有告別的勇氣。（信在他顫抖的手中沙沙作響，他輕聲念著，就像念給自己）……「這樣的生活我無法忍受下去。十六年來，我一面與你們抗爭，一面又必須喚醒你們。我決定去做我早該去做的事，離開你們……如果我公然這樣做，你們必然會痛苦。或許我也會心軟，無法履行我必須去履行的決定。那麼請原諒我，我求你們，如果我的出走給你們帶來痛苦，尤其是你，索菲亞，請你發發善心，忘記我，不要再找我，不要怨恨我，也不要責備我。」（深深地歎氣）哎，十三年過去了。我又折磨了自己十三年。這封信上的每句話都是我今天要說的，而我依然膽怯而軟弱。我依然沒有，依然沒有出走，依然在等待，不知道在等待什麼。我一直很清醒，卻總是犯錯。我總是太軟弱，總是缺乏違背她的意志！我就像個害怕老師的小學生藏起一本骯髒的書一樣藏起這封信。我當時曾經在遺書中請她將我的全部著作遺產捐獻給全人類，但為了家庭的安寧，我還是將這份遺囑交到她手上，儘管我的良心一直不得安寧。

（沉默一段時間）

祕書：您認為，列夫．尼古拉耶維奇．托爾斯泰——您真的認為，您出於某種預料之外的原因——您認為，我是說，如果……如果您榮歸上帝……您那最終的最迫切的願望，放棄您著作的全部遺產，真的能夠實現嗎？

托爾斯泰（驚詫地）：當然了……你的意思是……（不安地）不，我不明白你的意思。薩沙？

薩沙（轉身沉默）

托爾斯泰：我的上帝，我沒想過。或許不，我只是又一次，又一次不夠誠實——不，我只是不願意去想，我只是逃避，就像我每次清楚我的抉擇時一樣選擇逃避。（他盯著祕書）不，我知道，我確實知道，我妻子和兒子，他們不會在意我最後的意願，就像他們如今不尊重我的信仰，不尊重我道義上的責任一樣。他們會拿著我的著作去做骯髒的交易，謀取利益，而我死後，會被世人視為一個謊話連篇的騙子。（他作出下定決心的動作）但是，這絕不允許發生！總要告知天下！今天的大學生，那兩位誠實而正直的人是怎麼說的？這個世界要求我採取行動，最終真誠坦白地做出明確的決斷——這是一個兆頭！一個八十三歲的人不能再逃避死神，必須正視它並做出抉擇。是的，這兩個陌生的年輕人做得好：無所作為無非是為了掩飾我靈魂的膽怯。人必須誠實而清醒，在我這個垂垂老矣的年紀，非如此不可。（**他轉向祕書和他的女兒**）薩沙，弗拉基米爾．格奧爾格維奇[8]，明天我就寫一份清晰的遺囑，一份具有約束力的遺囑，我要在遺囑中寫清，我著作的全部收益，那些髒錢，將捐給全人類。我為所有人而寫下的話，發自我良心的聲音絕不允許拿去做交易。你們明天上午過來，再帶上一個證人——我不能再猶豫下去，否則死神或將插手此事。

薩沙：稍等，父親——我並不想勸阻您，我只是擔心遇到困難，如果母親看見我們四個人在這兒，她馬上就會懷疑，說不定還會在最後的時刻動搖您的意志。

托爾斯泰（**思索著**）：你說得對！不，在這所房子裡我無法做出任何純潔光明的事：這裡的全部生活都是謊言。（**轉向祕書**）您這樣安排，明天上午十一點，我們在格魯蒙特[9]樹林裡黑麥地後面那棵大樹旁會面。我會像平日一樣出去騎馬散步。你們把一切都準備好，我希望在那裡，上帝能賦予我最終擺脫枷鎖的決斷。

（**午餐的鐘聲已經急切地敲響第二次**）

8 祕書的名字。

9 編註：Grumont，距離亞斯納亞．波利亞納莊園約三公里的一座村落。

祕書：不過您現在不要讓伯爵夫人有任何察覺，否則一切就前功盡棄了。

托爾斯泰（悲傷地歎氣）：不停地偽裝、掩飾實在可怕。一個要誠實地面對世界，面對上帝，面對自己的人卻無法誠實地面對自己的妻子和孩子！不，不能這樣生活，不能這樣生活！

薩沙（驚慌地）：母親！

（祕書趕緊擰開房門上的鑰匙，托爾斯泰為了掩飾自己的激動走向書桌，始終背對著進門的妻子）

托爾斯泰（悲歎著）：這個家裡的謊言讓我中了毒——啊，只有在臨死之前才能說一次真話！

伯爵夫人（匆忙走進房間）：怎麼還不下來？你總是磨磨蹭蹭。

托爾斯泰（轉向她，已經完全平靜下來。他語氣緩慢地說著只有室內的另外兩個人才聽得懂的話）：是啊，你說得對，我總是磨磨蹭蹭。但最重要的不過是，趕緊用剩下的時間做正當的事。

第二場

同一間房間。第二天深夜。

祕書：您今天該早點休息。列夫．托爾斯泰，騎了那麼長時間的馬，又情緒激動，您一定累了。

托爾斯泰：不，我根本不累。人只有在舉棋不定，無從把握的時候才感到疲憊。只要去行動就能獲得解放，哪怕做得不好也比無所作為強。（他在房中踱步）我並不知道我今天做得是否正確，我必須拷問自己的良心。把我的著作還給大眾，這讓我的靈魂感到寬慰，但是我想，我不該偷偷摸摸，而應當帶著信心和勇氣當眾公開地寫這份遺囑。或許我做得不夠恰當，為真理而做的事應該正大光明——但感謝上帝，這件事已經完成。我的生活又前進了一步，又一步接近了死亡。現在只剩下最後的，也是最難的一件事：趕緊像野獸一樣爬回叢莽。如果在這個家裡死去，我的死會像我的生一樣不誠實。我已經八十三歲了，依然沒有找到完全擺脫世俗的力量，說不定我錯過了最佳時機。

祕書：誰能知道自己何時赴死！如果能知道的話，一切就都好了。

托爾斯泰：不，弗拉基米爾．格奧爾格維奇，根本不會好。你難道沒聽過那個古老的傳說？一個農民給我講過，耶穌為何不讓人預知死亡。從前，每個人都知道自己的死期。耶穌有一次降臨人間的時候，發現農民們並不耕種，而是生活得如同罪人一般。於是他譴責其中一個農民的倦怠，但那人卻嘟囔說：如果他看不到收穫，又為何播種。基督這時知道，人類能預知自己的死期，於是不再讓他們知道。從此以後，農民們不得不耕種田地直到他們生命的最後一天，就像他們能永生一樣。這樣是對的。透過勞作，人們獲得永恆。正像我今天還在耕種我每天要耕種的田地（**他望向他的日記本**）。

（**伯爵夫人從外面邁著急匆匆的步子進來，穿著睡衣，生氣地望著祕書**）

伯爵夫人：啊……我以為，你現在總該一個人了……我有話和你說……

祕書（**鞠躬**）：我這就走。

托爾斯泰：祝你幸福，親愛的弗拉基米爾·格奧爾格維奇。

伯爵夫人（**房門剛剛關上**）：他總是纏著你，就像藤條一樣……而我，我討厭他，他想讓我離你遠點，這個陰險狡詐的人。

托爾斯泰：你這樣說他不公平，索菲亞。

伯爵夫人：我不要什麼公平！是他插到我們中間，想讓你和我還有孩子們疏遠。自從他來以後，你心裡就沒有我了。這棟房子和你，現在屬於全世界，就是不屬於我們，不屬於你最親近的人。

托爾斯泰：但願我真能如此！這也正是上帝的旨意。人應當毫無保留地歸屬於眾人。

伯爵夫人：是啊，我就知道，這些都是他挑唆你的。這個我孩子們身邊的賊！我知道，他慫恿你針對我們。所以我再也不能允許他待在這個家裡，這個挑撥離間的人，我再也不想見到他。

托爾斯泰：但是索菲亞，你知道，我的工作需要他。

伯爵夫人：人有的是！（**暴躁地**）我無法忍受他在你身邊。我不想這個人插在你我之間。

托爾斯泰：索菲亞，行行好。我求你不要激動。來，坐下，我們安靜地談談——就像在許久以前，我們剛剛開始我們的生活時那樣——你想想，索菲亞，我們能好言好語的日子所剩無幾了！（**伯爵夫人不安地環視了四周，顫抖地坐下**）你看，索菲亞，我需要這個人——可能我需要他只是因為我在信仰上的軟弱。因為，索菲亞，我並不像我期望的那麼堅強。儘管每天我都能證實，世界上的各個角落有成千上萬的人在追隨我的信仰，但你知道，我們世俗的心總是需要切實的保障，至少要從身邊的一個人身上得到那種看得見的，感覺得到的愛。或許聖人們無須幫助就能在他們的斗室內堅振，沒有見證人也不會喪失勇氣和信念，但是你看，索菲亞，我不是聖人——我只是個軟弱而衰微的老人。所以我需要有人在身邊分享我的信仰，而信仰，已經是我孤寂的晚年生活中最寶貴的東西了。我最大的幸福莫過於，如果你，我四十八年來懷著感激的心情尊敬的人，你能和我擁有共同的信仰。但是索菲亞，你從不這樣認為。我靈魂中珍視的東西你從不珍愛。而我甚至擔心，你仇視我的信仰。（伯爵夫人為之一震）不，索菲亞，不要誤解我，我並不是在抱怨你。你給了我你能給予的一切，給了我一個世界，給予我母愛和關懷。我怎能要求你為了你靈魂中並不具備的信仰而做出犧牲。我怎能因為你不能分擔我最深處的思想而怪罪你——一個人的精神生活，他的終極思想始終是他與他的上帝之間的祕密。但是你看，現在終於有一個人來，來到我家，他從前獨自在西伯利亞為他的信仰受難，現在他來分享我的信仰，成為我的助手，我親愛的客人。他幫助我，贊同我的內心世界——你為什麼容不下這樣一個人呢？

伯爵夫人：因為他離間我們。我無法承受，無法承受。這讓我發瘋，讓我生病，因為我感覺到他所做的一切都是在針對我。今天又是，中午，我看見他匆忙藏起了一張紙。你們倆都不敢正視我的眼睛：無論是他還是你，包括薩沙！你們都在隱瞞我。是的，我知道，我知道，你們背著我做了什麼壞事。

托爾斯泰：我希望，上帝能寬赦我，假如我在臨死之時，蓄意做了什麼壞事。

伯爵夫人（**激動地**）：那麼你並不否認，你們幹了什麼針對我的祕密勾當……啊，你要知道，你不能在我面前像在他人面前一樣說謊。

托爾斯泰（**猛然起身**）：我在他人面前說謊？你也這麼認為，為了你的意志我在眾人面前成了一個騙子。（**克制地**）我祈求上帝能讓我不去故意撒謊。或許因為我的軟弱，我從來都不能完全說出真話，但我卻相信我不是個騙子。我不會欺騙他人。

伯爵夫人：那麼你告訴我，你們做了什麼——那是封什麼信，寫了什麼……別再折磨我了……

托爾斯泰（**走向她，非常溫柔**）：索菲亞·安德烈耶芙娜，不是我折磨你，而是你自己折磨你自己，因為你已不再愛我。假如你還愛我，你就會信任我——就算你不能理解我，也會信任我。索菲亞·安德烈耶芙娜，我求你回想一下：我們生活在一起已經四十八年！或許你還能在這多年間的某個被遺忘的時刻，某個你天性中的隱祕之處找到一絲你對我的愛：那麼請抓住它，我求你，就像抓住一絲火花，點燃它，試著再次盡可能地愛我、信任我，溫柔地待我。因為，索菲亞，你現在對待我的方式讓我感到恐懼。

伯爵夫人（震驚而惱怒）：我不知道該怎麼對待你。是的，你說得對，我變醜了，變得凶惡。但看到你折磨自己，不成人形，誰能承受——你與上帝同在的狂熱是一種罪孽。因為罪孽，是的這就是罪孽，它傲慢、自負、不恭順，你一心撲向上帝，尋找那對我們來說毫無意義的真理。以前，以前你像別人一樣，生活得美好清醒，誠實純粹，你有你的工作和樂趣，孩子們長大了，你也幸福地變老。但你突然變了，二十年前，你那可怕的妄想，你的信仰，讓你和大家都陷入不幸。我怎麼能贊同那些我至今不理解的東西。你自己擦爐子，挑水，補破靴子，這有什麼意義。而世人視你為最偉大的藝術家，人們愛戴你。不，我仍不明白，為什麼我們生活得清白、勤勞、簡樸，安靜而簡單，卻要對他人負罪。不，我無法理解，我真的無法理解。

托爾斯泰（特別溫柔）：聽著，索菲亞，這正是我要和你說的：那些我們無法彼此理解的時刻，正是我們需要仰仗愛的力量彼此信賴的時刻。對人如此，對上帝也是如此。難道你真的認為，我狂妄到不分是非？不，我只是相信，我該去踐行那些痛苦地折磨我的事。做這些事不會對上帝，對人類毫無意義和價值。所以請你試著去相信那些你無法理解我的地方，索菲亞，請至少相信我追求正義的意志。這樣一切都會再次好起來。

伯爵夫人（不安地）：但你得告訴我一切……你告訴我，今天你們都做了什麼。

托爾斯泰（平靜地）：我會告訴你一切，在我有生之年，我不想再隱瞞任何事。等謝廖莎[10]和安德烈[11]回來，我就當著你們大家的面告訴你們我這幾天的決定。但他們回來之前，索菲亞，請不要懷疑我，跟蹤我——這是我唯一誠摯的請求，索菲亞·安德烈耶芙娜，你能答應我嗎？

伯爵夫人：好……好……我答應你……答應你。

托爾斯泰：我感謝你。你看，在信任和坦率中一切問題都迎刃而解！我們能這樣平靜而友好地交談多好。你又溫暖了我的心。因為你剛才進來的時候，臉上布滿疑慮的陰霾，你的不安和仇恨讓我感到陌生，和過去相比，我簡直認不出現在的你。可現在你的眉頭又舒展了，我又認出了你的眼睛，索菲亞·安德烈耶芙娜，你從前那雙小姑娘的眼睛，善意地看著我的眼睛。時候不早了，親愛的，你該去休息了！我衷心感謝你。（他吻了她的額頭。她離開，走到門口時還激動地回頭張望）

伯爵夫人：你會將一切都告訴我？一切？

托爾斯泰（再次非常平靜地）：我會將一切告訴你，索菲亞。你也別忘記你的承諾。

（伯爵夫人不安地望向書桌，緩緩離去）

10 編註：托爾斯泰長子。

11 編註：托爾斯泰的第九子，是他最寵愛的孩子。

托爾斯泰（在房中來回踱步，之後坐在書桌旁寫日記。隨後又再次起身踱步，又回到書桌旁。他沉思著翻閱日記，輕聲讀了起來）：在索菲亞．安德烈耶芙娜面前，我竭力保持冷靜。我想，我已經或多或少地讓她平靜下來……今天我第一次看見，在善意和愛意中，她會做出讓步……啊，如果能……（他放下日記，艱難地走向隔壁，點燃燭火，又走回書房。他費力地脫了腳上那雙幹農活的鞋，脫下外套，熄了燈，只穿著寬大的褲子和工裝上衣再次走進隔壁臥室）

（室內好一會兒都安靜而昏暗。什麼都沒有發生，甚至連呼吸聲也聽不見。這時，書房的門突然被輕輕推開。有人像個小偷一樣輕手輕腳地走進來，手裡拿著遮光燈，一束狹長的光線照射在地板上。是伯爵夫人。她擔憂地環視著四周，又貼在臥室的門上聽了聽，接著她似乎安下心來，走到書桌旁。遮光燈放在桌子上，在黑暗的房間中形成唯一的一圈白色光影。伯爵夫人的手在光圈中顫抖著，她先拿起桌上的日記本，開始倉皇翻閱日記，接著又小心翼翼地一個個拉開抽屜，在一堆紙張中翻弄。她什麼也沒找到。最後，她又顫抖地拿起遮光燈，悄悄走出去，驚慌失措得猶如一位夢遊者。她剛關好門，托爾斯泰就猛地衝出臥室。這位老人氣得渾身發抖，手中蠟燭的火苗跳躍著：他聽見了妻子做的一切。他想去追她，已經抓住了門把，卻突然猛地轉身，安

靜而決絕地將燭臺放在書桌上，走向另一扇門，小心而輕聲地敲門）

托爾斯泰（輕聲地）：杜杉……杜杉……

杜杉的聲音（從隔壁房內傳出）：是您嗎？列夫．托爾斯泰？

托爾斯泰：輕點，輕點，杜杉！馬上出來……

杜杉（走出房門，只穿了一半衣服）

托爾斯泰：去叫醒我的女兒亞歷山德拉．利沃夫娜，叫她馬上到我這兒來。接著你快速下樓去馬廄，讓格奧爾格套好馬，叫他輕點，不要驚動了家中的人。你也得輕點兒！不要穿鞋，注意不要讓門發出嘎吱聲。我們必須馬上離開，不能再遲疑——已經沒有時間了。

（杜杉迅速照辦。托爾斯泰坐下來，決心已定。他再次穿上靴子和外套，之後找出一些紙，捲在一起。他的動作十分果斷，有時又顯得急切。他雙肩顫抖著在一張紙上寫下幾行字）

薩沙（輕聲走進來）：發生了什麼，父親？

托爾斯泰：我要走了。我決定……終於……終於下定決心。一小時前她還答應我，要信任我，可是現在，夜裡三點，她卻偷偷溜進我的房間翻弄所有紙張……但這樣也好，非常好……這不是她的意志，是上帝的意志。我經常祈禱上帝，時候到了要靈示我——現在他賜予我了，我可以正當地留下她一人，她已經遠離了我的靈魂。

薩沙：但是你去哪裡，父親？

托爾斯泰：我不知道，我也不想知道……隨便什麼地方，只要能遠離這種虛偽的生活……什麼地方都可以……世上有很多道路，總有一個地方有些稻草或一張床，能讓一個老人安然死去。

薩沙：我陪著你……

托爾斯泰：不。你得待在家裡安慰她……她會恨我……啊，她會很痛苦，這個可憐人！……而令她痛苦的人正是我……但我別無選擇，我已經無法再……否則我會在這裡窒息。你待在這裡，直到安德烈和謝廖莎回來。之後再來找我，我先去沙瑪爾蒂諾修道院與我妹妹告別，因為我感覺到，告別的時刻已經來臨。

杜杉（匆忙回來）：馬車已經備好。

托爾斯泰：你自己去準備一下，杜杉，藏好那幾張紙……

薩沙：但是父親，你得穿上皮大衣，夜裡極冷。我馬上去幫你把暖和的衣服包好……

托爾斯泰：不，不，不用了。我的上帝，我們不能再磨蹭了……我不想再等……

我等待這一時刻已經等了二十六年，這個時刻……馬上，杜杉……否則會有人阻止我們。拿上這些紙、日記本和筆……

薩沙：我去拿點錢來，買火車票的錢……

托爾斯泰：不，不要拿錢！我再也不要拿錢。火車上的人認識我，他們會給我一張票，其餘的，上帝會幫助我。杜杉，準備好，我們走。（**對薩沙**）你把這封信給她：我的告別信。但願她能原諒我！之後你寫信告訴我，她是怎麼承受的。

薩沙：可是父親，我怎麼寫信給你？只要我在信封上寫你的名字，他們馬上就會知道你在哪裡，並且去找你。你需要一個假名。

托爾斯泰：啊，又要說謊！總是說謊。太多的祕密總是讓靈魂受辱……但你說得對……走吧，杜杉！……薩沙，照你說的辦……只要你認為好……我該叫什麼名字？

薩沙（**思索了一會**）：我的電報署名都是弗洛洛娃，而你的是托．尼古拉耶夫。

托爾斯泰（**非常急切地想走**）：托．尼古拉耶夫……好……好……那麼保重。（**他擁抱了薩沙**）托．尼古拉耶夫，我應該這麼稱呼自己。還要說謊，還要！只是——上帝啊，但願這是我在人間的最後一個謊言。

（**他匆匆離開**）

第三場

三天以後（一九一〇年十月三十一日）。阿斯塔波沃的火車站候車室。右側是一扇通往月臺的玻璃門，左側則通往站長伊萬・伊萬諾維奇・奧索林的休息室。候車室內，等待從丹洛夫開來的快車的乘客們有的坐在木椅上，有的圍桌而坐。他們中有裹著頭巾打盹的農婦，穿皮襖的小商販，還有幾位從大城市來的乘客，看上去像公務員或商人。

旅人甲（正在讀報，突然說）：他這回幹得漂亮！這老頭幹了件了不起的事！誰也想不到。

旅人乙：出什麼事了？

旅人甲：列夫・托爾斯泰，他離家出走了。沒人知道他去了哪裡。他半夜啟程，只穿了靴子和皮襖，沒帶行李也沒有告別。他就這樣走了，只有他的醫生杜杉・彼得羅維奇陪著他。

旅人乙：他就這樣丟下了他的老妻。這對索菲亞・安德烈耶芙娜可不妙。他今年有八十三歲了吧！誰能想到他會離家出走，他能去哪兒？你說，他能去哪兒？

旅人甲：這也是他的家人和報刊想知道的。他們現在正透過電報在全世界查詢。

有人說在保加利亞邊境見過他，有人說在西伯利亞。但沒人真正知道他在哪裡。他幹得好，這個老傢伙！

旅人丙（**年輕大學生**）：你們說什麼？列夫・托爾斯泰離家出走了？請把報紙給我，讓我看看（**他掃了一眼**）哦，這樣好，這樣好，他終於幾經躊躇做出決定。

旅人甲：為什麼好？

旅人丙：因為繼續過他那種違背他言論的生活是一種恥辱。他已經被強迫著扮演伯爵太久了，阿諛奉承扼殺了他的聲音。現在列夫・托爾斯泰終於自由了，他終於可以向人們說出他的心裡話。感謝上帝，他會讓世人知道，俄國人民中間發生了什麼。是的，這位聖人終於拯救了自己，這也是俄國的幸運和福音。

旅人乙：說不定是報上編造的，根本不是真的。或許（**他四下看了看是否有人在偷聽，接著低語道**）或許報紙上故意這麼說，掩人耳目，而事實上他已經被幹掉了……

旅人甲：誰會想幹掉列夫・托爾斯泰……

旅人乙：他們，那些所有覺得他礙事的人。東正教教會、警察和軍隊，這些人都怕他。有些人已經消失了——去了國外，都這麼說。但是我們知道去國外意味著什麼……

旅人甲（**輕聲地**）：也有可能……

旅人丙：不，他們沒這個膽量。托爾斯泰只要說幾句話，就比他們所做的一切都有力量。不，他們不敢，因為他們知道，我們會用拳頭把他們揪出來。

旅人甲（緊張地）：小心啊……當心……基里爾．格里戈羅維奇來了……趕緊把報紙收起來……

（**警長基里爾．格里戈羅維奇身穿制服，從通往月臺的玻璃門走進來。他馬上走向站長的房間，敲門**）

伊萬．伊萬諾維奇．奧索林（**站長，從房間走出，頭上戴著執勤帽**）：啊，是您，基里爾．格里戈羅維奇……

警長：我必須馬上和您談談。您夫人在房內嗎？

站長：在。

警長：那還是在這裡吧！（**對旅客們嚴厲地命令道**）丹洛夫來的快車馬上就要進站。請你們馬上從候車室出去，到月臺上等候。（**旅客們站起身來匆忙走出去。警長轉向站長**）剛剛收到一份重要的密電。現在已經很清楚，列夫．托爾斯泰前晚離家出走，去了他妹妹所在的沙瑪爾蒂諾修道院。種種跡象表明，他會從那裡繼續走。從前天開始，從沙瑪爾蒂諾出發的所有方向的列車上都配備了員警。

站長：但是，基里爾．格里戈羅維奇老爺，請告訴我這一切是為了什麼？列夫．托爾斯泰不是什麼煽動分子。他是我們尊敬的人，一個真正的國寶，一位偉大人物。

警長：但他卻比那群革命黨更危險，更令人不安。再說我的差事只是監督每一輛過往的火車。莫斯科的人希望我們的監視不被察覺。所以我請你，伊萬．伊萬諾維奇，替我去月臺監視，我這身制服誰都認得出。馬上到達的列車上就會下來一位祕密員警與你接洽，告訴你他觀察到的情況。我會馬上報告給前方。

站長：考慮得十分周全。

（列車入口處傳來進站的鐘聲）

警長：您和那位密探接洽絕不能引起別人注意，要像老熟人一樣，知道嗎？絕對不能讓旅客察覺到有人監視他們。這事幹得好，只會對我們有好處。報告將直接送達彼得堡高層，說不定咱們這樣的人還能得到喬治十字勳章。

（列車發出轟鳴聲。站長馬上走出玻璃門。幾分鐘後，第一批旅客下來。農民農婦們提著沉甸甸的籃子，熙熙攘攘地從玻璃門進來。有的則坐在候車室內休息或沖茶喝）

站長（又突然衝進來。激動地朝著人群大喊）：馬上離開這裡！所有人！馬上！……

眾人（驚訝地嘟囔著）：為什麼……又不是沒買票……我們為什麼不能待在候車

室……只是等下一輛慢車。

站長（吼叫）：馬上，聽見沒有，馬上都出去！（他匆忙驅趕著眾人，又急迫地走到門邊打開門）這邊請，請您帶伯爵老爺從這兒進來！

托爾斯泰（由右側的杜杉和左側的女兒薩沙攙扶著遲緩地進來。他雖然穿著皮大衣，領子高高地豎起來，脖子上系著一條圍巾，卻仍能看得出他緊裹的整個身體都在冷得發抖。他身後有五六個人想跟進來）

站長（對後面的人）：待在外面！

眾人：讓我們進去……我們只想幫幫列夫．托爾斯泰……或許給他點白蘭地或茶……

站長（極為著急）：誰也不准進來！（他強行把那幾個人推出去並趕緊將玻璃門的插銷插好。但那一張張好奇的臉還是在玻璃門後張望。站長趕緊搬來一把扶手椅，放在桌邊）殿下，您不想安靜一下，坐一會嗎？

托爾斯泰：不要叫我殿下……看在上帝的份上……不要再這樣稱呼我，一切都結束了。（他激動地四下張望，發現有人在玻璃門後）走開……讓那些人走開……我想一個人待著，總是那麼多人……我想一個人……

薩沙（**趕緊走向玻璃門用大衣將門擋住**）

杜杉（**其間輕聲對站長說**）：我們必須馬上扶他上床，火車上他突然發燒了，四十多度，我想，他很不舒服。這附近有房間不錯的旅店嗎？

站長：沒有，根本沒有！整個阿斯塔波沃都沒有旅店。

杜杉：但他必須馬上躺下。您看，他正在發燒。很危險。

站長：要是列夫．托爾斯泰願意在我的房內休息，我當然感到非常榮幸……只是很抱歉……我的休息室非常簡陋……一間公務間，又破又窄……我怎麼敢讓列夫．托爾斯泰在此下榻……

杜杉：這沒關係。無論如何必須先讓他躺下。（**轉向坐在桌邊冷得發抖的托爾斯泰**）站長先生十分好心地把他的房間讓給我們。您必須馬上休息，明天恢復了精神，我們就可以繼續上路。

托爾斯泰：繼續上路？……不，不，我想我無法再往前走了……這是我的最後一站，我已經到達終點。

杜杉（**鼓勵地**）：您不必為發燒擔心，不會有什麼影響。您有點兒感冒，明天就會好起來。

托爾斯泰：我現在就感覺很好……非常非常好……只是昨晚十分可怕，我恍恍惚看到他們從家裡追出來，他們要把我帶回到那個地獄……我突然驚醒，叫起你們，完全嚇壞了。之後的一路我都感到恐懼，發燒，牙齒打戰……但現在，自從到了這裡……但我到底在哪裡？……這裡我從沒來過……現在我感覺很好……根本不害怕……我想，他們不會追來了。

杜杉：當然不會，當然不會。您可以安心上床了，您在這裡，誰也找不到。

（兩人扶托爾斯泰上床）

站長（迎向托爾斯泰）：我感到特別抱歉……我的房間實在太簡陋……我唯一的房間……床恐怕也不太舒服……是張鐵床……但我會把一切都安排好。我馬上發電報，讓下一輛火車帶來一張床……

托爾斯泰：不，不，不需要別的床……我睡的床一直比別人好，好床睡得太久了！現在愈是不好的床對我愈好！農民們又是死在什麼床上？……他們一樣死得很安詳……

薩沙（繼續攙扶他）：走吧，父親，躺下，你累了。

托爾斯泰（再次站住）：我不知道……我累了，你說得對，四肢發沉，我累極了，但我似乎還在期待什麼……就像一個困倦的人卻無法入睡，因為他還想著些即將來臨的好事，他不想再睡夢中失去……奇特的是我從未有過這樣的感覺……可能這就是瀕死的感覺……你們知道，多年來我一直害怕死亡，怕我不能死在自己的床上，怕我像個野獸般號叫著逃走。現在，在這間房間，死神或許正在等我。而我卻毫無恐懼地迎向他。

（薩沙和杜杉扶著他走到房門）

托爾斯泰（站在門邊望向窗外）：這裡很好。窄小，低矮，破舊……我似乎夢到過這裡。一個陌生的房間，一張陌生的床，床上躺著一個……衰老而疲憊的人……等等，他叫什麼，幾年前我曾經寫過，他叫什麼來著，那個老人？……他曾經很富有，又變得十分貧窮，沒人認識他，他爬到壁爐邊的床上……哎，我的頭，我的頭腦已經不聽使喚了！他叫什麼來著，那個老人？……他，曾經很富有，現在身上卻只有一件襯衫……他妻子折磨他，在他臨死時不在他身邊……是啊，是啊，我記起來了，我記起來了，我在那篇短篇小說裡叫他柯爾尼．瓦西里耶夫，那個老人。而在他死去的那個夜晚，上帝喚醒了他妻子的心，她來了，瑪爾法，想見他最後一面……但是她來得太晚，他已經僵硬地躺在一張陌生的床上閉上了雙眼，而她不知道，她丈夫是依然怨恨她，還是已經寬恕她。她再也無法知道了，索菲亞．安德烈耶芙娜……（如同夢醒）

不，她叫瑪爾法……我已經糊塗了……是啊，我要躺下了。（薩沙和站長攙扶他往前走。托爾斯泰面對站長）我感謝你，陌生人。你在你的家裡給了我棲身之處，你給予我的，正是野獸在森林中尋找的……上帝把我，柯爾尼．瓦西里耶夫，送到這裡……（突然十分驚恐）但請把門關好，不要讓任何人進來，我不想見任何人……我只想單獨和上帝在一起，這樣我會睡得比任何時候都更深，更香……（薩沙和杜杉陪他進了臥室，站長在他們身後小心關上門，呆立在門外）

（玻璃門外急促的敲門聲。站長打開門，警長趕緊進來）

警長：他都跟您說了什麼？我必須馬上彙報，全部情況！他要死在這裡？還要多久？

站長：他自己不知道，也沒人知道。只有上帝知道。

警長：但您怎麼能讓他在國家的房子中留宿？這是您的工作間。您不能讓給一個陌生人。

站長：列夫．托爾斯泰在我心目中不是陌生人。還沒有哪個兄弟像他離我那麼近。

警長：但您有義務事先請示。

站長：我請示了我的良心。

警長：那麼您要對此負責。我馬上去彙報……可怕，突然要負這麼大的責任！要是能知道上峰[12]對列夫．托爾斯泰的態度就好了……

站長（十分平靜）：我想，真正的上峰始終對列夫．托爾斯泰滿懷善意……

警長（驚訝地望著他）

（杜杉和薩沙從房間出來，小心地關上門）

警長（迅速躲開）

站長：您怎麼離開伯爵老爺了？

杜杉：他十分安詳——我還從未見過他的面容如此安詳。他在這裡終於找到了人們不曾給予他的東西：安寧。他第一次單獨與上帝在一起。

站長：請您原諒我這個頭腦簡單的人。我感到困惑，不能理解。上帝為什麼給列夫．托爾斯泰那麼多苦難，他甚至要離家出走，甚至要死在我這張不體面的破床上……人們，俄國人怎麼能去打擾一個如此神聖的靈魂，難道他們不能不這樣對待他，如果他們敬重他，愛戴他……

杜杉：恰恰是那些愛他的人經常插在他和他的使命之間。他必須因為最親近的人而出走。但他走得正是時候：這樣死去，成就並聖化了他的一生。

12 編註：舊時對上級長官的尊稱，多用於特務機構。此處警長所言指沙皇，下文站長所言則暗指上帝。

站長：可是……我的心不能也不願意理解。這個人，這個我們俄國大地上的國寶，為我們受苦，而我們卻逍遙自在地消耗生命……我們該為自己的生命感到羞愧……

杜杉：請您不必為他難過，善良的好人：最後這蕭索而低微的命運無損於他的偉大。假如列夫．托爾斯泰不為他人受苦，今天他就不會屬於全人類。

征戰南極

DER KAMPF UM DEN SÜDPOL

史考特上校，南緯 90 度（1912 年 1 月 16 日）

征服地球

二十世紀正俯瞰著一個毫無祕密可言的世界。所有的陸地均已被勘探，船隻已抵達最遙遠的海岸。那些無名之地，三十年前還微醺著無拘無束地打盹兒，如今已卑躬屈膝地為歐洲的需求服務。輪船徑直駛向經過長期尋找的尼羅河源頭。半個世紀前才被第一個歐洲人發現的維多利亞瀑布如今馴服地碾磨發電。最後一片荒野，亞馬遜河兩岸的森林，已經被砍伐得稀疏。唯一的處女地西藏，也已被解開了腰帶。舊地圖和地球儀上仍舊存在著專家們誇張標注的「人跡罕至之地」，但二十世紀的人類已經瞭解了他們生活的星球。他們探索的意志已經踏上了新的征程，向下探至深海動物，向上探至無垠的天穹。因為自從地球對塵世間的好奇者已不再神祕以來，未涉足的區域只能去天空中發現，飛機的鋼鐵雙翼已競相沖上雲端，去征服新的高度和新的遠方。

然而二十世紀的最後一個謎團仍在眾目睽睽之下守護著她嬌羞的容顏。地球那被撕咬和折磨的身軀上仍有兩個極小的點，在回避著人類的貪得無厭。南極和北極，這兩個看似空洞而毫無感性的地方是地球的脊梁。千百年來，地球以此為軸旋轉著，並保護著這兩塊淨地不被褻瀆。在這最後的祕密之地，它鑄造冰雪，以永恆的冬季為守衛神來抵禦貪婪。嚴寒和風暴的圍牆驕傲而凶悍地守護著入口，恐怖和危險以死亡為威脅嚇走那些冒險家。人類尚未有幸瞧見這一封閉區域的面貌，甚至連太陽也只能倉促地瞥上一眼。

幾十年來，探險隊前仆後繼，卻尚無一人能成功抵達目的地。而不久前，人們才在一個不知名的地方發現了安德魯[1]的屍體。他已經在一具冰制的「水晶棺」中躺了整整三十三年。這位勇者中的勇者曾經夢想駕駛飛艇飛躍極點，卻不幸一去未返。他每次的衝鋒都撞擊在晶瑩的冰凍牆面上。幾千年來直至今日，地球仍在此處遮掩著它的面貌，牢牢地成功抵禦著人類探險的激情，處女般貞潔地在世上的好奇者面前護衛著它的赧顏。

但年輕的二十世紀已迫不及待地伸出它的雙手。它在實驗室中研製新武器，發明新式盔甲抵禦危險。一切阻力都只會激起它更多的貪欲。它要瞭解一切真相。二十世紀想在最初的十年，就擁有之前所有世紀尚未企及的一切成就。個人的勇氣與民族間的對抗攜手。人們不再隻身奪取極點，而是爭取最先在無人涉足的區域讓本國的旗幟高高飄揚：各個種族的十字軍和人民開始征服伴隨渴望而愈發神聖的土地。地球的各個大陸都發起了新的衝擊。人類已不能再等待。他們知道，極地是人類生存空間內最

1 編註：Salomon August Andrée，十九世紀瑞典探險家，一八九七年橫越北極時遇難。

後的祕密之地。皮里和庫克[2]從美國整裝行往北極，另有兩艘船，一艘由挪威人阿蒙森指揮，另一艘由英國人史考特上校率隊，駛向南極。

史考特

史考特是一位普通的英國上校。像別的上校一樣，他的履歷和軍官名冊上記載得一模一樣。服兵役期間，他受到上司的賞識，隨後參加了沙克爾頓[3]的探險隊。沒有什麼跡象顯示他日後會成為一名英雄。照片上，他的臉和成千上萬張英國人的臉一樣，鐵灰色的眼珠，緊閉的雙唇，面無表情，剛毅果敢，就像他內在的能量凝固了他的肌肉。寫滿意志和實用主義的臉上沒有一絲浪漫的線條和任何愉悅的光澤。他的字跡是某種英國字體。沒有任何花飾和筆誤，寫得流暢而肯定。他的文風清晰準確，以事實性和無趣見長，就像一通報告。史考特的英文和塔西佗[4]的拉丁文一樣，像一塊未經磨礪的方石。他給人的感覺是，他是個完全沒有夢想的人，一個實事求是的狂熱分子，一位道地的英國人。個人的天分以一種純粹的高度履行義務的形式體現出來。史考特已經上百次地載入了英國史冊。他曾出征印度和眾多無名島嶼。他曾作為殖民者到過非洲，參加過數次征戰世界的戰役。他總是以他的冷漠驕矜，展現他不屈的力量和集

2 編註：美國探險家 Robert Peary 和 Frederick Cook，兩人先後於一九〇八、〇九年宣稱自己抵達北極。

3 編註：Ernest Shackleton，英國探險家，在史考特與阿蒙森之前，他曾是最接近南極點的人。

4 編註：Tacitus，古羅馬史學家，行文注重事實而少修飾。

體意識。

人們完全能在史考特行動之前就感受到他頑強的意志。他要完成沙克爾頓已經開創的事業。史考特組建了一支探險隊，卻沒有充足的資金，但這難不倒他。他捐出了自己的個人財產，並因為相信能夠成功而借了貸。他年輕的妻子給他生了一個兒子——可他毫不猶豫，像赫克特[5]一樣離開了自己的安德洛瑪刻[6]。他很快找到了朋友和同盟。塵世間任何事情也無法動搖他的意志。一艘奇特的「新大陸號」會將他們帶到冰海的邊境。這艘船的奇特，在於它擁有雙重裝備。它的一半，是裝滿活著動物的諾亞方舟，另一半則是一間滿載上千件儀器和上千本書籍的現代實驗室。因為一個人肉體和精神上所需要的一切，都要被帶到那個荒無人煙的世界中去。在這艘船上，原始人的簡陋工具、獸皮、毛皮大衣和活的動物，與新時代複雜精量的裝備結合在一起。而整個探險隊的雙重性格也像這艘船一樣精彩紛呈。一次冒險，卻像一樁生意般經過精密的盤算；一次大膽的行動，卻極為小心謹慎地精心籌畫了每一個細節，以應對防不勝防的意外。

一九一〇年六月一日，探險隊駛離英國。陽光普照在盎格魯—薩克遜的島國。這正是鬱鬱蔥蔥的季節，溫暖和煦的陽光照耀在無霧的大地上。人們悲傷地告別海岸。

5 編註：Hector，荷馬史詩《伊里亞德》中的特洛伊大王子。

6 編註：Andromache，赫克特之妻。在赫克特即將出城迎戰希臘聯軍時，她懷抱幼子勸阻，赫克特雖自知不敵，但仍以家國為由，決意出戰，最終在與阿基里斯的決鬥中身亡。

所有人都知道，他們將要和陽光告別數年，或許一些人將面臨永別。但船頭飄揚的英國國旗卻安慰他們，他們將帶著這一象徵世界的標誌，前往已經被征服的地球上唯一一個無人占領的區域。

極地世界

一月分。短暫休憩後，他們登陸了極地邊緣常年冰封的紐西蘭埃文斯角[7]，並在那裡建了一所房屋準備過冬。此處的十二月和一月被稱為夏季，每年唯獨在這一季節，陽光才短暫地綻放在白色金屬般的天空中。房屋由木板建制，完全和早期探險隊的房屋一模一樣，但人們卻可以在房屋內部感受到時代的進步。他們的前輩當年還使用發臭的鯨油燈，倦容滿面地坐在昏暗的室內，為眼前終日不見陽光的單調景象煩惱。而二十世紀的人們已經可以在四壁內擁有整個世界，可以看見全部科學的縮影。一盞乙炔燈發著潔白溫柔的光。電影放映機魔術般地演示著來自溫暖地帶的熱情風光，遠方的影像。一架自動鋼琴在演奏音樂，留聲機中有人緩緩歌唱。圖書館供人閱讀當代的科技。一間房內，打字機嗒嗒作響，而另一間房則作為暗室沖洗電影膠片和彩色照片。一位地質學家正在用放射性儀器檢測岩石標本，動物學家在捕捉企鵝身上的新寄生蟲，

7 編註：Cape Evans，位於南極洲羅斯島西側，在紐西蘭羅斯屬地範圍內。

氣象觀測和物理實驗在交換著結果。在那昏暗的季節，每個人都忙著自己分內的工作，一種巧妙的體系將個人的研究成果變為集體的認知。因為這三十個人每晚都各自作出報告，在充滿冰排和嚴寒的極地交流研討。每個人都試圖將個人的學科知識傳授他人，並在互換知識中完善自己對世界的認識。每位成員的專業化研究非但不會令他們傲慢，反而會使他們尋求相互間的理解。三十人在一個原始而永遠孤寂的世界中交換著二十世紀的最新成就。在這些成就中，他們不僅體察著時間世界的每個小時，還感受著它的分分秒秒。令人激動的是，這些嚴肅的人還興致勃勃地慶祝了聖誕節，出版了一份詼諧的《南極時報》。這份幽默的報紙專門報導一些小趣事：一頭鯨魚浮出水面，一匹小矮馬摔了一跤。而那些非凡的大事，比如燦爛的極光、可怕的嚴寒和無邊的寂寞倒成了司空見慣之事。

在此期間，他們只敢外出從事一些小型活動。比如試驗他們的機動雪橇，學習滑雪或訓練獵犬。他們為之後的旅行建造了一座補給站。但要挨到夏季，也就是十二月，還需要極為緩慢地挨張扯下日曆上的許多時間。因為只有到了夏季，船隻才能穿越遍布浮冰的大海為他們捎來家書。現在，他們也會分成小組，白天行動，在嚴寒的冬季鍛煉行軍，測試各種帳篷，積累經驗。並非一切都十分順利，但恰恰是困難給了他們新的勇氣。當他們身體凍僵又疲憊不堪地回到營地時，迎接他們的是熱烈的歡呼和溫暖的燭火。這間位於南緯七十七度的舒適小屋成了他們在經歷了幾天的艱辛之後，世界上最幸福的居所。

但是有一次，一支探險隊卻從西面帶回了讓整個小屋變得鴉雀無聲的消息：他們在徒步中發現了阿蒙森的冬營地。史考特立即明白，除了嚴寒和危險之外，還有一個人在和他爭奪榮耀：阿蒙森，那個挪威人。他也想成為第一個發現難以駕馭的地球上最後一個祕密的人。史考特在地圖上反覆測量著，並發現阿蒙森的位置比他們的位置距離南極更近一百一十公里。這讓他震驚，卻並未因此氣餒。「抬起頭，為了祖國的榮譽！」他驕傲地在他的日記中寫道。

在他的日記中，阿蒙森這個名字雖然只出現過一次，但是人們能感覺到，自從這一天起，恐懼的陰影就籠罩了這間被冰封包圍的孤單小屋。從此以後，這個名字讓他日夜難安。

進軍南極

距離小屋一公里的瞭望山上不時輪換著觀察員。一臺儀器孤單地架在斜坡上，就像一門大炮，對準看不見的敵人，測量著日益迫近的太陽光線帶來的最初溫度。他們整日企盼著太陽的出現。黎明般的天空中雖變換著五光十色的反光，但太陽尚未從地平線升起。但這群迫不及待的人們已經為這魔術般的光線和預兆感到興奮。終於，山上打來電話：太陽出來了。幾個月來，它終於在嚴寒的冬夜中綻露出一個小時。太陽光非常微弱慘澹，幾乎無法讓冰冷的空氣活躍起來，儀器的指標在光線的擺動下也幾乎不為所動，不過僅僅是一絲光線也足以讓他們感到快樂。為了利用這短暫出現的陽光，探險隊熱火朝天地準備起來。儘管在我們的概念中，這裡始終是嚴酷的冬季，但實際上，春天、夏天和秋天卻一齊到來。自動雪橇滾滾向前，其後是西伯利亞的矮種馬和愛斯基摩犬拉著雪橇。路段被事先周密地分為數段，每隔兩天的路程就設置一個補給站，以便為返程的人們儲備衣服、食物和在無盡嚴寒中濃縮的熱量——重要的煤油。全隊將一齊出發，再分組回來，為此要為最後一隊那些精挑細選的挑戰南極者留下最充分的物資、最健碩的馱畜和最耐用的雪橇。

計畫萬無一失。他們甚至對可能發生的災難細節也做出種種考量，但依舊無濟於事。兩日行軍後，雪橇全部無法動彈，成了無用的累贅。矮種馬的狀況也不盡人意，但此刻的這些血肉之軀卻比技術鍛造的工具更勝一籌，因為那些中途不得不宰殺的病馬成了狗的美餐並給它們增添了能量。

一九一一年十一月一日，他們分組出發。從後來留下的影像中可以看出，這支奇異的探險隊由最初的三十人減至二十人、十人，最後只剩下五人，行走在荒無人煙的白色沙漠中。始終走在前面的那位用獸皮和布片將自己包裹得嚴嚴實實，只露出鬍子和眼睛，活像個野人。他手牽馱著雪橇的馬，手上裹著獸皮，身後是一位和他同樣裝束同樣姿態的人，緊接著又是一位。二十個黑點在一望無際的刺眼的白色幕布上形成了一條移動的線條。夜晚，他們鑽進帳篷，並在迎風的方向築起一道雪牆，好保護馬匹。第二天一早，他們又開始單調而絕望地穿越在上千年來第一次被人類呼吸的寒冷空氣中。

情況愈來愈危急。氣候依舊嚴酷。有時他們只能走三十公里，而不再是四十公里。自從他們知道，在這個孤寂的世界上，仍有一個看不見的敵人在從另一側向目標挺進，每天的時間就變得格外珍貴。每件小事都可能釀成大禍。一條狗跑了，一匹馬不想進食——所有這一切都令人惶恐，因為在荒無人煙之地，一切都變得極其珍貴，尤其是活物，更是無價之寶，不可復來。或許在一匹矮馬的四蹄上繫著不朽的功名，而風暴和烏雲則會摧毀一項永恆的事業。與此同時，團隊成員的健康狀況也開始出現問題，一些人患了雪盲症，另一些人則四肢出現凍傷。矮種馬因草料不斷遞減而愈來愈虛弱，終於在臨近比爾德摩爾冰川[8]時全部倒下。現在最令人傷心的任務是將這些兩年來和隊員們在孤寂中共同生活的朋友，這些忠誠的動物殺掉。隊員們能叫出每一匹馬的名字，也曾上百次溫柔地愛撫它們。他們管這片傷心地叫「屠宰場」。探險隊中的部分成員準備在這塊血腥之地撤退返回，另一部分人則準備做最後的衝刺，越過險惡的比爾德摩爾冰川，這面南極用以保護自己的危險冰牆，只有人類意志的激情火焰才能衝破。

行軍的速度愈來愈慢，因為這裡的雪都已結冰，他們無法乘坐雪橇，只能艱難步行。堅硬的冰劃破了雪橇板，腳被冰粒磨破，但他們仍沒有放棄。十二月三十日，他們抵達了南緯八十七度，沙克爾頓到達的位置。在這裡，最後的一部分人員必須返回：只有經過精挑細選的五人才能繼續前往極點。史考特必須做出決定。被淘汰的人雖不敢違命，但在接近目的地的地方返回，並出讓作為第一批「南極人」的榮耀，他們內心深感沉重。但事已至此，無法更改。他們互相握了手，並試圖以男子漢的堅韌掩藏內心的感情，之後告別。兩小隊人馬，一隊繼續向未知的南部進軍，另一隊則返回北部的營地。為了多望一眼仍舊活著的朋友們，他們一再頻頻回首，但很快就消失在對方的視線中。五名精挑細選的實幹家：史考特、鮑爾斯、奧茨、威爾遜和埃文斯，繼續孤寂地向未知之地挺進。

8 編註：**Beardmore Glacier**，一九〇八年由沙克爾頓發現，得名自該次探險的贊助人威廉．比爾德摩爾爵士，是早期前往南極的可行路線之一。史考特行至此處，距離極點尚有近半路程。

南極

最後幾天的紀錄顯示，他們感到愈發不安。就像羅盤上的藍色指針一樣，他們開始在南極附近顫抖。「一個身影在我們周圍緩慢爬行。他從我們右側爬到身後，再從前方爬到左側，無止無休。」但字裡行間也閃爍著希望。史考特始終熱誠地記錄著走過的路途：「抵達極點尚有一百五十公里，我們快堅持不住了。」——也記錄他們的疲憊。兩天以後：「仍有一百三十七公里。但對我們來說卻愈發艱難。」但突然，之後的紀錄又出現了一種清新的勝利者的聲音：「距離極點只剩下九十四公里！即使我們尚未抵達，卻已勝利在望。」一月十四日，希望變得更為確鑿：「只剩下七十公里了，目標就在前方！」而第二天的日記中已經能感覺到他們的喜悅，甚至極為喜悅：「只有五十公里了。我們必須前進，無論遇到什麼困難！」從潦草的幾行紀錄中，人們能感覺到他們發自內心的憧憬是多麼劇烈，好似他們的每根神經都在迫不及待的渴望中顫抖。勝利就在眼前，他們的雙手已經伸到了地球最後的神祕之地，只消最後一躍，就可抵達目標。

一月十六日

「情緒高亢」，日記中記載道。清晨，他們比平日更早更迫不及待地從睡袋中爬出來，好盡快去觀賞那個祕密，那驚人的美。接近下午時分，五人已經在荒蕪的白色荒漠上興沖沖地行走了十四公里：目標不再不可企及，人類的關鍵事業已接近完成。突然，五人中的鮑爾斯顯得有些不安，他的眼睛幾乎驚詫地注視著無垠雪地上的一個小黑點。他不敢說出自己的猜測，但所有人的心中這時都掠過一個可怕的念頭：可能有人已經在此設立了路標。他們強忍著保持鎮定，就像魯濱遜在荒島上看見陌生的腳印時徒勞地將它認作自己的腳印時一樣，他們對自己說，這肯定是一道冰裂，或者是個影子。他們驚慌地走向目的地，並一再試圖相互隱瞞，儘管他們都已經知道了真相：挪威人阿蒙森已經在他們之前抵達了這裡。

他們最後的懷疑很快就被確鑿的事實打消：雪橇板上拴著一面黑旗，周圍是陌生的帳篷、雪橇和狗的殘跡。阿蒙森到過這裡。人類歷史上最不可思議的大事已經發生。千年來人跡未至的地球極點，乃至從地球存在伊始就從未被世人親眼所見的極點，卻在這千年來分子般的瞬間，十五天內被兩次發現。而他們是第二批發現者。在漫長的時間長河中遲到了一個月——對人類來說，第一意味著全部，而第二卻意味著全無。

一切努力付之東流，一切經受的困苦都顯得可笑，幾週、幾個月、幾年以來的希望都顯得癲狂。「所有的艱辛，所有的忍耐，所有經受的折磨都為了什麼？」史考特在日記中寫道，「只是為了現在這個已經破碎的夢。」淚水從他們眼眶中湧出。儘管他們已筋疲力盡，但那天晚上，他們還是無法入眠。就像被判刑的囚徒，他們煩悶絕望地踏上奔赴極點的最後征程，本來他們以為可以歡呼著占領它。

他們誰也沒有試圖安慰他人，只是沉默地繼續蹣跚前行。一月十八日，史考特上校和他的四位夥伴抵達南極。這裡的一切在他眼中不再迷人，因為不再是第一批抵達這裡的人，他呆滯而憂傷地看著這片傷心地。「這裡沒有任何可看之物，什麼也沒有。和近日所見難看透頂的單調景象毫無差別。」這就是羅伯特・福爾肯・史考特對南極所做的全部描述。他們發現的唯一特殊的東西不是來自大自然，而是來自對手：阿蒙森帳篷上的挪威國旗，它放肆而喜悅地飄揚在人類奪取的堡壘上。一封征服者的信正等待著陌生的第二批抵達者，並請求他們將它寄給挪威國王哈康[9]。史考特拿起這封信，並承擔起這一艱巨的任務：在全世界面前，像熱情地對待自己的事業一樣，為一個陌生人的事業做見證。

他們憂傷地將「遲到的英國國旗」插在阿蒙森勝利的標誌旁邊，接著離開了「有

9 編註：Haakon VII，挪威國王哈康七世。他在得知阿蒙森的南極探險計畫後，立即給予他兩萬挪威克朗的公開資助。

辱他們尊嚴的地方」。冷風從身後吹來，史考特心懷不祥地在日記中寫道：「對於歸途，我感到恐懼。」

殉難

歸途險情倍增。他們在去往極點的路上只要羅盤相伴，而現在，他們除了羅盤，還必須在返程路上注意不能遺失自己的足跡。歷時數週，不能迷失一次，否則他們將偏離存放食物、衣服和幾加侖煤油的濃縮熱能的補給站。當暴風雪遮住他們的視線時，每走一步，他們都深感不安，因為每次偏離都意味著走向死亡。同時，他們的肉體已失去了最初來自充足食物的能量和來自南極之家的溫暖，不再精力充沛。接著，意志力也在他們胸中渙散。超越凡塵的希望，滿載全人類的好奇心和渴念，曾推動他們前進；創建不朽事業的意識，曾令他們聚集了英雄般超人的能量。現在它們不復存在，只剩下為了保全肉身，保全塵世間的生命，為了毫無榮耀地歸家的奮力掙扎。或許在他們內心深處，害怕回家更甚於盼望回家。

那些天的日記記載得十分可怕。氣候愈發惡劣，冬天比以往來得更早。柔軟的雪漸漸變成冰，厚厚地黏在鞋底，羈絆著他們的腳步，而嚴寒折磨著他們本已疲憊不堪的身軀。在經歷了幾天的迷路和恐慌後，他們總是在重新找到補給站時慶祝一番，再次燃起短暫的希望，彼此說些激勵的話。再沒有什麼比研究人員威爾遜在瀕死邊緣仍致力於科學研究和觀察，將必要的十六公斤稀有岩石拖在自己的雪橇上，更能絕對地證明，這幾個人在巨大的孤寂中所表現出的精神上的英雄氣概。

然而人類的勇氣在大自然面前漸漸消失。大自然經歷千萬年歷練，積蓄的無情力量，正折磨著這五位探險家。嚴寒、霜凍、冰雪和風暴襲來。他們的腳早已凍壞，每天一頓熱餐完全不能補充身體所需的能量。食物定量愈來愈少，他們的身體開始虛弱，不聽使喚。有一天，同伴們震驚地發現，他們中最強壯的埃文斯精神異常。他突然停下腳步，沒完沒了地抱怨起真實的和他幻想中的痛苦。他們驚奇地從他奇怪的言談中推測，這個不幸的人由於摔跤和一路上可怕的折磨已經瘋了。該拿他怎麼辦？把他丟在這冰天雪地中？他們必須毫不遲疑地抵達下一個補給站，否則——史考特的紀錄顯示他猶豫不決。二月十七日凌晨一點，這位不幸的軍官去世了。那一天，他們距離「屠宰場」還有不到一天工夫。他們抵達那裡後找到上個月屠宰的矮種馬，吃上了豐盛的一餐。

現在趕路的只剩下四人，但等待他們的卻是厄運。下一個補給站更為令人失望。

所剩煤油太少，這意味著他們必須節省取暖的燃料，節省熱量，這唯一對抗嚴寒的武器。冰冷的夜晚暴風雪交加，他們戰慄著難以入眠，幾乎連穿上氈靴的力氣都所剩無幾，但他們卻依舊繼續蹣跚前行。他們中的奧茨已經凍掉了腳趾。風刮得比以往更加凜冽，而當他們於三月二日抵達下一個補給站時，卻陷入了更為殘酷的絕望：那裡儲存的燃料更加少之又少。

現在，他們的恐懼已經無以言表。人們能從日記中感覺到，史考特正極力掩飾著內心的恐慌。但他的故作鎮定中卻一再迸發出絕望的吶喊：「可不能再這樣下去了」、「上帝啊！幫助我們！我們已無法再忍受這種勞累」或者「我們即將悲慘謝幕」。而最後，他終於記下了絕望的告白：「上帝啊，救救我們吧！我們已經不再期待獲得來自塵世的幫助。」不過他們依然絕望地咬緊牙關，繼續前行。奧茨幾乎走不動了。對他的隊友來說，他已經成為負擔而不是幫手。他們不得不在中午零下四十二度的情況下放慢腳步。不幸的奧茨意識到，這樣下去，他會給其他人帶來災難。他們都做好了死的準備。他們每人都跟科學家威爾遜要了十片嗎啡，以便在臨終時快速死去。接下來的一天，他們繼續嘗試帶著這位名人一同前進。然而這個不幸的人卻渴望他們能將他留在睡袋中，將自己的命運與他人分離。他們拒絕了他的請求，儘管他們知道，那樣做會減輕大家的負擔。於是病人又拖著凍僵的雙腳踉蹌著走了幾公里，抵達宿營地。他同大家一起睡到次日清晨。他們望向窗外：外面是怒吼的暴風雪。

奧茨突然站起身來。「我要出去走走。」他對朋友們說，「可能要在外面逗留一會兒。」於是其他人開始顫抖。每個人都知道他的話意味著什麼。但他們都沒有說任何阻攔他的話，也沒人伸手同他握別。大家只是懷著敬畏的心情感到，英國皇家禁衛軍騎兵上尉，勞倫斯．奧茨，即將像一位英雄般走向死亡。

現在只剩下三個疲憊不堪的人，吃力地拖著雙腳，艱難地穿過鋼鐵般堅硬的廣袤雪野。他們已全無力氣，瀕臨絕望，只剩下求生的本能在推動他們前行。氣候愈來愈讓人難以忍受，每到一處補給站都更增添了他們的絕望，油太少，熱量太低。三月二十一日，距離下一個補給站還有二十公里，但殺氣騰騰的風暴卻讓他們無法離開帳篷。每天夜裡，他們都盼望著明天能抵達目的地，而到了第二天，除了吃光了糧食，用盡了燃料，溫度計顯示的零下四十度也讓他們最後的希望落空。所有的希望都破滅了。他們只有兩種選擇，凍死或者餓死。這三個人在一片白茫茫的原始世界中的一間小帳篷內與不可避免的死亡奮戰了八天，三月二十九日，他們知道，不會再有任何奇蹟降臨在他們身上。於是他們決定，不再迎接厄運，而是像忍受一切不幸一樣，自豪地忍受死亡。他們爬進各自的睡袋，沒有以任何一絲哀歎，向世界洩露他們最後的痛苦。

遺書

此刻的史考特上校，在孤寂地面對陌生而迫近的死神時，在狂風暴雪瘋狂地撞擊單薄的帳篷時，想起了和自己相關的一切。只有在這從未被人聲打破的冰冷沉默中，他才能英勇地意識到他對國家，對人類的深厚情誼。在這片白色的荒漠中，精神的幻象將所有因為愛情、忠貞和友誼而與他結識的人們召喚而來，他要同他們道別——上校史考特用凍僵的手指，在他行將死去的時刻，給所有活著的、他深愛的人寫信。

這些書信十分感人。即便出自一個瀕死之人的手，也不見任何淒淒戚戚，就像這些信中滲透了這片無人居住的天空下那清冽的空氣。信雖是寫與某人，卻是向全人類訴說。他雖然寫給了一個時代，卻是向著永恆表達。

他寫給他的妻子。提醒她照顧好他最寶貴的遺贈，他們的兒子。他叮囑她，最重要的是培養他堅強的意志。在成就了一番世界史上最偉大的事業之後，他竟如此坦白道：「我必須強迫自己有所作為，你知道，我總是過於懶散。」在臨終前，他仍對自己的決定感到自豪，而並未抱怨。「關於這次遠征的一切，我該怎麼和你說呢？它不知比坐在舒適的家中要好多少！」

他還懷著最誠摯的情誼寫給與他共殉難的夥伴們的妻子和母親，見證他們的英雄行為。儘管自己正面臨死神，但他卻以堅強、超人般的情感，為這一偉大的時刻和值得紀念的犧牲去安慰他人的親人。

他寫給他的朋友們。談到自己時總是十分謙遜，但談到國家卻充滿神聖的自豪感。作為一名稱職的祖國的兒子，他在這一刻感到由衷的雀躍。「我不知道，我是否算得上一個偉大的發現者。」他寫道，「但我們的結局將證明，我們的民族沒有喪失耐性和英勇的精神。」由於男子漢的固執性格和他靈魂的貞操，他以一生中難以啟齒的話，在此刻，對朋友們做了友誼的表白。「我一生中還從未遇到過像您一樣令我欽慕和愛戴的人。」他在寫給好友的信中說，「但我卻從未讓您知道，您的友誼對我意味著什麼。您給了我太多，而我無以相報。」

最後是所有信中最精彩的一封，寫給他的祖國英國。他認為他必須說明，在這場為英國爭取榮耀的戰鬥中，他並無過錯。他列舉了一系列令他們遭受失敗的突發事件，並以一種瀕臨絕境的激昂情緒懇切地呼籲所有英國人不要拋棄他們的遺屬。他最後的考量仍不是他個人的命運。他並未談及他的死亡，而是他人的生命：「看在上帝的分上，請照顧好我們的親人！」之後便是空白紙頁。

史考特上校的日記一直寫到他生命的最後一刻，記到他手指僵硬，記到筆從他手中脫落。他希望人們能從他的屍體旁找到這些日記，來證明他本人和英國人的勇氣。正是這種希望，支撐他超人般的毅力，將日記寫完。最後，他還用顫抖僵硬的手指記下了他的遺願：「請將這本日記交給我的妻子！」但緊接著，他又殘忍而堅決地將「我的妻子」幾個字劃去，並補充了可怕的字眼：「我的遺孀」。

迴響

營地裡的夥伴們已經等了幾週。起初信心十足，接著稍有擔憂，最終則愈發不安。他們兩次派出營救的探險隊，都因惡劣的氣候返回。整個冬天，這些失去頭領的人都在小屋中漫無目的地度過，心中彌漫著災難的陰影。這幾個月，羅伯特·史考特上校的行動和命運被封鎖在皚皚白雪和寂靜的世界，封存在冰制的玻璃棺木中。直至十月二十九日，極地的春天，一支探險隊才出發去探尋他們的消息，起碼要找到英雄們的屍體。十一月十二日，他們抵達補給站，發現了凍死在睡袋中的英雄們，史考特直至臨終仍兄弟般地擁抱著威爾遜。他們發現了遺書、文件，並為這些悲劇英雄壘了墓。白色的世界中，一具簡陋的黑十字架孤獨地聳立在堆滿白雪的墓頂，墓中永遠地埋葬著人類歷史偉業的見證人。

然而不！他們的事業不可思議地奇蹟般地復活了：新時代的科技世界創造了這一輝煌的奇蹟！朋友們將底片和膠捲帶回家，一幅幅畫面從化學試劑中顯現。人們再次看到了行軍途中的史考特和他的夥伴們，看到除了另一個人，阿蒙森之外，只有他們才見到的極地風光。史考特的話語和信件透過電纜傳向為之讚歎的全世界。國家主教堂內，國王跪下身來為英雄的亡靈哀悼。看上去徒勞無功的事業再次結出碩果，遺憾的事業變為向人類的大聲疾呼：將力量集中起來吧，挑戰那些尚未抵達的目的地。偉大的對決中，英雄雖死猶生，失敗中的意志崛起，直抵無限高峰。因為偶然的成功和輕易的勝利只能點燃人的虛榮之心，卻不能獲得一個人在與不可戰勝的強大命運的搏擊中，因為覆滅而昇華的高尚心靈。這類一切時代、一切悲劇中最偉大的傑作，時常刻畫於詩人筆下，又千百次地在生活中誕生。

封閉的列車

DER VERSIEGELTE ZUG

列寧（1917 年 4 月 9 日）

住在鞋匠家的人

瑞士的四圍熊熊燃燒著世界大戰[1]的烈焰。一九一五年、一九一六年、一九一七年和一九一八年，偵探小說裡才有的場景層出不窮地發生在這片和平的綠洲上。豪華旅館中，交戰國雙方的使節們就像從未謀面的陌生人一樣冷漠地擦身而過，儘管一年前他們還坐在一起打牌並邀約對方參加家宴。房間中倏忽出入著一群諱莫如深之人。議員、祕書、武官、商人、遮面紗或不遮面紗的女士們個個肩負著神祕使命。插著擁有赦免權的外國國旗的高級轎車駛向旅館門廊，車上下來的是實業家、記者、藝術家和一些貌似偶爾出門的旅人，但似乎人人都懷揣著相同的任務：刺探什麼或發現什麼，甚至引領賓客的門童和打掃客房的女僕們也被委任去偷聽或偷看。客棧、旅館、郵局和咖啡館中，互相摸底的人比比皆是。所謂的宣傳演出無非是些間諜活動。人們相互吹捧，實則相互出賣。所有這些過客的公開交易都隱藏著兩三個不可告人的目的。一切都有人彙報，一切都被人監視。無論何種身分的德國人，只要一踏入蘇黎世[2]，伯恩[3]使館的人就會收到消息，一個小時之後，消息就傳到巴黎。大大小小的間諜們每天都把一些真真假假的情報遞交給使館的外交參贊，這些外交官又會繼續層層上報。世上沒有不透風的牆。電話被竊聽，字紙簍和吸墨紙中所有的往來信函都會被復原。在這

1 編註：指第一次世界大戰。瑞士於一八一五年的維也納會議上確立永久中立國的地位，因此即使一戰期間被協約國與同盟國環繞，仍免受戰火波及。

2 編註：Zürich，瑞士最大城市，其中央車站是瑞士交通樞紐。

3 編註：Bern，瑞士第五大城，也是首都與行政中心，各國使館均設於此。

種群魔亂舞的混亂局面中，許多人甚至連自己都搞不清楚，他們的身分究竟是獵手還是獵物，是間諜還是反間諜，是告密者還是被出賣者。

然而在這段日子裡，關於一個人的情報卻少之又少。也許是因為這個人太不引人注目：他既不下榻高級旅館，也不泡咖啡館，更不出席那些宣傳演出。他和他的妻子祕密隱居在一個鞋匠家中。鞋匠家位於利馬特河畔身後古老又狹窄崎嶇的巷子裡，一幢如同其他老城中的房子一樣，結實而高聳的房子的三層樓上。房子一半因為歲月，一半因為樓下的香腸作坊，被熏得焦黑。他的鄰居們是一位女麵包師，一個義大利人和一位奧地利男演員。由於他總是沉默寡言，大家除了知道他是個俄國人，名字拗口之外幾乎對他一無所知。房東也只是從這對夫妻寡淡的三餐和破舊的衣著中看出，他們已流亡多年，沒有什麼財產，也不做什麼賺錢的買賣。他們搬來時的所有家當還盛不滿一只竹籃。

這個結實的小個子毫不起眼，也盡量過著低調的生活。他回避與人交往。鄰居們的目光幾乎很少能與他眯縫的雙眼中射出的深沉銳利的目光相遇。很少有客人拜訪他。他每天規律地上午九點去圖書館，待到十二點圖書館關門，十二點十分準時回家，一點差十分又離開家去圖書館，成為下午的第一位讀者，直至晚上六點。間諜們歷來盯著那些誇誇其談的人，殊不知獨來獨往、好學勤勉的人才是煽動世界革命的頭等危險分子。所以間諜們從未寫過關於這個住在鞋匠家的微不足道之人的報告。只是在社會主義者的圈子裡，大家卻都知道，此人曾在倫敦做過一份激進的俄國流亡者小報的編輯，擔任過彼得堡的一個名字拼寫較長的特殊黨派的領袖。由於他對社會主義政黨的頭面人物發表過強硬而充滿蔑視的言論並宣稱這些人的理論有誤，加之他所表現出的拒人於千里之外的態度，人們也就不大理會他。有些晚上，他會在一家無產者出沒的小咖啡館內組織會議，與會人數也不過最多十五至二十人，且大多數是年輕人，為此人們就像看待那些流亡的俄國人一樣聽之任之。這些流亡者只是些因為喝了太多的茶，因為無休止的爭論而頭腦發熱而已。沒有人把這個矮小而冷峻的男人放在眼裡。整個蘇黎世也不會超過三人，認為這個住在鞋匠家名叫弗拉基米爾・伊里奇・烏里揚諾夫[4]的人值得被記住。要是當時某輛飛速穿梭於使館之間的豪華轎車偶然將他撞死在街上，世人就不會再知道這個叫烏里揚諾夫或是列寧的人。

實現……

一九一七年三月十五日這天，蘇黎世圖書館的管理員有些納悶：時針已經指向九

4 編註：Vladimir Ilyich Ulyanov，列寧（Lenin）的本名，「列寧」是其最常使用的筆名。

時，那個每天準時前來借閱的不知疲倦的讀者依舊沒有出現。九點半，十點，他的位子依然空著。他不會再來了。在去往圖書館的路上，他遇見了一位俄國朋友。他們攀談的內容，或者確切地說，是俄國爆發革命的消息打亂了他的計畫。

列寧先是感到震驚，無法相信。接著他疾步走向湖畔報亭，一小時一小時，一天一天，他在那裡等待最新的報紙。果真確有此事。消息確鑿並且愈發真實得令人振奮。最早是謠傳宮廷政變，似乎更迭了一名內閣。接著傳來推翻沙皇，臨時政府宣布執政的消息。來自杜馬[5]會議的消息則是俄國已經自由，政治犯獲得大赦——所有這一切列寧多年來夢寐以求，所有他二十年來在祕密組織中、在監獄中、在西伯利亞、在流亡途中為之奮鬥的一切均已實現。他突然感覺到在這次戰役中犧牲的千百萬人的鮮血沒有白流。他們沒有白白犧牲。他們是為了一個新的自由之國，為了公正和永久的和平而犧牲的殉道者。現在，這個新國家已經誕生。一個平日清醒冷酷的夢想家已經心醉神迷。成百上千位聚居在日內瓦[6]、洛桑[7]和伯恩陋室中的流亡者們也因為這些令人振奮的消息歡呼雀躍：可以回到祖國俄國了！不用再使用假護照，不用再隱姓埋名，不用再冒著被判處死刑的風險回到沙皇的帝國，而是作為自由的公民，回到自由的國度！他們已經開始整理極少的行裝，報紙上已經刊登了高爾基[8]簡明而有力的電報：「回

5 Duma，俄文音譯，即議會。

6 編註：Geneva，瑞士第二大城，許多國際組織均在此設立總部或辦事處。

7 編註：Lausanne，瑞士第四大城，亦是諸多國際組織所在地。

8 編註：Maxim Gorky，俄國知名作家，長年積極參與俄羅斯革命活動。

家！」這一消息很快被他們傳遍四面八方：「回家，回家！聯合起來，團結起來！再次將生命投身到為之奉獻的事業：俄國革命之中！」

失望……

然而幾天以後，令人錯愕的結果卻是，這一激動人心的消息中的俄國革命並非人們夢想中的俄國革命。它不過是英國和法國外交官策劃的針對沙皇的宮廷政變，目的是阻止沙皇和德國媾和。這絕不是人民為和平與權利而奮鬥的革命，不是人民為之生並樂意為之赴死的革命。它只是好戰的黨派、帝國主義者和將軍們不願自己的計畫付之東流的一次陰謀。不久，列寧和他的同志們也認識到，讓流亡者回國的許諾並不適用於那些真正激進地要進行卡爾．馬克思式革命的革命者。米留科夫[9]和其他自由派人士已經授意他們終止回國。普列漢諾夫[10]等有利於延遲戰爭的社會主義者雖以體面的方式，在高級官員的陪同下從英國用魚雷艇被護送回彼得堡，但像托洛茨基[11]這樣的激進分子卻被攔阻在哈利法克斯[12]，截留在國境線外。所有協約國邊哨都有一份記錄著參加過第三國際齊美爾瓦爾德會議[13]的人員黑名單。絕望中的列寧依舊不斷地往彼得堡拍電報，但這些電報不是被扣留就是不予受理。雖然在蘇黎世或瑞士幾乎無人知道列寧，

9 編註：Milyukov，俄國政治家，支持君主立憲制，時任俄國外交部長。

10 編註：Plekhanov，俄國馬克思主義之父。

11 編註：Leon Trotsky，俄國革命家，持「不斷革命論」。

12 編註：Halifax，加拿大東岸重要港口。

13 一九一五年九月於瑞士齊美爾瓦爾德（Zimmerwald）村舉辦的全世界社會主義者的會議。

但是在俄國，他的反對者卻清楚地知道，弗拉基米爾．伊里奇．列寧有多麼強大，多麼堅定不移，多麼具有致命的殺傷力。

這些束手無策的隱居者失望至極。多年來，他們曾無數次在倫敦、巴黎、維也納舉行會議，規劃俄國革命的戰略。他們仔細考量、反覆驗證和徹底討論過每項組織工作的細節。幾十年來，他們在內部刊物上從理論到實際地探討過俄國革命的困境、危情和可能性。列寧以畢生的精力不斷地思索著革命的總體構架，最終成型。現在卻僅僅因為他被滯留在瑞士，他的革命就要被溫和派踐踏！這些人假借解放人民的名義為外國人效力。平時一向頑強不屈、實事求是的列寧，在這樣的時刻也做起了不切實際的夢。難道不可行？租一架飛機，穿越德奧領土回家。這一計畫首先招來的效勞者就是個特務。儘管如此，奪路而去的想法卻愈來愈強烈和難以遏制地在他腦海中盤旋。他寫信到瑞典，希望那裡的人能幫他弄一張瑞典護照。他甚至想為避免盤問，裝成啞巴。然而夢醒之後的清晨，列寧知道，這一切不過是無法實現的夢幻。他內心確信的只是：他必須回到俄國。他必須親自去革命，而非由他人代勞。他必須去進行真正的、純粹的革命，而非任由那些人玩弄政治。他必須儘快回去，回到俄國。不惜一切代價也要回到俄國！

取道德國：是否可行？

瑞士地處義大利、法國、德國和奧地利的環抱之中。列寧想取道協約國[14]並不可行，而作為交戰國公民，想取道德國和奧地利也不可行。荒謬之處在於：和威廉皇帝[15]的德國打交道，對於列寧來說，成功的可能性要大於他去和米留科夫的俄國以及龐加萊[16]的法國打交道。因為德國無論如何都要在美國宣戰前與俄國修好。對於德國人來說，一位能給英法製造麻煩的革命者無疑是個受歡迎的幫手。

邁出這一步，去與他曾在文章中千百次譴責過的威廉皇帝統治下的德國交涉，對列寧來說意味著承擔巨大的後果。以迄今的道德觀念看，交戰期間獲得敵國參謀部的批准，踏上並穿越敵國的土地，無疑是犯了叛國罪。列寧當然知道，這樣做會讓他在自己的黨和事業面前名譽掃地。他將被質疑，被看作是德國政府收買並派到俄國的間諜。如果他提出的立即和平的綱領一旦實現，他會被當成阻礙俄國透過取勝而獲得真正和平的歷史罪人。毫無疑問，當列寧宣布，必要時他會走這條最危險、最足以令他毀譽的道路時，不僅溫和的革命者們，就連與列寧在政治上志同道合的同志們也感到震驚。他們驚愕地指出，瑞士的社會民主人士早就在為了爭取把俄國的革命者透過交換戰俘的合法中立方式送回去而談判。但列寧深知，這條路何其漫長，俄國政府會刻

14 編註：一戰期間由英、法、義、俄等國組成的同盟，與德、奧為主的同盟國為敵。

15 編註：Wilhelm II，威廉二世，末代德意志皇帝。

16 編註：Raymond Poincaré，法國總統，其堂兄是知名數學家亨利．龐加萊。

意拖延時間直至他們的歸程遙遙無期。而他更深知，每一天每一小時都事關緊要。列寧只能鋌而走險，那些缺乏膽識和魄力的人根本不敢這麼做，按照既有的法律和觀念看，這種行為無異於背叛。他暗下決心，為了同志們能重返家園，他願意承擔一切責任，去跟德國政府交涉。

協定

正因為列寧深知他的舉動會引起轟動或受到挑釁，所以他盡可能公開行事。在他的委託下，瑞士工會書記弗里茨・普拉廷[17]前去和早就與俄國的政治流亡者交涉過的德國公使接洽並遞交列寧開出的條件。列寧，這個不知名的小個子就像已經預料到自己即將獲得威望一樣——他絕不懇求德國，而是開出條件。只有滿足這些條件，流亡者才接受德國政府提供的便利：德國政府必須承認車廂的治外法權。上下火車時不得檢查人員及其證件。旅客需要按照正常價格自行支付旅費。不許強令他們離車，也不許任何人擅自離車。公使隆貝爾格向上級彙報了這些要求，一直遞交到魯登道夫[18]將軍手裡，後者自然完全同意，儘管在其日後的回憶錄中，魯登道夫將軍對他在人生中曾經做出的這一影響世界歷史的決定隻字未提。德國公使曾試圖改變某些條款，但列寧的

17 編註：Fritz Platten，瑞士共產主義者。

18 編註：Erich Ludendorff，一戰時期德國名將。

文件故意寫得模稜兩可，使得不僅俄國人，包括同行的拉狄克[19]這樣的奧地利人也可以免受檢查。像列寧一樣，德國政府也很著急，因為就在四月五日這一天，美利堅合眾國已經宣布對德開戰。

於是四月六日中午，弗里茨·普拉廷收到了一則重要通知：「事情如期順利進行。」一九一七年四月九日，下午兩點半，策林格豪夫旅店內的一小群穿著破舊、手提箱簍的人出發去往蘇黎世火車站。他們一行二十人，包括婦女和兒童。男人中後來為人熟知的有列寧、季諾維耶夫[20]和拉狄克。他們一起吃了簡單的午餐。因為從《小巴黎人報》上獲悉俄國臨時政府有意將他們這些取道德國的旅行者看作叛國者而一起簽署了一份文件。他們的簽名粗獷有力。他們宣稱他們本人對此次旅行承擔全部責任並接受所有的條件。就這樣，他們平靜堅定地準備好了這次具有世界歷史意義的旅行。他們到達火車站時並未引起任何注意。沒有記者出現，也沒有攝影師。在瑞士，沒人認識戴著皺巴巴的帽子，穿著破舊的外套和一雙可笑笨重的鞋子（這雙鞋他一直穿到瑞典）的烏里揚諾夫。他夾雜在一群手提箱簍的男女中毫不引人注目。上了車，他默默地在火車上找到一個座位。這些人看上去和南斯拉夫、羅塞尼亞[21]或羅馬尼亞的那些在蘇黎世坐在木箱上休息幾個小時後，從法國海岸遠渡重洋的移民沒什麼區別。並不贊成這次

19 編註：Karl Radek，奧地利共產主義者，共產國際早期領導人。

20 編註：Grigory Zinoviev，列寧主要助手之一。

21 Ruthenien，今烏克蘭或白俄羅斯。

行程的瑞士工人黨沒有派代表來送行，只來了幾個給老家捎點生活用品、帶去問候的俄國人，其中有幾個還想利用這最後幾分鐘勸阻列寧放棄這「毫無意義又鋌而走險的旅行」。然而列寧決心已定。列車員三點十分發出信號後，火車滾滾駛向德國邊境戈特馬丁根[22]。這一刻起，世界的時鐘改變了運行。

封閉的列車

世界大戰期間發射了數百萬枚具有毀滅性威力的炮彈。這些由工程師們發明的炮彈力量巨大，射程極遠。但在近代史上，卻沒有哪一顆炮彈能像這列火車一般影響深遠，性命攸關。此刻，它正載著二十世紀最危險、最堅決的革命者們駛過瑞士邊境，穿越德國，前往彼得堡，並將在那裡摧毀時代的秩序。這枚非凡的炮彈此刻正停靠在戈特馬丁根月臺。二等和三等車廂內分別坐著婦孺和男人們。地板上用一條粉筆線區分了俄國人和兩名陪同這些活體炸藥的德國軍官的領地。列車徑直穿過黑夜，只在法蘭克福站時突然跑來幾個德國士兵，他們聽說列車上有俄國革命者，還有幾個德國社會民主黨人士企圖和這些旅行者攀談，但都被拒絕上車。列寧深知，在德國的土地上，他哪怕只跟一個德國人說上一句話，也會為自己招來嫌疑。到了瑞典後，他們受到熱

22 編註：Gottmadingen，德國南部邊境城市，與瑞士接壤。

烈歡迎。他們撲向瑞典人的早餐桌，眼前的奶油和麵包簡直就像不可思議的奇蹟。之後，列寧買了幾件衣服和一雙新鞋，換下了他沉重的礦工鞋。現在終於到了俄國邊境。

炮彈打響

列寧抵達俄國大地後的第一個舉動充分展示了他的個性：他沒有去見任何人，而是首先撲向報紙。儘管在他闊別俄國的十四年間，他沒有見過一眼這片土地，沒有見過國旗和士兵們的制服。意志堅強的列寧並沒像他人一樣流淚，或像婦女們那樣去擁抱深感意外和震驚的士兵們。報紙，他先要看報紙，特別是《真理報》[23]。他要看看他的《真理報》是否堅定地維護了國際主義[24]立場。他憤怒地揉碎了報紙。不，不夠堅定。報紙上依舊充斥著「祖國」或愛國主義這些陳詞濫調，依舊沒有足夠體現出他純粹的革命意志。他感到此刻正是他回來扭轉乾坤，將自己平生的理想付諸行動的時刻，無論他將走向勝利還是走向失敗。但他能實現這一切嗎？他有些不安，有些憂慮。米留科夫難道不會在這座依然稱為彼得格勒[25]的城市逮捕他嗎？儘管這座城市即將易名。前來車廂內迎接他的朋友們，加米涅夫[26]和史達林[27]沒有回答他的問題，或者不想回答。三等車廂內昏暗的燈光照耀下，他們只是露出神祕而奇異的微笑。

23 編註：*Pravda*，前身是托洛茨基創辦於維也納、針對俄國工人所發行的報紙，後成為列寧領導的布爾什維克重要宣傳媒體。

24 編註：指無產階級國際主義，由馬克思提出，主張團結世界範圍的工人階級對抗資本主義。

25 編註：聖彼得堡舊名，在列寧逝世後一度更名為列寧格勒，直到蘇聯解體後才恢復聖彼得堡之名。

26 編註：Kamenev，列寧主要助手之一。

27 編註：Joseph Stalin，列寧主要助手之一，列寧逝世後成為蘇聯最高掌權者。

但事實卻做出了無聲的回答。轟隆的列車徐緩駛進芬蘭站[28]，站前巨大的廣場上已經擠滿了成千上萬名工人和攜帶各種武器的衛隊，他們正在等候歸來的流亡者。國際歌響徹廣場。弗拉基米爾・伊里奇・烏里揚諾夫這時走出來。這個前天還住在鞋匠家中的人，此刻被幾百雙手抓住並高舉到一輛裝甲車上。屋頂和碉堡上的探照燈光線集中照射在他的身上，他站在裝甲車上，向人民發表了他的第一篇演說。大街小巷都在震顫。而不久就開始了「震撼世界的十天[29]」。第一枚炮彈即將打響。這枚炮彈將粉碎一個帝國，粉碎一個世界。

28 編註：St. Petersburg–Finlyandsky，聖彼得堡鐵路的終點站。

29 美國記者約翰・里德曾記載一九一七年十月革命爆發後的十天俄國發生的變化。該通訊集名為《震撼世界的十天》。

西塞羅

CICERO

一個英明智慧卻不夠勇敢的人，如若遇到比自己更強大的對手，最聰明的做法莫過於回避此人，不動聲色地靜候轉機，直至前路不修自平。馬庫斯・圖留斯・西塞羅，羅馬帝國的首位人文主義者、偉大的雄辯家、法律捍衛者，三十年來致力於效忠法律，維護共和國的利益。他的演講被載入史冊，文獻成為拉丁語的基石。他怒斥叛亂者喀提林[1]，揭露貪贓枉法的維勒斯[2]，抵制常勝將軍們日益肆虐的獨斷專行。他的著作《論共和國》成為他所處時代中理想政體的道德法典。然而，強大的對手出現了。尤利烏斯・凱撒，這個西塞羅曾作為德高望重的長者毫無顧慮提攜過的人，現在一夜間率領他的高盧軍團成了義大利的主人。作為一名在軍團中擁有至高權力的統帥，他只是伸了伸手，就握住了安東尼在聚眾面前獻給他的王冠。西塞羅曾徒勞地與凱撒的獨裁統治抗衡，然而凱撒的軍團在越過盧比孔河時就等於越過了法律。西塞羅也曾徒勞地試圖號召最後的自由捍衛者們抵抗暴政，但事實再次證明，羅馬軍團比言辭更強大。智勇雙全的凱撒獲得了徹底的勝利。假如凱撒像大部分獨裁者一樣報復心強烈，他可能會在凱旋後隨手將固執的法律捍衛者西塞羅除掉，或至少將他驅逐出法律保護的範圍之內，但相比一切軍事上的勝利而言，凱撒更看重自己的慷慨大度。他不帶任何羞辱意圖地饒過西塞羅這位手下敗將一命，唯一的要求是他必須撤離唯獨屬於他凱撒的政治舞臺。

1 編註：Catilina，曾任阿非利加行省總督，後競選執政官屢屢失利，意圖暴動奪權。西塞羅為此四次發表演說，終迫使喀提林出逃。

2 編註：Verres，曾任西西里行省總督，任內大肆掠奪領內珍寶並濫殺反抗者。西塞羅受島上友人所託，為其蒐證並控告維勒斯，終使維勒斯自行選擇流放。

在這個舞臺上，其他人只能扮演沉默而順服的角色。

對於智者來說，再沒有什麼比遠離公共生活，遠離政治更幸運的事情。它驅使這位思想家和藝術家走出被野蠻行徑或多端詭計掌控的不體面的世界，回歸到他內心堅如磐石的不可觸碰的世界當中。任何流放都會推動一位智者回歸內心。西塞羅遭遇天賜厄運的時刻恰恰是他人生中最美好幸福的時刻。這位偉大的雄辯家已臨近暮年，在不斷的政治風暴和較量中，他很少有時間總結自己的創作。年過六旬的西塞羅在那個年代有限的空間中經歷了太多爾虞我詐。他曾以堅韌的意志和卓越的智慧平步青雲，斬獲所有對一個外省人來說毫無機會，只能羨慕的唯獨屬於世襲權貴們的官職和榮耀。在公眾中，他曾得到自上而下的厚愛。戰勝喀提林後，他在元老院中的地位節節攀升，民眾為他戴上花冠，他也被羅馬的元老院榮稱為「國父」。而另一方面，他又不得不一夜間流亡，被同一個元老院問責，被同一群民眾背棄。他失去了職務，失去了他辛勞贏得的榮耀。他曾在法庭上、在論壇上雄辯。他曾是軍人，在戰場上指揮羅馬軍團。他曾是羅馬共和國的執政官，管理行政省。數百萬塞斯特斯[3]經由他的手進帳，再被他全部花光。他曾擁有帕拉丁山[4]上最美的宅邸，又親眼看著它變成廢墟，被敵人焚毀成瓦礫。他曾撰寫過重要的論文，作過堪稱經典的演講。他曾有過子女，又失去了子女。

3 Sesterz，古羅馬貨幣單位。

4 編註：Palatium，羅馬七丘之一，位於城中心，為富人居所。

他曾勇敢，也曾軟弱。曾經一意孤行，也曾卑躬屈膝。許多人讚賞他，許多人仇恨他。他性情易變，時而不堪一擊，時而又光彩照人。總之，在那個時代，他是個極富魅力又令人惱怒的人物。從馬略[5]到凱撒，四十年風雲變幻間的所有事件都與他不可分割地休戚相關。沒有人能像西塞羅一樣經歷時代的風暴，世界的歷史。只有一件事，一件最重要的事，他還無暇顧及，那就是回顧他自己的一生。為了追求功名，這個忙碌的人從來都沒有時間安靜地深思，並總結他的知識與思想。

現在，凱撒的篡權終於使他被排除在國家事務之外，終於給了他機會，有效地處理世界上最重要的事務——他個人的事務。西塞羅無奈地將論壇、元老院和帝國割讓給獨裁者凱撒。受盡打擊的西塞羅對公眾事務失去了興趣，他已聽天由命：唯願有人能去捍衛那些把角鬥士的格鬥和表演看得比個人的自由還重要的人民的權利。對於現在的西塞羅來說，最重要的是去尋找，去發現，去發展內心的自由。六十歲的西塞羅第一次平靜地思量自己，為了向世界證明，他曾影響它並為它而活。

作為天生的文人，他只是不經意地從書籍的世界陷入了政治世界的沼澤。現在，馬庫斯．圖留斯．西塞羅要試圖遵循他的年齡，依照他內心的愛好明智地安排生活。他從喧囂的大都會羅馬搬到了圖斯庫魯姆，即今天的弗拉斯卡蒂[6]，他隱居在位處義大

5 編註：Marius，羅馬名將暨政治家，兩度獲「凱旋者」稱號，七次當選執政官，開啟了羅馬軍人主政的時代。

6 編註：Frascati，位於羅馬東南約二十公里處。古羅馬時，貴族的莊園別墅多建於此。

利最美風光中的一所莊園內。蔥郁的菩提樹，緩緩延伸至坎帕尼亞平原連綿起伏的丘陵上，在一片幽靜中，泉水淙淙作響。在廣場、論壇、戰營和旅途中忙碌多年的西塞羅，這位富有創造力和思考力之人，現在終於在這片幽靜中敞開心扉。羅馬，那座具有誘惑力又令人疲憊的城市遠在天邊，然而它又近在眼前，因為時常有朋友前來同他交談，以獲得思想上的啟示。阿提庫斯[7]，他親密的朋友，或年輕的布魯圖斯，年輕的卡西烏斯，有一次甚至來了一位危險的客人——大獨裁者尤利烏斯・凱撒本人！儘管羅馬的朋友們不能時常在身邊陪伴，但他卻被另外一些美妙而永遠不會令人失望，順從而沉默的交談者們包圍：書籍。馬庫斯・圖留斯・西塞羅在他的鄉間居所中建造了一座完美的圖書館，一座取之不盡的知識蜂房。希臘賢哲們的著作，羅馬編年史，以及一些法典安置其中。和這些來自不同時代，操不同語言的朋友們在一起，夜晚不會寂寞，而清晨屬於工作。學識淵博的奴隸總是恭敬地等候著為西塞羅的口授作筆錄。心愛的女兒圖利婭為他打理膳食。教誨兒子調劑了他的日常生活並總是為他帶來新的樂趣。此外，他生活中最後的智慧：六十歲的他幹了一件他晚年最甜蜜的傻事——他娶了一位比自己女兒還年輕的妻子。作為生活的藝術家，他不僅要從大理石雕像和詩句中獲得美，還要以最感官最魅惑的方式享受美。

7 編註：Atticus，羅馬貴族，與西塞羅有同窗之誼，長年客居雅典。

如此看來，馬庫斯・圖留斯・西塞羅終於在他六十歲時回歸了自我。他更多是一位哲學家，而不再是煽動者，是作家而不再是雄辯家；他是自己悠閒的主人，而不再是繁忙的人民公僕。他不再在廣場上對峙那些被收買的法官，而是在他的著作《演說家》中為後輩闡明演說藝術的真諦。同時，他還在他的著作《論老年》中自我激勵道，「一位真正的智者應當在晚年學會聽天由命」。他那些最優美、最和悅的書信也來自這段寧靜的歲月。縱然在他遭遇巨大的打擊，他心愛的女兒圖利婭過世時，他仍能以哲學的藝術撫慰自己：他寫出了《論慰藉》，一篇迄今仍安慰著千萬和他經歷同樣不幸的人們的隨筆。這位昔日繁忙的雄辯家變成了一位偉大的作家。後人將這一切歸功於他的流亡。在這安靜的三年中，他為後世留下的遺著多於過去獻身於國事所荒廢的三十年。

他過著哲學家的生活。每天從羅馬傳來的消息和信函幾乎很少引起他的注意。他不再屬於凱撒獨裁的羅馬帝國，而是成為了精神王國永恆的公民。這位人間的法律導師終於明白了每一位獻身於公眾事業的人都必將明白的苦澀奧祕，一個人無法長久捍衛公眾的自由，一個人只能捍衛其內心的自由。

馬庫斯・圖留斯・西塞羅，這位世界公民、人文主義者、哲學家就這樣度過了一個被神靈眷顧的夏天，一個碩果累累的秋天和一個義大利式的冬天。正如他自己所言：他已徹底遠離塵世和政治的喧囂。他不再關心他無須參與的博弈。他似乎完全沉醉在追逐文學成就的欲望中，唯願成為隱蔽的文學世界的公民，而不再是那充滿腐敗和壓迫，人人只聽命於暴力的羅馬共和國的公民。然而三月的某個中午，一位信使風塵僕僕，氣喘吁吁地闖進他的寓所，通報了一則資訊：獨裁者尤利烏斯·凱撒在羅馬議會上被刺殺身亡。說完，信使就撲倒在地。

西塞羅驚得臉色煞白。幾週前他還和這位雅量的勝利者同桌進餐。儘管他曾站在反對者的立場上憎恨這位傑出的危險人物，也曾對他在軍事上取得的勝利持懷疑的觀望態度，但他內心卻一直祕密地欽佩著這位唯一值得尊敬的敵人所具備的人性，他的獨立精神和卓越的組織才幹。在一切行凶者卑劣無恥的理由之上，難道不是由於凱撒的卓越和成就，才令他遭遇弒君的滅頂之災？難道不也是他的天賦，威脅了羅馬人的自由？他的死誠然令人惋惜，但這次謀殺行動卻可能成就神聖的事業，因為只有凱撒的死才能讓羅馬共和國重獲新生——他的死讓崇高的理念，即自由的理念獲得勝利。

這樣想來，西塞羅隨即戰勝了內心的驚駭。事實上他連做夢也不會想到這種謀殺，更不願看到這一陰險行徑的發生。布魯圖斯和卡西烏斯事先並未向他透露過他們的行動，儘管布魯圖斯在將帶血的匕首從凱撒的胸中拔出時，曾高喊他西塞羅的名字，並以此要求他這位共和國的精神領袖作為他們行動的見證人。現在，一切已無可挽回，但這一事件至少可視為對共和國有利。西塞羅意識到，跨過這具暴君的屍體是通向古老的羅馬人的自由之路，而向他人指明這條路乃是他義不容辭的責任。這樣的時機他不能錯過。於是馬庫斯・圖留斯・西塞羅當天就放下他的書，放下寫作，放棄他作為一位文人不容進犯的安寧，匆忙趕回羅馬。西塞羅要從謀殺凱撒的人手中，或從為凱撒復仇的人手中拯救共和國，這一凱撒留下的真正遺產。

在羅馬，西塞羅見到了一座悵然若失又惶恐無措的城市。刺殺凱撒這一行動本身遠比究竟是誰刺殺了凱撒更為重要，這在事發當時就已十分明確。這群被糾集在一起的謀反者只知道要除掉一位他們無法比擬的強者，卻不知道事發後該如何應對和利用這一局面。元老們對這一行動不知該贊同還是譴責。長期習慣於被肆無忌憚地粗暴對待的民眾更是嚇得不敢表態。安東尼和凱撒的其他朋友們懼怕那群謀反者，正在為個人的性命擔憂。而反過來，那些謀反者也害怕凱撒的同黨們進行報復。

西塞羅是這片狼藉中唯一果敢之人。儘管足智多謀的他平日謹小慎微，但這一刻，他卻堅定不移地站出來支持他並未參與的刺殺行動。他氣宇軒昂地踏入大理石地面上仍留有凱撒血漬的龐培議事廳，在元老們面前讚譽這次除掉獨裁者的行動為一次共和制思想的勝利。「我的人民，你們再次回到了自由之中！」他大聲宣告，「你們，布魯圖斯和卡西烏斯，你們完成的不僅是羅馬的，也是全世界最偉大的行動。」他同時提出要求，這次刺殺行動當被賦予更崇高的意義。謀反者應當強而有力地握住凱撒死後被擱置的政權。他們必須迅速利用這次機會，挽救共和，重建羅馬人古老的憲法。安東尼的執政官職務須被罷免，權力應由布魯圖斯和卡西烏斯接管。為了迫使獨裁統治永久地讓位給自由，這位法律的捍衛者在這歷史性時刻首次打破了硬性的法律。

然而謀反者們卻暴露了他們的無能。他們只會策劃一次謀反，完成一次謀殺。他們唯一的力量是將匕首深深插入毫不設防的肉體中，之後，他們的意志力就已耗盡無餘。他們並沒有奪權，也沒有借此重建共和國，而是忙著和安東尼交涉並尋求他廉價的赦免。

他們不但錯失了寶貴的時機，還給了凱撒的朋友們凝聚力量的時間。西塞羅洞見了這種風險。他發覺安東尼正在準備反擊，他不僅要除掉謀反者，還要消滅共和思想。

於是為了強制謀反者和民眾們採取堅決行動，他發出警告，積極勸說，宣傳鼓動，發表演說。然而他卻犯了一個具有世界歷史意義的錯誤！他本人沒有採取任何其他的行動。儘管所有的可能性都掌握在他手中。元老院已準備支持他。民眾們早就盼著能有人堅定而勇敢地接過凱撒強大的手中脫落的韁繩。如果西塞羅現在緊握大權並在混亂中重建秩序，不僅不會有人反對，反而所有人都會如釋重負。

自從馬庫斯・圖留斯・西塞羅以控告喀提林的演說揚名以來，他熱切盼望的屬於他的世界歷史性時刻，終於伴隨三月望日[8]刺殺凱撒事件到來。假如他懂得利用這一時機，那麼我們在學校裡將會學到截然不同的歷史。西塞羅的名字將不僅作為顯赫的作家，而是作為共和國的拯救者，作為真實的羅馬自由的守護神，在李維[9]和普魯塔克[10]的編年史中流芳百世。他將獲得不朽的聲譽：因為他不僅從獨裁者手中拿下了政權，還自願將這一權力交還給了人民。

然而歷史不斷上演著這樣的悲劇：智者們往往因為內心肩負著巨大的責任，而在重要時刻優柔寡斷。這種內心的矛盾衝突不斷表現在擁有智慧和創造性的人身上：他們比別人更能認清時代的蠢行，他們亦捲入時代浪潮，亦會在狂熱的激情中投身到政治鬥爭中；同時，他們又會躊躇於以暴制暴的行徑。而這種猶疑和顧慮恰恰在那些

8 Iden，古羅馬曆三月十五日。

9 編註：Titus Livius，古羅馬史家，著有《羅馬史》。

10 編註：Plutarchus，古羅馬史家，著有《希臘羅馬名人傳》。

要求他們鋌而走險的時刻令他們喪失了行動力量。西塞羅在最初的熱忱之後，清醒地觀望著危險的局勢。他觀望著那些昨天還被他視為英雄的謀反者，發現他們不過是些無膽無識、縮手縮腳之人。他觀望著民眾，看到他們早已不再是古老的羅馬民族英勇的子民，他曾夢想的英雄民眾，而是一群只貪圖利益和享樂，只想滿足口腹之欲的墮落的烏合之眾。頭一天他們還向布魯圖斯和卡西烏斯這兩個凶手歡呼，第二天就轉向號召他們報仇的安東尼，而第三天，他們又擁護讓人擊倒凱撒雕像的多拉貝拉[11]。西塞羅心裡明白，在這座腐朽的城池中，不會再有人真誠地獻身於自由的事業。所有人都追逐權力或追逐他們自身的安逸：除掉凱撒並不會妨礙他們因為貪圖凱撒的財富、軍團和權力去獻媚、投機和互相爭執。他們只會為自己，而不會為神聖的羅馬人的事業謀利。

短暫熱情過後的兩週中，西塞羅的疑慮和厭倦與日俱增。除了他，已沒有人致力於共和國的重建。人們對國家的感情，對自由的渴望已經消失無蹤。他最終厭惡了這種動盪的局勢。他不再對自己言辭的力量抱有幻想。他不得不面對自己的失敗，不得不承認，他所扮演的調停角色已經失去威望。他承認他要麼是太軟弱，要麼是缺乏勇氣，他不能在即將發生內戰時去拯救自己的祖國，而只能讓祖國聽從命運的安排。四

11 編註：Dolabella，古羅馬貴族，曾是西塞羅的女婿，在凱撒死後遞補成為執政官。

月初，他離開了羅馬，再次懷著失望，再次帶著失敗的情緒，回到他的書齋中，回到他位於拿坡里灣波佐利的寂寞的莊園中。

這是馬庫斯．圖留斯．西塞羅第二次遠離塵囂，回歸到他的隱居生活中。他終於清楚，他作為學者、人文主義者和法律的捍衛者，從一開始就不該涉足那個權大於法，那個毫無廉恥地追逐權力，卻不追逐智慧與和解的世界。他不得不悲痛地認識到，復興古羅馬人的德行在這個毫無風骨的年代不可能實現。他憧憬的那個理想中的共和國不可能存在。既然他本人無法拯救這個現實中難以駕馭的物質世界，至少他要為明智的後世拯救他自己的夢想。六十年人生中付出的辛勞和積累的知識不能徹底失去它應該獲得的影響。於是，消沉的西塞羅運用自己原本就擁有的力量，在這段寂寞的日子裡為後世撰寫了他最後的也是他最偉大的著作《論義務》。這部著作是一部關於一個獨立的、有道德的人對自己，對國家應盡的義務的教義。這是他的政治，他的道德理論。它也記載了馬庫斯．圖留斯．西塞羅在西元前四十四年的秋天，那個在波佐利的他生命中的秋天。

這部有關個人與國家關係的著作是西塞羅的遺著。著作中的措辭證明它是一部已經退位的、對一切社會事務失去激情的人的遺言。《論義務》是寫給他兒子的書。西塞羅直言不諱地告訴他的孩子，他並非由於漠不關心才退出公共生活，而是因為他作為一位自由思想家，作為羅馬的共和主義者，為了自己的尊嚴和身分，不能為獨裁者效力。「我曾將我的力量與智慧奉獻給那個我自己選擇國家管理者的國家。但自從這個國家被一手遮天的獨裁者統治以來，我已經沒有為社會事務服務的空間和權威。」自從元老院被架空，法院關閉以來，他還能帶著自尊在元老院或在論壇上謀求什麼？時至今日，服務於公眾和政治已經占據了他太多時間，卻從未賦予這位寫作之人閒情逸致。而他也從未能將他的世界觀完整地書寫下來。現在，他被迫無為，但至少他可以利用時間去應驗西庇阿[12]曾說過自己的那句精彩的話：「他從未無所事事，即便他處於閒暇之中。即便他獨自一人，他也從未感到寂寞。」

在《論義務》這部著作中，西塞羅向兒子闡明的關於個人和國家關係的思想在許多方面都並非首創和原創。它結合了他閱讀經驗中學到的知識：即便是一位雄辯家也不會到了六十歲突然成為詩人，編撰家突然成為地道的原創作家。然而這部著作中的觀點，卻因為西塞羅那憂傷和怨憤的筆觸而煥發出新的激情。在流血的內戰中，在權貴們和亡命徒們為了權力而鬥爭的年代，這位真正具備人性的思想家再次做起一個永

12 Scipio，即小西庇阿，古羅馬統帥。

恆的夢來——就像在這樣的年代總有人會做夢一樣，他夢想以合乎道德的知識和妥協獲得一個和平的世界。正義和法律應當成為國家的基石。不是那些蠱惑民心的暴君，而是內心正直的人應當得到權力，以保證國家的正義。沒有任何人可以試圖將他個人的意志，他的專制強加到人民頭上。每個人都有義務拒絕服從試圖奪權的野心家。作為堅強不屈的獨立思想家，西塞羅拒絕和任何獨裁者結盟或為其服務。

他論證道，暴政壓制一切權利。當每個個體不是企圖從公共職務中謀取個人利益，而是將個人的欲望置之於共同體的利益之後時，真正的和諧才能得以實現。只有當財富不被奢侈地浪費，而是得到妥善的管理，以將其轉化為思想、文化和藝術時，只有貴族放棄他們的傲慢，而平民不再被那些蠱惑者收買，將國家出賣給某個黨派，而是要求獲得天賦的權利時，國家才能健康發展。正如所有人文主義者都讚頌中庸一樣，西塞羅要求社會對立階層和諧共處。羅馬既不需要蘇拉和凱撒，也不需要格拉古兄弟。獨裁很危險，革命者同樣危險。

西塞羅的許多觀點都能在柏拉圖對城邦的願景中發現，也能在讓—雅克·盧梭和所有理想主義烏托邦哲學家的著作中讀到。然而令人吃驚的是，這部著作卻超越了時代，在西元前半個世紀就首次以文字表達了一種全新的情感，即博愛的情感。在那個野蠻殘暴的年代，在那個凱撒在占領一座城池後要砍下兩千俘虜的雙手的年代，在那個行刑、角鬥、釘十字架，大肆殺戮司空見慣的年代，唯有西塞羅反對任何形式的暴力的濫用。他譴責戰爭是一種獸行。他譴責自己民族的黷武主義和瘋狂擴張，以及對外省的剝削。西塞羅盼望著以文化和習俗而非透過武力將其他國家融入羅馬共和國。他極力反對將城市洗劫一空，甚至要求善待那些沒有權利的人中最沒有權利的奴隸。這在當時的羅馬真是一個荒謬的要求！以先知的視野，他預見了羅馬因為它迅速獲取的勝利以及它只運用武力這種不健康的征服方式征服了世界而必將衰亡。蘇拉挑起的國家戰爭的唯一目的是掠奪。正義已在國家內部消逝。一向如此，當一個民族以武力剝奪其他民族的自由時，這個民族就會在其他民族的祕密膺懲中失去它在孤寂中擁有的不可思議的力量。正當羅馬軍團為了服務於帝國一時的妄想，在野心勃勃的統帥下向帕提亞[13]、波斯，向日爾曼和大不列顛島，向西班牙和馬其頓挺進時，西塞羅以一己之力反對這一危險的勝利。他看到播種浴血的侵略戰爭，會收穫更為極端的內戰。這位失去權力的人性捍衛者鄭重地懇請自己的兒子，將人類的共同進步奉為至高至重的理想。這位長期以來無論是好事還是壞事，都以同樣出色的雄辯為其辯護的雄辯家、律師和政治家，曾為自己極力爭取每一個官職，追求財富，追求在公眾中的威望，追

13 編註：Parthia，位於伊朗東北部，是安息帝國的政治中心。

求民眾喝彩的西塞羅終於在自己人生的秋天，清楚地認清了這一點。在生命即將走到終點之前，人文主義者馬庫斯．圖留斯．西塞羅，成為了首位捍衛博愛之人。

正當西塞羅以這樣的方式在他隱密的平靜生活中思考國家道德時，羅馬的局勢已日趨動盪。元老院和民眾們始終不能決定，他們該贊同對凱撒的謀殺行徑，還是該將凶手流放。安東尼正在為反對布魯圖斯和卡西烏斯擴軍備戰。另一位出人意料的凱撒在遺囑中指定的王位繼承人屋大維也為了贏得他的遺產意外地趕回羅馬。他剛到義大利，就寫信給西塞羅，希望得到他的支持。同時安東尼也請求西塞羅回到羅馬。同樣召喚西塞羅的還有戰場上的布魯圖斯和卡西烏斯。他們都希望這位偉大的雄辯家能為自己辯護，希望徵求這位著名的法律導師的意見，以將自己不合法的行徑變得合法。出於一種真實的直覺，他們如同歷來渴望權力的政治家一樣，知道在尚未掌權時，需要尋找一位思想家作為自己的智囊，而一旦事成之後，他們就會輕蔑地將這位思想家踢到一旁。假如西塞羅仍是從前那位雄心勃勃的政治家，他很可能會受此誘惑。

但現在，西塞羅卻出於兩種時常難於區分的心態：一半厭倦，一半明智而並未上當。他知道，對於現在的他來說，唯一要緊的事情只有一件，那就是完成他的著作，梳理自己的人生和思想。就像奧德修斯[14]的內心拒絕聽到海妖的歌聲一樣，西塞羅拒絕了掌權者誘惑的呼喚。他既不遵從安東尼或屋大維，也不遵從布魯圖斯和卡西烏斯。即便是來自元老院和他朋友們的請求，他也避而不聞。他繼續寫作。他明白，言辭中的他比行動中的他更加強大；他獨自一人時，比和那些黨群在一起時更為智慧。他不斷地寫著他的書，同時他也預感到，這部著作將是他獻給塵世的遺言。

他專注於著作直至完稿。這時他才開始注意到周遭惡劣的局勢。整個國家，他的祖國已面臨內戰。安東尼已成功地洗劫了凱撒和神廟的錢庫，他正在用這筆竊取而來的錢財招兵買馬。但反對他的有三支武裝軍隊：屋大維的軍隊，雷必達[15]的軍隊，布魯圖斯和卡西烏斯的軍隊。與他們修好或斡旋為時已晚：現在必須決定，是否該由安東尼的新獨裁統治羅馬，還是繼續共和制。此刻，每個人都必須做出抉擇。即便是小心謹慎，總是尋求平衡，尋求立足於超越派別的立場或遲疑於派別之間的馬庫斯·圖留斯·西塞羅，也不得不做出最終的抉擇。

於是發生了奇特的事情。西塞羅將他的著作《論義務》交給了自己的兒子後就看淡了生死，彷彿獲得了新的勇氣。他知道，他的政治生涯和文學生涯均已告終。該說

14 編註：荷馬史詩《奧德賽》主角，參與了特洛伊戰爭，戰後歷險十年才回到故鄉。史詩中他將自己綁在船的桅杆上，以抵抗海妖充滿魅惑的歌聲。

15 編註：**Lepidus**，古羅馬貴族，是凱撒生前任命的騎士統領。凱撒死後，他與安東尼、屋大維組成後三頭同盟。

的話已經說盡，能再去經歷的事情已經不多。他已經老了，已經完成了他的事業。他還有什麼必要去捍衛他來日不多的餘生？就像一頭已被追趕得疲憊不堪的動物，知道身後狂吠的獵犬馬上就要追上來時，會突然轉身做最後的殊死搏鬥，以便迅速結束這場追逐一樣，西塞羅已將生死置之度外。他再次投入到戰鬥中，投身到危險中。幾個月甚至幾年以來一直拿著沉默的筆桿的西塞羅，現在再次將演說的箭石，擲向共和國的敵人。

令人震驚的一幕上演了：為了喚醒羅馬民眾，白髮蒼蒼的西塞羅於十二月再次站在了元老院的講壇上，莊嚴地表達了他對先輩的敬意。他以十四篇《反腓力辭》[16]怒喝拒絕服從元老院，也拒絕服從民眾的篡權者安東尼。他完全知道，手無寸鐵地去反對一個正在糾集軍團去戰鬥、去屠殺的獨裁者，可能招致災禍。然而只有自己首當其衝，才具備號召他人鼓起勇氣的說服力。西塞羅意識到，在這同一個論壇上，他不能再像從前那樣同他人針鋒相對地唇槍舌戰，而是必須為信念賭上性命。他堅定地說：「我年輕時就捍衛共和國。現在我已老邁，但我不會對共和國置之不理。假若我的死能換回國家自由的重建，我甘願付出生命。我唯一的願望是，我死去時，羅馬人民能享有自由。如果永生的諸神能滿足我的心願，就是他們對我最大的恩賜。」現在已經沒有

16 編註：Philippica，指痛斥特定政治人物的演說，得名自古希臘政治家狄摩西尼譴責馬其頓王腓力二世入侵希臘的演說。

時間再去和安東尼交涉，他堅決指出。元老院必須支持屋大維，儘管他是凱撒的親戚，是凱撒的繼承者，但是他代表了共和國的事業。現在不再關乎某人，而是關乎神聖的事業。這一正在面臨最後決定性時刻的事業，就是自由的事業。在這一神聖的遺產受到威脅的時刻，任何猶豫和遲疑都非常致命。為此，和平主義者西塞羅要求共和國的軍團去反對獨裁者的軍團，而他本人，正如他日後的學生伊拉斯謨[17]一樣，憎惡內戰，超越憎惡一切。他宣布，國家已處於危急狀態，他宣布驅逐安東尼。

自西塞羅不再為那些可疑的官司辯護，而是成為崇高事業的捍衛者以來，這十四篇演講真正令他偉大的言辭熠熠生輝。「哪怕其他民族樂意生活在被奴役當中，」他向同胞們大聲疾呼，「我們羅馬人也不願意。假如我們不能贏得自由，那就讓我們去死！」假如國家真的已經陷入最後的苟延殘喘，那麼主宰世界的羅馬人就應當像被征服的羅馬競技場上的鬥士那樣，寧可直面敵人死去，也不能任人宰割——「寧可富有尊嚴地死去，也不能在屈辱中偷生。」

元老院的元老們，集會的民眾們都驚詫地聆聽著西塞羅的《反腓力辭》。或許有人已經預感到，這將是未來幾個世紀中最後的公開廣場演講。不久之後，在這裡，人們只能像奴隸一樣，向著羅馬皇帝們的大理石雕像鞠躬致敬。在凱撒們的國度中，只

17 編註：Erasmus，十六世紀荷蘭人文主義思想家，北方文藝復興的代表人物。

有那些阿諛奉承的小人和告密者可以別有用心地交頭接耳，而絕不再允許自由的言辭當眾宣講。聽者們感到一陣陣戰慄：一半是出於恐懼，一半是出於對這位老人的欽佩。這位帶著不懼死亡的勇氣，帶著內心絕望的勇氣的老人，獨自一人，捍衛著精神獨立和共和國法律。他們遲疑著贊同他。然而即便是演說的熊熊烈焰也無法燃燒如同朽木一般的羅馬人的豪情。就在這位孤寂的理想主義者在廣場上鼓舞眾人為自由而獻身時，幾位羅馬軍團的將領卻在肆無忌憚地背著他締結羅馬歷史上最恥辱的協約。

正是那位屋大維，西塞羅曾讚譽他為羅馬共和國捍衛者；正是那位雷必達，西塞羅曾出於他為羅馬人民立下的戰功而主張為其建造雕像——他們曾經為了消滅篡權者安東尼而離開羅馬出征在外，現在卻寧願和安東尼做一筆私人買賣。因為他們三人中無一人強大到能獨自將羅馬據為他們個人的戰利品。屋大維不能，安東尼不能，雷必達也不能。於是這三個昔日的死敵寧願糾結一處，私分凱撒的遺產，於是羅馬的大凱撒一夜之間變成了三個小凱撒。

這是一個具有世界歷史意義的時刻。三位既不服從元老院，也不遵從羅馬民眾法律的統帥聯合起來，結成了三巨頭，像瓜分廉價的戰利品一樣，瓜分了橫跨三大洲的宏偉的羅馬共和國。波隆納[18]附近的一座小島上，亦即雷諾河和拉維諾河的交匯處搭

18 編註：Bologna，義大利北部城市。

建的一座營帳，三巨頭將在此會晤。顯然，戰爭英雄們彼此互不信任。為了不讓對方知道自己究竟在挖苦誰，他們甚至時常在各自的言論中稱對方為騙子、流氓、篡權者、國家公敵、強盜或竊賊。不過對於權力渴望者來說，重要的是權力，不是思想；是戰利品，而非名譽。現在，三個搭檔懷揣著各種防禦措施，一個接著一個地靠近了事先約定的地點。他們先是確認了三方都沒有隨身攜帶謀害新同盟的武器，隨後，這三位未來世界的統治者才互相致以微笑，走進了營帳。在這裡，他們將締結協議並形成未來的三巨頭。安東尼、屋大維和雷必達在沒有見證人的情況下在帳篷內逗留了三日。他們做了三件事。第一件他們之所以緊急聯合起來的要事，便是如何瓜分世界。屋大維最終得到了阿非利加[19]和努米底亞[20]，安東尼得到了高盧[21]，雷必達得到了西班牙。第二件事，如何籌措他們欠下的各自軍團士兵和黨徒的幾個月的軍餉。這件事沒那麼令人擔憂，可以透過效仿歷來慣用的伎倆迅速解決。只要直接掠奪國內富人的財產並將他們除掉，以免他們怨聲載道即可。於是三巨頭開始圍坐在一起起草一份兩千名義大利富人的黑名單，即後來公之於眾的驅逐者名單，其中有一百名元老。他們每個人都說出了些名字，包括他們個人的對手和敵人。新結盟的三巨頭在解決了領土瓜分問題之後，又寥寥數筆徹底解決了經濟問題。

19 編註：Africa，位於北非的羅馬行省，涵蓋今突尼西亞與利比亞沿海一帶。非洲即得名於此。

20 編註：Numidia，位於北非的羅馬行省，今屬阿爾及利亞。

21 編註：Gallia，涵蓋今法國與義大利北部等地。

現在要磋商的是第三個問題。要建立獨裁，鞏固政權，就必須讓那些不懈地反對暴政的人閉嘴。那些人格獨立的人，根深蒂固的精神自由的烏托邦捍衛者。安東尼要求在這最後一份名單上首先寫下馬庫斯·圖留斯·西塞羅的名字。他瞭解這個人，並毫無顧忌地說出他的名字。他比任何人都危險，因為他具備精神的力量和獨立的意志，必須除掉他。

屋大維吃了一驚，拒絕了安東尼的要求。作為一個尚未完全被政治的奸刁毒害的年輕人，他還不算鐵石心腸。對於以除掉義大利最著名的作家開始他的統治，他尚存疑慮。西塞羅曾忠實地為他辯護，曾在元老院和民眾面前讚譽他。就在幾個月前，他還曾畢恭畢敬地尋求這位老人的幫助和建議並尊稱他為自己「真正的父親」。屋大維感到羞愧，並堅持他的反對意見。出於對西塞羅發自內心的尊敬，他不能讓這位顯赫的拉丁語大師死於收買的凶手那卑劣的刀下。但安東尼態度強硬。他深知，思想和暴力是永恆的敵人。對於獨裁者來說，沒有什麼人比這位語言大師更加危險。就這樣，圍繞西塞羅性命的爭論持續了三天。最終屋大維做出了讓步。羅馬歷史上這份最無恥的文件就這樣以西塞羅的名字結束。共和國的死刑判決書以這份黑名單為準，正式生效。

西塞羅在獲悉了昔日三位不共戴天的仇敵如今已結成聯盟的那一刻就知道，他的處境危險。他完全清楚，他落入了海盜安東尼的手中。這個日後被莎士比亞錯誤地粉飾為思想家的人，實則本性卑劣，貪得無厭，殘忍虛榮，毫無廉恥之心。西塞羅曾公開而不留情面地痛斥過此人，現在他不可能指望這個野蠻無情的暴君具備凱撒當年的寬宏大量。假如他還想挽救自己，他就只能迅速逃跑，這是唯一合乎邏輯的辦法。他必須逃到希臘去，投奔布魯圖斯、卡西烏斯或小加圖[22]，逃到追求自由的共和制的最後陣營中。在那裡，他至少可以免受已被派出的刺客的追殺，獲得平安。事實上，被驅逐的西塞羅已經不止一次決心出逃。他準備好了一切，告知了他的朋友們，登船啟程。然而西塞羅卻總在最後關頭止步——誰要是品嘗過流亡生活中的絕望，誰就能體會到故土的溫存，即便身陷險境，也能預知永恆的逃亡中生命的狼狽不堪！一種來自理智彼岸的神祕意志，甚至是一種對理智的反叛，強迫著西塞羅聽命於等待他的厄運。他已疲憊不堪，只盼著能在他業已結束的塵世生活中再歇息幾天，再安靜地思考一下，再寫幾封信，再讀幾本書——然後，那些他命中註定的事情就可以光顧。最後的這幾個月，西塞羅從一個農莊躲到另一個農莊，一旦面臨危險，就再次逃亡，卻從未徹底逃脫。就像臥床的發燒病人輾轉反側，西塞羅不時變換著藏身之處，卻始終沒有完全

22 編註：此處應有誤。小加圖（Cato Minor）是古羅馬政治家，支持羅馬共和，反對凱撒的獨裁統治，三年前抵抗凱撒進軍羅馬失敗後，自殺身亡。

下定決心，是該去迎接自己的命運，還是該逃避自己的命運。他彷彿正在下意識地以這種靜候死亡的方式，踐行他在《論老年》中寫下的生活準則：「老年人既不該尋求死亡，也不該延緩死亡。他應當在死亡來臨時欣然接受。對於智者而言，死亡並不悲哀。」懷著這樣的心思，已經在去往西西里路上的西塞羅命令他的手下掉頭駛回遍布敵人的義大利。他們回到卡伊埃塔，即今天的加埃塔[23]登陸，那裡有一座他的小莊園。他已心力交瘁，不僅是身體和精神上的疲憊，他已對生活感到厭倦。一種對死亡的和塵世的祕密鄉愁侵襲著他。

他只想再呼吸一次故鄉香甜的空氣，和故鄉告別，也和塵世告別。他只想靜靜地稍事休息，哪怕只有一天或一小時。一回到莊園，他就先恭敬地拜候了家園守護神，之後躺在墓穴般的臥室床上，閉上了雙眼。在永久安眠之前，他還想享受一次舒緩的睡眠。他累了，已經六十四歲，航海耗盡了他的體力……可他剛躺下不久就被一名忠實的奴隸叫醒，告訴他周圍出現了幾個可疑的武裝分子。畢生受到西塞羅恩惠的管家為了得到犒賞，洩露了西塞羅在這裡逗留的消息。此時的西塞羅依舊可以逃亡，迅速逃走。轎子已經備好，家裡的幾個奴隸也端起了武器，準備保護他上船。只要上了船，他就能安全。但疲憊的西塞羅卻拒絕了。「這又何必？」他說，「我已經對逃亡，對

23 編註：Gaeta，舊時稱Caieta，義大利中部港口城市，古羅馬時期氣候宜人，多富人濱海別墅。

生活都感到厭倦。就讓我死在這個我曾經拯救過的國家吧！」但奴隸們最終還是說服了他。武裝好的幾個奴隸抬著轎子，繞道穿過樹林奔向救命的小船。可告密者卻不堪自己的賞錢落空，匆忙糾集了一個頭領和幾個殺手，像獵人般在林中搜索，最終及時地找到了他們的獵物。手持武器的僕人們立即圍住轎子，試圖抵抗。西塞羅卻命令他們離開。他的人生已走到盡頭，何苦讓眼前的年輕人和陌生人為他做出犧牲？在這最後的時刻，他慣常的遲疑、動搖和缺乏勇氣的恐懼感通通消失無蹤。他感覺到，他作為一個羅馬人，應當在直面死亡的最後考驗中證明自己的勇氣。僕人們聽命後退。他則束手將自己白髮蒼蒼的頭顱交付到凶手手上，並說了一句深思熟慮的話：「我一直知曉，我是個必死的凡人。」凶手們並不想聽他談論哲學，而只想得到賞錢。他們毫不遲疑，一刀將手無寸鐵的西塞羅砍倒在地。

羅馬自由最後的捍衛者馬庫斯．圖留斯．西塞羅就這樣離開了人世。他在生命的最後時刻表現出的無畏和堅定超越了他整個一生的表現。悲劇之後是血腥的羊人劇[24]。凶手們從安東尼下令的緊迫性中揣測出這顆頭顱的特殊價值——他們預知的當然不是它對精神世界和後世的價值，而是對委託行凶的人具有的特殊價值。為了毫無爭議地獲得犒賞，他們決定將這顆頭顱作為完成任務的證據交給安東尼本人。於是匪徒頭目

24 Satyrspiel，古希臘悲劇三部曲演出後，作為尾聲上演的荒誕笑劇。

從西塞羅的屍體上砍下他的頭和雙手裝進了一隻口袋。袋子還滴著血，他們就趕緊奔向羅馬，好讓這一消息博得獨裁者的歡欣：最優秀的羅馬共和國的捍衛者已經以最平常的方式被徹底消滅。

這個小土匪頭子算計得完全準確。指使謀殺行徑的大土匪頭子以對他們豐厚的犒賞，興高采烈地慶祝了這一罪行。現在，安東尼也因為他們掠奪並殺害了兩千名義大利的富人而得以慷慨解囊：他為了那只裝著西塞羅的頭和雙手的滴血的袋子，賞給了百夫長[25]一百萬金光燦燦的塞斯特斯。只是這個嗜血的人依舊瘋狂地仇恨著，他復仇的烈焰仍在熊熊燃燒，他還想讓死者蒙受特別的羞辱。他無法想到，他的做法會讓他自己蒙受後世永久的羞辱。他命人將西塞羅的頭顱和雙手釘在了演講臺上。在這個講臺上，西塞羅曾經為了捍衛羅馬的自由呼籲人民反對安東尼。

第二天，一派卑劣的景象等待著羅馬民眾。在西塞羅曾經作過不朽演說的演講臺上，懸掛著這位最後的自由捍衛者的頭顱。一根粗大生銹的鐵釘穿過這顆曾經充滿思想的頭顱。他蒼白的嘴唇，宣講過拉丁語的最優美的鏗鏘之辭，苦澀而僵硬。他六十多年來守望著共和國的雙眼緊閉著，眼瞼發青。他那雙曾經撰寫過這個時代最華麗的書信的雙手無力地伸攤著。

25 Centurio，羅馬軍團中的職業軍官，領導百人隊，負責訓練和指揮戰爭。

然而，在這個演講臺上，任何反對殘暴、反對強權、反對踐踏法律的演說家的控訴，都比不上這顆沉默的被謀殺者的頭顱，對永遠不義的暴力的控訴更為意義深遠：驚恐的民眾擁堵在被褻瀆的講臺周圍，沮喪、羞愧，瑟縮到一側。沒有人敢於駁斥——這就是獨裁！然而他們的心卻在壓抑地抽搐，在被釘在十字架上的共和國的這一悲慘畫面前，戰慄地垂下眼簾。

威爾遜的失敗

WILSON
VERSAGT

一九一八年十二月十三日，美國總統伍德羅・威爾遜乘坐巨輪「喬治・華盛頓號[1]」駛向歐洲海岸。亙古以來，還沒有過哪艘船，哪個人，像威爾遜和「華盛頓號」這樣，為千百萬民眾懷著巨大的希望和信任所期盼。歐洲各國間的浩劫已經持續了四年。數十萬風華正茂的青年人互相殺戮，慘死在機關槍和大炮、火焰噴射器和毒氣下。四年間，各國間涉及彼此的文字和言論，無非是些仇恨的穢言惡語，然而所有被蠱惑的激動情緒都無法遏制人們內心的祕密之音：這一切都荒謬無比，毫無道理。它敗壞了這個世紀。民眾們有意無意地感覺到，人類已經倒退到遙遠的尚未開化的野蠻年代。

這時從另一片大陸，從美國傳來一個聲音。這個聲音清晰地穿越硝煙瀰漫的歐洲戰場大聲疾呼：「永遠停止戰爭。」永不製造糾紛。永遠不再用陳舊罪惡的祕密外交，驅趕不知情、不情願的民眾去白白送死。要建立全新的更好的世界秩序。要「建立以民眾贊同和人類有組織的意見支援為基礎的法制」。令人震驚的是所有歐洲國家，一切說不同語言的民眾都馬上理解了這一呼籲。昨天還在為爭奪領土和邊界，為爭奪礦產、資源和油田而無謂地征戰，今天就突然襲來了一個崇高的、近乎神聖的聲音：建立永久和平。建立法制和人道的彌賽亞之國。看來上百萬人的生命沒有白白付出，鮮血沒有白流。一代人的受難似乎只是為了苦難不再降臨人間。於是幾十萬上百萬民眾

1 編註：SS George Washington，原是德國遠洋郵輪，一戰爆發後被美國扣押，成為美軍運兵船。

懷著絕對的信任狂熱地響應著這個男人的呼聲。他，威爾遜，將締造戰勝國與戰敗國之間的和解，締造正義的和平。他，威爾遜，是另一個摩西，將迷途的各國帶向新聯盟的歡宴。幾週之後，伍德羅．威爾遜的名字便具備了宗教般的、救世主般的力量。人們以他的名字命名街道、樓宇和子女。所有感到自己處於危急，受到歧視的人們都委派代表去求見他；來自五大洲的建議、求助和請願信裝滿了成千上萬口箱子，而有些箱子甚至被運到了駛向歐洲的輪船上。整個歐洲，整個世界一致要求這個男人，這個他們最後爭端的仲裁官，來實現他們夢寐以求的和解。

威爾遜無法抵禦這樣的呼應。他在美國的朋友們勸阻他不要親自出席巴黎和會[2]。作為美利堅合眾國的總統，他有義務留在本國，寧可遠程領導談判。但伍德羅．威爾遜不能被說服，因為對他來說，即便是合眾國總統這樣的最高職務也不能和他要去完成的使命相提並論。他不是要為一個國家、一片大洲服務，他要為全人類服務。他不僅要為此刻，亦要為更好的未來效力。他不願目光短淺地僅僅代表美國的利益，而是以全人類的共同益處為出發點。因為「利益的博弈不會凝聚人類，只會離間人類」。他認為他必須謹慎地守望，以免軍事家和外交家們再次掀起狂熱的民族情緒。對於這些凶險的職業來說，人類的和解就是他們的喪鐘。他必須親自擔當擔保人，以迫使和

2 編註：一戰結束後，勝利的協約國於巴黎凡爾賽宮召開的國際會議，以解決戰後問題，最終簽訂凡爾賽條約，決定了對戰敗國的處置。

會代表的言辭出於人民的意志而非出於領袖的意志。而這次和會，這次人類最終的最徹底的一次和會上所有的發言，都應當開誠布公地在世界面前宣講。

威爾遜懷著這樣的心緒站在輪船上，眺望霧靄中的歐洲海岸。它看上去既隱約又模糊，就像他心中的夢想。他夢想著未來民族之間能擁有手足般的情誼。他站得筆直。他是個身材魁梧的男人，面容堅毅，眼鏡片後的一雙眼睛銳利而清澈。亞美利加和盎格魯式[3]的下巴微微前凸，豐滿的嘴唇緊鎖。作為基督教長老會牧師的兒子和孫子，他和他的父親、祖父一樣嚴肅而狹促。對於他們來說，世間唯一的真理就是他們所知道的真理。他身上既有虔誠的蘇格蘭和愛爾蘭祖先的熾熱情懷，又有著基督教喀爾文派的奮發熱情。信仰賦予這位領袖和教師[4]一種拯救罪孽深重的人類的使命。基督教殉道者和被視為異端的教徒們，為了信仰寧願遭受火刑也不願背棄《聖經》的執著始終影響著他。對於他這樣一位學者和民主主義者來說，「人性」、「人類」、「自由」、「和平」、「人權」這些概念絕非冰冷的字眼。它們對他的父輩來說是福音，對他來說亦不是思想或抽象的概念，而是像他的祖先捍衛基督信仰一樣，要去逐字逐句捍衛的宗教信條。他已為此鬥爭多時，而這一次，正如他眼前的歐洲大陸已愈發明朗一樣，他感到這一次的鬥爭將是決定性的鬥爭。「無論我們達成一致，還是出現分歧，我們

3 編註：威爾遜的先祖有蘇格蘭和威爾士的血統，祖父移民美國前曾居北愛爾蘭。

4 編註：威爾遜從政前曾是普林斯頓大學法學與政治經濟學教授。

都要為新秩序而奮鬥。」他這樣想著，不由繃緊了渾身的力量。

不過很快，他嚴厲遠眺的目光就柔和了起來。禮炮和旗幟已經在布雷斯特港[5]口等待迎接他。他知道，這是按照規矩向盟國總統表達的敬意。但岸上那熱烈的歡呼聲卻絕不是事先安排或組織好的迎接，而是全體民眾如火般的熱情流露。在法國，他乘火車經過的每個村落、每個農莊、每幢房子中都有人向他揮舞旗幟，就像揮舞著希望的火焰。千百雙手伸向他，不絕於耳的呼喊聲圍繞他。當他乘車穿過香榭麗舍大道駛入巴黎時，街道兩側熱情的人潮比肩接踵。巴黎人民、法國人民是歐洲各國人民的象徵。他們叫喊、歡呼，他們將希望寄託在威爾遜身上。他已經愈來愈放鬆，臉上流露出自由、幸福、幾乎陶醉般的微笑。他微笑著露出牙齒，向左右兩側的人潮揮舞他的帽子，就像對所有人致意，向全世界致意。是啊！他做得對，親自前來。唯有活躍的意志才能戰勝刻板的規則。難道不能、難道不該為了永恆的後世，為了全人類，創造一座如此幸福的城市，一個如此充滿希望的人類社會嗎？一夜的安靜和歇息後，他將於明日開始，為這個世界夢寐了千年的和平事業而奔波，這一偉大的事業是塵世間每個人都想完成的事業。

[5] 編註：Brest，法國西北部重要港口。

焦急的記者們擁堵在法國政府為威爾遜安排下榻的宮殿前，擁堵在外交部走廊和位於克里雍大飯店的美國代表團總部裡，形成了一支龐大的隊伍。每個國家，每座城市都派來了自己的通訊記者，光北美就來了一百五十人。他們全部要求出席會議，出席所有會議！因為官方已經明確承諾了會議向全世界「完全公開」。他們聽說這次和會將沒有任何祕密，不會產生任何祕密協議。「十四點和平原則」的第一點就清清楚楚地寫道：「公開的和平條約，公開地締結。締結後不得產生任何形式的祕密國際諒解。」祕密協議這種瘟疫所吞噬的生命比其他任何時疫都多。它必須被威爾遜的「公開外交」這一血清徹底清除。

然而記者們失望地發現，他們的熱情遭遇了令人尷尬的搪塞。他們被告知，他們可以參加大會並將會議紀錄——實則是將與會者針鋒相對時的內容作了消毒處理的紀錄——全部公之於眾。但是會議伊始尚不能提供任何資訊，因為談判流程首先要確定下來。失望的記者們隱約感覺到事情有些蹊蹺。的確，發布消息的人沒有完全說謊。威爾遜在「四巨頭[6]」關於談判流程的首次磋商中就感受到來自其他協約國的阻力：他們不願意公開一切談判，為此他們有一個很好的理由：所有參戰國的文件夾和公文櫃裡都放著祕密條約，這些條約用於保障他們得到各自的贓物和戰利品。這種骯髒的見

6 編註：Big Four，巴黎和會中影響力最大的四位國家領袖：美國總統威爾遜、法國總統克里蒙梭、英國首相勞合．喬治和義大利首相奧蘭多。

不得人的勾當，他們或許只能在告解室中坦白。為了巴黎和會不至於剛一開始就醜聞連篇，有些事情必須先閉門磋商。事實上他們不僅在談判流程上無法達成一致，他們之間還存在著更深的矛盾。兩派的立場雖說一清二楚：美國是左派，歐洲是右派，但在這次會議上，他們不是要締結和平條約，而是要締結兩種截然不同的和平條約。一種和平是眼下的一時的和平。戰敗國德國已經放下武器，要締結結束戰爭的和平。另一種和平是未來無戰事的永久和平。一種以陳舊的強硬方式達成，另一種則以威爾遜提出的全新的建立國際聯盟的方式獲取。究竟哪一種和平應當首先磋商？

雙方在這一點上，觀點針鋒相對。威爾遜對一時的和平興趣不大。確定邊界，戰爭損失賠償應當由專業人士和委員會以「十四點和平原則」中的內容為基礎做出決定。這是一個小工作，次要工作，是專家們的工作。而各國政治首腦的任務則但願是、也應該是創造新事物，實現一種改變，亦即聯合各國，建立永久和平。雙方都認為自己的意見急需討論。歐洲成員國正色警告，四年戰爭後滿目瘡痍的世界無法數月之久等待和平，否則歐洲局勢將混亂不堪。最現實的事情是首先解決邊界和賠償問題。穩定貨幣，恢復貿易和交通。讓官兵們放下武器，回到他們的妻子和孩子身邊。之後再讓威爾遜計劃的海市蜃樓在已經穩固的大地上綻放光芒。正如威爾遜心中對眼下的和平不感興趣一樣，克里蒙梭、勞合．喬治和索尼諾[7]這些精明的戰略家和實踐家對威爾遜的要求也相當不以為然。他們出於政治上的考量，或部分出於對威爾遜的尊敬和好感，才對他的人道主義要求和理想表示贊同。因為他們能感覺到，一套不謀私利的論調對他們的國民具有的魅惑力和說服力。為此他們願意透過某種刪減或限制條款的方式來討論他的計畫。但首先應該以締結與德國的合約的方式來結束戰爭，接著再談國際聯盟。

可是威爾遜也是個絕對的實踐家。他深知拖延足以使一個生機勃勃的構想變得倦怠蒼白，也知道該如何排除那些耽擱時間的令人生厭的質疑——僅僅擁有獻身精神的人不會成為美國總統。他毫不屈服地堅持自己的立場：必須首先制定盟約。他甚至要求將盟約逐字逐句地寫進與德國簽署的和平協定。這一要求勢必促成第二個衝突。對於歐洲成員國來說，將人道主義盟約寫進與罪惡的戰爭元凶德國簽訂的協定中，無異於給了他們一筆他們不配得到的獎金。入侵比利時時，他們曾野蠻地踐踏了國際法；霍夫曼將軍[8]還在波蘭的布列斯特—立陶夫斯克的談判中動用拳頭，這些肆無忌憚的暴行都是卑劣的例證。他們要求，還是先用舊式硬幣來清算戰爭賠償，之後再談論那套新理論。田野依舊荒蕪一片，城市仍舊遍布殘垣斷壁。為了讓威爾遜切身體會到這點，他們一再請求威爾遜親自去看看。可是威爾遜這個「不切實際的人」卻故意無視那片

7 編註：Sidney Sonnino，時任義大利外交部長。

8 編註：Max Hoffmann，德國少將，一戰時為德軍東方戰線參謀長。戰後代表德國與俄羅斯談判，會上慷慨陳詞，因而有在談判中動拳或捶桌的謠傳。

廢墟。在他眼中，殘破的樓宇就是建築工地。他只有一個任務：廢除舊秩序，建立新秩序。儘管他的顧問藍辛[9]和豪斯上校[10]反對，他依舊毫不妥協地堅持他的要求，先制定國際聯盟盟約，先討論全人類事務，接著再說各國的利益。

鬥爭十分激烈——最致命的是它浪費了許多時間。伍德羅・威爾遜災難性的失敗在於他並沒有將他的夢想事先定稿明確下來。他所帶來的盟約計畫並未最終成型，只是初稿，仍需經過多次會議討論、修改、潤色、補充或刪減。此外出於外交禮儀，他還必須在拜訪巴黎後去拜訪其他盟國的首都。威爾遜要去倫敦，要在曼徹斯特演講，之後前往羅馬。由於他無法出席會議，其他政治家也就沒有真正的興趣和熱情去推進他的計畫。巴黎和會第一次全體會議之前的一個多月就這樣浪費了。在這一個月中，志願軍和正規軍隨機在匈牙利、羅馬尼亞、波蘭、巴爾幹半島和達爾馬提亞[11]的邊境發起了多起衝突。維也納的食品短缺日趨嚴重。俄國令人擔憂的局勢日益嚴峻。

一月十八日的首次全體會議理論上確立了國際聯盟盟約作為總體和平條約的組成部分。只是盟約文件始終沒有定稿，始終處在無休止的商討中。文稿從一人手中傳到另一個人手中，從一個政府轉給另一個政府。就這樣，時間又過去了一個月。這一個月的歐洲極為動盪不安。它愈來愈急切地渴望獲得真正的實際意義的和平。一九一九

9 編註：Robert Lansing，時任美國國務卿。
10 編註：Edward House，時任威爾遜幕僚。
11 編註：Dalmatia，原屬奧匈帝國轄下王國，今屬克羅埃西亞。

年二月十四日，停戰後的第三個月，威爾遜終於遞交了日後在巴黎和會上通過的盟約條款定稿。

世界再次為他歡呼。威爾遜的主張獲得了勝利。未來的和平不再需要透過武器和暴力來保障，而是透過達成共識，透過對至高無上的公正的共同信仰來保障。離開他下榻的宮殿時，他被一片暴風雨般的歡呼聲包圍。他再次，也是最後一次帶著自豪而充滿感激的微笑環視了擁擠在他四周的民眾。他感到這些民眾背後還有其他民眾，這災難深重的一代人背後是未來的世世代代，他們將由於這份和平保障協議而永遠不再遭受戰爭的摧殘，永遠不再遭受獨裁政權帶來的屈辱。這是他生命中最偉大的一天，也是他最後幸運的一天。因為第二天，二月十五日，他就斷送了自己的勝利。為了在重返巴黎簽署最終的停戰條約前先向美國的選民和同胞們呈上永久和平的「大憲章[12]」，他過早地離開了他取得勝利的戰場，返回了美國。

禮炮再次在「喬治．華盛頓號」駛離布雷斯特港口時齊鳴。只是歡送的人群已經稀稀落落，似乎此事已無關緊要。原先那種巨大的激情已在民眾中漸漸消退，切盼救世主的心情也逐漸消失。就算在紐約，等待他的也不再是熱烈的接待。沒有盤旋在歸

12 編註：Magna Charta，十三世紀頒布的英國憲政基石，確立了法律面前人人平等的原則。此處指國際聯盟盟約。

鄉輪船上的飛機，也沒有風暴般的歡呼聲。而在他的白宮辦公室、在參議院、在國會、在他自己的黨內、在民眾中他也遭到質疑。歐洲因為威爾遜沒有足夠地推進而不滿意，美國卻因為威爾遜走得太遠而不滿意。對於歐洲來說，威爾遜還遠遠沒有實現將互相抵觸的各種利益結合為偉大而普遍的人類共同利益的目標。而在美國，他的政敵們已經在為下屆總統選舉宣稱，威爾遜毫無道理地在政治上將美洲新大陸和不安定又反覆無常的歐洲過分緊密地結合起來，違背了美國的基本國策，違背了門羅主義[13]。人們急切地提醒伍德羅．威爾遜，他不必成為一個未來的夢想之國的奠基人。他不該為別國思慮過多，而應當首先為那些出於他們個人意志選舉他為美國總統的美國人著想。於是威爾遜不僅被歐洲的談判搞得精疲力盡，還要開始與黨內人士和政治勁敵較量。

他不得不首先為他建造的令他自豪的、在他看來神聖而不容進犯的國際聯盟大廈著想，為它的後門補嵌上一道牆。因為這個後門的危險在於，美國可能隨時從國際聯盟中撤離。假如美國撤離，這座威爾遜設計的永久性大廈的基石就會出現缺口，而這個缺口是招致大廈坍塌的致命缺口。

縱使威爾遜在歐洲和美國透過修訂和限制條約貫徹了他的新人類憲章，他也只是取得了一半的勝利。為了履行另一半使命，他必須重返歐洲。此時，再次駛向布雷斯

13 編註：Monroe Doctrine，一八二三年，美國總統門羅發表宣言，以「美洲是美洲人的美洲」為由，表態拒絕歐洲各國殖民美洲國家或干涉其內政，而美國則會對歐洲各國爭端保持中立。

特港的「喬治．華盛頓號」上的威爾遜已不再像當初那樣自信而躊躇滿志。他眺望海岸的目光不再充滿希望。由於短短幾週內令人更為失望的局面，他蒼老了不少，疲憊不堪。他的臉繃得更緊，表情嚴峻，緊閉的雙唇流露出憤懣。左頰時常抽搐，預兆著積聚在他體內的疾病。陪同醫生趕緊提醒他愛惜身體。但他知道，他正面臨一場新的硬仗。貫徹他的原則比擬定原則更為艱難。但他已下定決心，決不犧牲任何一條綱領。要麼全有，要麼全無。要麼永久和平，要麼永無寧日。

港口已沒有歡呼的人群。巴黎的街道上也沒有歡呼的人群。新聞報導持冷淡和觀望的態度。民眾謹慎而充滿懷疑。歌德的話似乎再次應驗：「熱情無法掩藏多年。」威爾遜沒有及時在有利的時刻趁熱打鐵，而是任由他那理想主義的歐洲方案漸漸僵化。他離開巴黎的一個月內一切都改變了。勞合．喬治在他離開後便即刻向大會告假，克里蒙梭在一起政治暗殺中中槍，兩週無法工作。政治頭目們爭相擠進各委員會的議會大廳，謀取個人利益。

而戰爭期間首當其衝從事過最危險勾當的高級軍官們，曾明目張膽地用訓詞和決斷肆意跋扈地讓人俯首貼耳的元帥和將軍們，此刻不可能心甘情願地退出歷史舞臺。

聯盟盟約規定廢除他們的權力工具——軍隊，要求「廢除強制征兵以及任何形式的普遍強制徵兵」，這已經威脅到他們的生存。這一抹殺他們職業意義的「永久和平」論調必須要麼被消滅，要麼將它逼進死胡同。他們威脅著要求以擴充軍備取代威爾遜宣導的裁減軍備，要求重新劃分邊界並得到國際間的保證，而不是像威爾遜說的那樣尋求超越國界的解決方案。國家的富強不是靠十四條不切實際的原則，而是靠武裝自己的軍隊，解除敵人的武裝來實現。這群軍國主義者的背後還有一群企圖保障自己的軍工企業正常運轉的工業集團代表和打算在戰勝國賠償中撈取利益的中間商。外交官們左右為難，各反對黨都想為自己的國家多贏得一片土地而暗中要脅他們。他們只好派人誘導多方輿論，使得所有的歐洲報紙都協同美國媒體，所有的語言都齊聲報導：威爾遜以他不切實際的幻想延緩了歐洲和平的到來。他那值得稱道的充滿理想主義精神的烏托邦，妨礙了歐洲的穩固。現在不能再出於對他道義上的感激或出於超越道義的敬重而繼續浪費時間。假如不立即締結和平條約，歐洲將陷入一片混亂。

不幸的是這些指責不無道理。時間在歐洲民眾和在為了未來的世世代代做打算的威爾遜眼中，具有完全不同的度量方式。對於實現威爾遜的千秋大夢來說，四五個月並不算長。但這幾個月卻足以讓東歐各路來路不明的勢力組成的志願軍四處征戰，占領領土。接壤區域混亂不堪，邊境城市不知歸誰所屬。停戰四個月後的德國和奧匈帝國代表團仍無人接待。邊界尚未劃清使得民眾焦慮不安。政治局勢轉變的徵兆清晰表明，明天是匈牙利，後天就是德國，他們都會出於絕望，將自己託付給布爾什維克。外交官們急迫地要見到結果，要見到一紙合約，無論是否公正，先要掃清阻礙簽訂合約路上的一切障礙：而第一個障礙就是不幸的國際聯盟盟約！

威爾遜回到巴黎的第一時間，就有充足的證據向他證明，他三個月前創建的一切，在他缺席的一個月間已經遭到暗中破壞，面臨瓦解。福煦[14]元帥幾乎已經成功地將國際聯盟盟約從和平條約中刪除。威爾遜在這一決定性時刻下定決心，絕不後退一步。

三月十五日，回到巴黎的第二天，他就透過報刊正式宣布：一月二十五日的會議決議依舊有效。國際聯盟盟約是和平條約的基本條約。這一澄清首次還擊了那些試圖不以盟約為基礎，而是以舊式祕密合約為基礎與德國簽署條約的盟國。威爾遜總統現在完全清楚，正是那些曾經鄭重其事地發誓要尊重民族自決權的幾個大國妄圖牟利。法國要得到德國的薩爾[15]地區和萊茵[16]地區。義大利要得到阜姆[17]和達爾馬提亞。羅馬尼亞、波蘭和捷克斯洛伐克都想得到屬於自己的戰利品。假如威爾遜不加以反駁，巴黎和會將再次以拿破崙、塔列朗和梅特涅的曾經遭到公開譴責的方式，而不是按照他

14 編註：Ferdinand Foch，法國元帥，在巴黎和會中力主瓦解德國再次發動戰爭的所有潛力。

15 編註：Saar，德國西南部的邦，是煤炭與鋼鐵工業重鎮。

16 編註：Rheinland，德國西部萊茵河沿岸地區，其北部為工業區域，南部則以農業為主。

17 編註：奧匈帝國主要港口。今為克羅埃西亞城市里耶卡（Rijeka）。

的被巴黎和會鄭重通過的原則締結和約。

激烈的鬥爭持續了十四天。威爾遜本人不同意法國兼併薩爾地區。因為在他看來，這是破壞「民族自決權」等眾多前提權利的第一個先例。而義大利認為自己和法國的要求一致，以退出巴黎和會相逼。法國報刊瘋狂地跟著煽風點火：布爾什維克主義將從匈牙利開始迅猛蔓延。協約國也提出論證，宣稱布爾什維克主義將很快殃及全世界。就連威爾遜的顧問豪斯上校和羅伯特·藍辛也開始反對。甚至連他從前的朋友們也奉勸他鑒於當前的混亂局面趁早締結和平條約，哪怕犧牲幾個理想主義的要求。威爾遜的面前橫著一條統一戰線，而他背後則是美國政敵和競選對手們煽動公共輿論的猛烈攻擊。威爾遜時常感到心力交瘁。他向一個朋友坦白，他已寡不敵眾並已下定決心，假如他無法實現他的意志，他將退出巴黎和會。

在這場他單獨面對眾多敵人的戰鬥正在進行時，威爾遜又遭到了最後一個敵人——來自他身體內部的敵人的襲擊。一九一九年四月三日，正當殘酷的現實和尚未實現的理想處於決定性的交鋒時刻，六十三歲的威爾遜因為流感而無法起身，必須臥床休息。時間比他滾燙的血液更加猛烈地催逼著病人無法安歇。各種災難性政治訊息猶如閃電般不時掠過愁雲密布的天空。一九一九年四月五日，社會主義在巴伐利亞[18]奪取政權。

18 編註：Bavaria，德國東南方的邦，首府慕尼黑。德國十一月革命爆發後，巴伐利亞蘇維埃共和國於一九一九年四月成立，一個月後即遭鎮壓。

蘇維埃共和國在慕尼黑成立。奧地利位處布爾什維克的巴伐利亞和布爾什維克的匈牙利之間，陷入饑荒，隨時都可能決定加入蘇維埃共和國的行列。反對之聲的不斷上揚將威爾遜置身於獨自一人承擔責任的重壓之下，眾人已經直逼到疲憊不堪的威爾遜的臥榻，克里蒙梭、勞合·喬治和豪斯上校就在他隔壁的房間激烈磋商。他們下定決心，不惜一切代價也要讓現實塵埃落定。這個代價就是犧牲威爾遜的要求和理想。所有人的一致訴求是，他的「持久和平論」必須先擱置一邊，因為它阻礙了歐洲得到切實的和平、軍事上的和平和利益上的和平。

威爾遜疲憊、困倦，病魔纏身。報刊攻擊他，指責他延緩了和平的到來。顧問們的離棄令他憤怒。其他國家的代表糾纏不休。但他仍未動搖信念。他認為他不能食言。他認為只有達成非軍事和平、持久和平和未來和平上的共識，只有當他為唯一能夠拯救歐洲的「世界秩序」鞠躬盡瘁時，他才能獲得真正的和平。剛能起床，他就採取了決定性措施。一九一九年四月七日，他給華盛頓海軍部發了一份電報：「喬治·華盛頓號最早何時能出發前往布雷斯特港。大約何時抵達。總統期待該輪船早日起航。」當天，全世界就得到這一消息，威爾遜總統命令他的輪船前往歐洲，他有可能乘船返美。

這一消息猶如一聲驚雷。整個世界馬上清楚地獲悉：威爾遜總統將拒絕任何違背國際聯盟盟約原則的和平，哪怕只是稍有違背。他已下定決心，寧可退出巴黎和會，披露真相，也不會做出任何讓步。一個具有世界歷史意義的時刻到了。這一時刻將決定未來幾十年甚至幾百年的歐洲命運，世界命運。假如威爾遜從和會的談判桌上憤然離去，舊的世界秩序就會崩潰，陷入混亂，儘管混亂中也可能誕生新星。此刻的歐洲一片焦灼：和會的其他成員國會承擔這一責任，還是由威爾遜本人承擔責任？決定性的時刻到了。

決定性的時刻到了。這一刻，伍德羅・威爾遜依舊意志堅決。絕不妥協，絕不遷就。不要強制的和平，而要公正的和平。法國人不得兼併薩爾，義大利人也不能兼併阜姆。不能分裂土耳其，亦不能拿各民族的利益做交易。正義重於強權，理想重於現實，未來重於當下。正義必須一往無前，哪怕世界為之毀滅。這一刻是威爾遜的偉大時刻，是威爾遜在人類歷史中的偉大時刻：假如他能經受住這一刻的考驗，他就能成就空前的事業，他的名字就會在那些為數不多的真正的人間同盟的內心永存。

然而緊跟著這一關鍵時刻的一週中，威爾遜卻遭遇了來自四面八方的攻擊。法國、英國和義大利的媒體指責他這位和平締造者，以理論的、神學的頑固不化破壞了和平。

他為了個人的烏托邦而犧牲現實的世界。就連本來將一切希望寄託在威爾遜身上的德國，也因為巴伐利亞爆發布爾什維克主義造成的慌亂而掉頭反對他。他的同僚豪斯上校和藍辛懇求他放棄決定。國務祕書涂牟迪[19]幾天前還從華盛頓致電鼓勵：「唯有總統無畏的舉動，歐洲乃至世界才能得救。」可是當總統真正採取無畏的舉動時，涂牟迪卻驚恐地再次從同一座城市致電：「撤離巴黎和會極不明智，有可能為國內外帶來危險……總統應該讓那些應該承擔責任的人去承擔中斷巴黎和會的責任……此時撤離或被視為逃兵。」絕望，失望。蜂擁而至的反對意見令威爾遜感到迷茫。他環視四周，已經沒有一個人站在他身邊。和會大廳內的所有人都反對他。就連他自己的參謀部也沒有人支持他。那千百萬曾經從遠方懇求他挺住，懇求他堅持到底的聲音已經消失無蹤。威爾遜不得而知，假如他真的像他所威脅的那樣拂袖而去，他是否能名流千古。是否他只有保持信念，將他對未來的理念作為可以不斷創新的基石，才能為後世留下毫無瑕疵的遺產。威爾遜無法預知這些貪得無厭、充滿仇恨，缺乏理智的大國口中的「不」，能誕生出什麼獨創性的力量。他只感到孑然一身，軟弱到無法承擔中斷和會的責任。於是他漸漸順從下來，態度不再強硬——他的改變將帶來災難性的後果。由豪斯上校搭橋，雙方做出讓步。邊界磋商來回持續了八天，終於在四月十五日，人類

19 編註：Joseph Tumulty，美國律師、政治家，擔任威爾遜祕書長達十年。

歷史上暗淡的一天達成了協議。威爾遜心情沉重、良心不安地同意了克里蒙梭明顯淡化的軍事訴求：薩爾並非永久移交法國，而是僅僅十五年歸法國所有。迄今毫不妥協的局面中的第一個妥協就此誕生。第二天，巴黎各報像被施以法術般：昨天還謾罵威爾遜是和平的干擾者、世界的破壞者，今天就將他奉為最有智慧的政治家。這些讚美像譴責一般焚燒著威爾遜的靈魂。他知道，他或許拯救了和平，暫時的和平，但是以精神上的和解去締造持久和平，去締造唯一能拯救世界的和平的良機已經錯失，或者這一事業已經前功盡棄。荒謬戰勝了思想，狂熱戰勝了理智。世界退化到超越時代的理念成為眾矢之的的地步。而他這個領袖和旗手，在這個針對他本人的決定性戰役中已經徹底失敗。

在決定命運的時刻，威爾遜的選擇究竟是正確的還是錯誤的？誰能評說？至少在這一無法挽回的歷史性時刻產生了一個影響後來幾十年乃至幾百年的決定。而這個決定的過失，我們要以熱血和絕望，以我們渺小的不安來償還。從這一天起，威爾遜的威望、力量，他在那個時代所具備的獨一無二的道德權威漸漸破碎。人只要讓步一次，就會不斷讓步。一次妥協勢必導致一連串新的妥協。

欺詐招致欺詐，暴力滋生暴力。威爾遜夢想的和平，是絕對而持久的和平。而現實的和平則依舊是原先不徹底的和平，不完美的產物。因為這種和平不關照未來，不出於人道精神，並非人類理性的結晶。歷史中絕無僅有的一次機遇，或許是關乎人類命運的生死攸關的時刻，悲哀地付之東流。失去神性、令人失望的世界再次陷入混亂混沌。那位歸鄉的、曾經要為世人帶來光明的美國總統，已不再被視為救世主，而只是個疲憊患病，瀕臨死亡的男人。歡呼聲不再陪伴他，揮舞的旗幟不再迎接他。輪船駛離歐洲海岸時，這個失敗的男人轉過身去。他拒絕再多看一眼我們命運多舛，千年來渴望和平統一，卻從未實現的歐洲。一個人道世界的永恆夢想，消散在遠方的霧靄中。

譯後記

本書是奧地利傑出的作家史蒂芬・褚威格（一八八一～一九四二）以詩人和藝術家的筆觸，於一九一二年至一九四〇年間創作的十四篇歷史特寫（Vierzehn historische Miniaturen）。

「Miniatur」（譯為「特寫」）這一概念源自繪畫，意為細微畫、小品畫。它指專繪於面積頗小的物品之上的工筆畫，尤指書籍上的小品工筆畫。「特寫」也用於音樂中。音樂家以隨筆或速寫的方式，譜寫一時的心緒或留住一個特別瞬間。文學中，「特寫」意為篇幅相對短小的短故事、中篇小說、軼事、殘篇、微型小說、超短小說、閃小說或俳句。它是一種象形的繪畫般的書寫，以詞彙為材料，將事件和場景繪製成畫面。[1]

《人類群星閃耀時》中的十四篇歷史特寫，十四幅歷史微觀畫，尊崇真相，以褚威格淵博的學識，完全個人的獨特視野創作而成。每篇特寫雖篇幅精短，但情緒強烈，把握了真實的歷史事件中決定命運、驚心動魄的關鍵時刻、巔峰時刻；施展了完整、巨大而濃縮的詩意和戲劇性力量。無論是追逐一種不存在的歷史原態，還是試圖在歷

1 參《中央德華大辭典》、《杜登德語大辭典》和維基百科。

史——這一迷人的玩笑中收穫嗟歎和預言，跟隨褚威格的創作，讀者不難在一幅幅獨立精悍、醒目絢爛的歷史畫作中獲得啟示和滿足。以一系列的模進，每篇特寫都以獨特的風格，實現了歷史事件的節奏生氣。為此，在作者和讀者共同的呼吸和心跳間，歷史得以活靈活現，並在閱讀和想像中浮現眼前。此外，人道主義者褚威格還以他的激情、悲憫，以他對悲劇英雄命運的高度關注、共情、憐惜，表達他對造物主的敬畏，對人在有限生命中具備的神性，迸發的創造力的肯定以及對人間正義價值的遵照和捍衛。

我想謙卑地隱匿自己，在一座精妙的歷史博物館中默默保護一種安寧與完整；不站在一幅畫作和一位觀賞者中間，也不打擾歷史有力地附身於作者筆端時，與讀者的一次對視。

感謝讀者的寬宏大量。感謝編輯和出版人。

姜乙

二〇一九年三月於北京

國家圖書館出版品預行編目 (CIP) 資料

人類群星閃耀時：14 個容易被人忽略卻又意義深遠的「星光時刻」／史蒂芬．褚威格（Stefan Zweig）著；姜乙譯．-- 初版．-- 新北市：方舟文化，遠足文化事業股份有限公司，2021.03
面；　公分．--（心靈方舟；28）
譯自：Sternstunden der Menschheit.
ISBN 978-986-99668-3-2（平裝）

1. 世界傳記

882.26　　110000895

心靈方舟 0028

人類群星閃耀時

14 個容易被人忽略卻又意義深遠的「星光時刻」

Sternstunden der Menschheit

作者　史蒂芬・褚威格
譯者　姜乙
封面設計　井十二設計研究室
內頁設計　黃馨慧
主編　邱昌昊
行銷主任　許文薰
總編輯　林淑雯

出版者　方舟文化／遠足文化事業股份有限公司
發行　遠足文化事業股份有限公司（讀書共和國出版集團）
231 新北市新店區民權路 108-2 號 9 樓
電話：（02）2218-1417　傳真：（02）8667-1851
劃撥帳號：19504465　戶名：遠足文化事業股份有限公司
客服專線：0800-221-029　E-MAIL：service@bookrep.com.tw
網站　www.bookrep.com.tw
印製　通南彩印股份有限公司　電話：（02）2221-3532
法律顧問　華洋法律事務所　蘇文生律師
定價　450 元
初版一刷　2021 年 3 月
初版八刷　2024 年 7 月

方舟文化官方網站　方舟文化讀者回函